KB164306

세계의 미디어
엘레나 페란테의 소설을 격찬하다

위기에 봉착한 여성의 심리를 끔찍하게 묘사한 걸작이다.
이탈리아 현대 문학의 거장이라는 페란테의 명성을 확인시켜준다.
미국_시애틀 타임스

페란테의 언어는 그녀만이 갖고 있는 세계다.
때로는 심술궂고 때로는 폭력적이다. 버림받은 여성의 심리를
깊이 있게 관찰한 매섭도록 직설적인 소설이다.
미국_더 뉴요커

엘레나 페란테는 제임스 조이스의 『율리시스』처럼
도시의 풍경을 활기차게 그려낸다. 나폴리는 햇볕이 내리쬐지만
으스스한 도시다. 피폐한 삶과 아둔한 유령들로 가득 차 있다.
미국_타임아웃 뉴욕

『성가신 사랑』은 우리의 부모를 둘러싸고 있는
미스터리를 경이롭게 그려낸 소설이다.
미국_매리 윕 리뷰

페란테의 글은 원초적이고 솔직하다.
과감한 언어로 독자들을 새로운 발견의 여정으로 이끈다.
영국_온라인 독립 서평단체 레디 스테디 북

『성가신 사랑』은 심리 미스터리 소설이다.
페란테는 마치 전력 공급원으로부터 너무 멀리까지 뻗어나간
전선처럼 한 개인의 성격이 합선되고 부식되는 순간들을 그려낸다.
미국_뉴욕타임스

익명으로 남고자 하는 페란테의 결정은 독자들에게는 큰 선물이자
그녀의 대담한 창의적 표현이다.
미국_퍼블릭 북스

세상의 모든 문학 독자는 '엘레나 페란테'라는 이름으로 쓰인
그 모든 것을 읽어야 한다.
미국_보스턴 글로브

부도덕한 가족사를 읽는 독자들에게 페란테의 소설은 안성맞춤이다.
미국_컴플리트 리뷰

촉감적이고 아름답게 절제된 문장으로 페란테는 한 가족을
산산조각 내버리는 가정폭력을 다룬다.
미국_퍼블리셔스 위클리

페란테의 글은 '분노'라는 단어로 자주 표현되지만, 더 적절한 단어는
'힘'이다. 그녀의 글은 강력하다. 페란테는 강력한 작가다.
미국_트위드 매거진

'최고의 문학'이라는 표현 말고 더 좋은 수식어를 찾을 수 없다.
프랑스_엘르

도리스 레싱 이후 페란테만큼 여성의 정체성에 대해서
이토록 심오하고 신랄하게 쓴 작가는 없다.
미국_월 스트리트 저널

페란테는 익명의 작가이지만 이탈리아 최고의 작가다.
너도나도 SNS를 이용하고, 뻔뻔한 자기 프로모션이 당연히
여겨지는 시대에 정말 경이로운 일이다.
미국_일렉트릭 리터러처

페란테의 소설은 이전에는 없었던 걸 말하고 있다.
그것이 무엇이라고 규정짓기는 쉽지 않다.
너무나 흥미로워서 독자들은 자신들이 어디에 있는지도 잊게 한다.
친구도 버리고, 잠자는 것도 포기한다.
영국_런던 리뷰 오브 북스

페란테의 글은 우아하면서 짜릿하다. 면도날같이 날카로우면서
신비하게도 부드럽다. 당신이 어느 오후에 읽게 될 이 소설은
당신의 남은 인생을 함께할 것이다.
미국_리터러리 헙

올가가 직면하는 모든 것은 그녀 생각의 일부가 되고,
또 그것이 언제나 그곳에 존재했던 것처럼 그녀에게 흡수된다.
이것이 바로 페란테의 글쓰기가 특별한 이유다.
영국_런던 리뷰

나쁜 사랑 3부작 제1권

L'amore molesto
by Elena Ferrante

성가신
사랑

엘레나 페란테 지음
김지우 옮김

한길사

어머니에게

"유년 시절은 과거시제로
영원히 머물러 있는
거짓말의 공장이다."

1

5월 23일 밤, 어머니는 물에 빠져 죽었다. 그날은 내 생일이었다. 어머니의 사체는 민투르노에서 몇 킬로미터 떨어지지 않은 스파카벤토 인근 바다에서 발견됐다. 그곳은 50년대 후반, 아직 아버지와 함께 살던 시절 우리 가족이 여름휴가를 보내던 곳이다. 우리는 농가 한 채를 빌려서 여름을 보내곤 했는데 덕분에 7월 내내 다섯 식구가 푹푹 찌는 비좁은 공간에서 꼭 붙어 자야 했다. 나와 내 여동생들은 아침마다 날계란을 먹고 해수욕을 하러 기다란 갈대밭 사이의 흙과 모래가 뒤섞인 오솔길을 따라 바다로 달려갔다.

어머니가 세상을 떠난 그날 밤 어린 시절 휴가를 보냈던 농가의 여주인은 누군가 문을 두드리는 소리를 듣기는 했지만 도둑이나 살인마일까 두려워 문을 열어주지 않았다고 했다. 집주인의 이름은 로사였는데 지금은 아마 일흔이 넘었을 것이다.

어머니는 죽기 이틀 전인 5월 21일에 로마행 기차표를 끊었지만 끝내 목적지에 도착하지 못했다. 어머니는 죽기 얼마 전부터 적어도 한 달에 한 번은 내가 사는 집에서 며칠씩 머물다 가곤 했다.

나는 어머니가 집 안을 돌아다니는 소리가 싫었다. 어머니는 꼭두새벽부터 일어나 평생 몸에 밴 습관대로 부엌에서 거실까지 구석구석 온 집 안을 치우고 다녔다. 그럴 때마다 나는 애써 다시 잠을 청했지만 좀처럼 잠들지 못했다. 이불 속에 뻣뻣하게 누워서 어머니가 저렇게 부산을 떨다가 나를 주름이 자글자글한 어린아이로 만들어버릴지도 모른다는 걱정에 사로잡히기도 했다. 어머니가 커피 잔을 들고 내 방에 나타나면 나는 침대 가장자리에 걸터앉은 어머니의 몸에 내 몸이 닿을까봐 침대 반대편으로 움츠리곤 했다.

어머니의 사교성도 거슬렸다. 어머니는 장을 보러 가서 내가 10년을 통틀어 두 마디 이상 대화를 나눠본 적 없는 상점 주인들과 친해지곤 했다. 어머니는 우연히 알게 된 사람들과 산책을 하고 내 친구의 친구가 되기도 했다. 어머니는 내 친구들에게 언제나 똑같은 인생 이야기를 들려주었다. 나는 그런 어머니에게 감정 표현을 잘 하지 않았고 솔직하지도 못했다.

　내가 조금만 힘든 기색을 내비치면 어머니는 바로 나폴리로 돌아가 버렸다. 어머니가 짐을 챙기고 마지막으로 집 안을 정리한 다음 조만간 돌아오겠다고 약속하고 떠나면 나는 방마다 돌아다니면서 어머니가 자기 마음대로 정리해놓은 물건들을 내 기호에 맞게 되돌려놓았다. 소금통을 지난 수년간 놓아두었던 자리로 가져다놓았고 세제도 내가 쓰기 편한 위치에 다시 올려놓았다. 어머니가 깔끔하게 정리한 서랍을 일부러 들쑤셔놓고 내 작업실도 적당히 어지럽혀놓았다. 어머니의 체취가 남아 있는 동안에는 온 집 안에 왠지 모를 불안감이 감돌았지만 그마저도 시간이 조금만 지나면 잠시 스쳐 지나간 한여름의 비 냄새처럼 희미해졌다.

　어머니는 자주 기차를 놓치곤 했다. 그럴 때면 다음 차편을 이용하거나 아예 그다음 날 로마에 왔다. 익숙해질 만도 한데 어머니가 기차를 놓칠 때마다 나는 어머니가

11

걱정되었다. 나는 전화를 걸어 어머니를 심하게 질책하곤 했다.

"왜 연락도 없이 안 오신 거예요?"

어머니는 대수롭지 않은 말투로 변명을 늘어놓으면서 자기처럼 늙은 여자에게 무슨 일이 생기겠느냐고 짓궂게 말했다. 나는 그런 어머니에게 대답했다.

"무슨 일이든 일어날 수 있죠."

나는 평생 누군가 치밀하게 계획을 세워 어머니를 이 세상에서 사라지게 할 거라는 상상에 시달렸다. 어린 시절 어머니가 외출하면 나는 부엌 창문 뒤에서 어머니를 기다리곤 했다. 나는 마법사의 수정 구슬 속에 형상이 나타나는 것처럼 어머니의 모습이 길 저편에서 나타나기를 간절히 기다렸다. 어머니가 없는 길의 전경을 보고 싶지 않아 유리에 김이 서리게 하려고 일부러 창에 대고 입김을 내뿜기도 했다.

어머니의 귀가가 늦어지면 나는 불안해서 온몸이 바들바들 떨렸다. 그럴 때면 창문도 없고 전깃불도 들어오지 않는 창고 안으로 도망쳤다. 창고는 부모님 침실에 붙어 있었다. 나는 창고에 틀어박혀 어둠 속에서 소리 죽여 울었다. 그 작은 공간은 내게 효과가 뛰어난 진통제였다. 창고 안에 있다 보면 너무 무서워서 어머니에게 무슨 일이 일어났을지 모른다는 걱정을 억누를 수 있었다. 살충제 냄새 때문에 숨조차 제대로 쉴 수 없는 칠흑같이 어두운 창고에 있으면 갖가지 형상들이 나타나 나를 공격해왔다. 오색찬란한 형상들이 눈앞에 어른거릴 때마다 나는 숨이 막혔다.

'엄마가 집으로 돌아오기만 하면 죽여버릴 테야.'

어머니가 나를 창고에 가둔 것도 아닌데 나는 거기에 쭈그려 앉아 그런 생각을 했다. 그러다 복도에서 어머니의 목소리가 들리면 나는 급히 밖으로 기어나가 아무렇지 않은 척 어머니 주변을 맴돌았다.

어머니가 평소처럼 나폴리에서 출발했지만 이번에는 영원히 목적지에 도달하지 못할 것이라는 소식을 들었을 때 나는 어린 시절의 창고가 떠올랐다.

어머니가 나폴리를 떠난 날 저녁 나는 어머니에게서 첫 번째 전화를 받았다. 어머니는 침착한 목소리로 내게 아무 말도 해줄 수 없다고 했다. 지금 어떤 남자와 함께 있는데 그가 말을 못 하게 한다는 것이었다. 어머니는 갑자기 웃음을 터뜨리고는 전화를 끊어버렸다. 나는 순간 얼떨떨한 기분이 들었다.

나는 어머니가 장난치는 것 같아 다시 전화오기를 기다렸다. 전화기 옆에 앉아 몇 시간 동안 온갖 추측을 하면서 부질없이 시간을 보냈다. 자정이 지날 때까지 전화가 오지 않아 나는 경찰인 친구에게 연락했다.

친구는 매우 친절했다. 자기가 알아서 할 테니 흥분하지 말라고 했다. 하지만 밤이 다 지나도록 어머니의 행방을 알 수 없었다. 확실한 것은 어머니가 나폴리를 떠났다는 사실뿐이었다. 데 리소 부인은 전화로 자기가 어머니를 기차역까지 바래다주었다고 했다. 데 리소 부인은 어머니와 나이가 비슷한 혼자 사는 과부였다. 부인은 지난 15년 동안 어머니와 사이 좋은 이웃사촌과 원수 사이를 오가면서 지냈다.

어머니가 기차표를 사기 위해 줄을 서 있는 동안 데 리소 부인은 어머니에게 물 한 병과 잡지 한 권을 사다주었다고 했다. 기차는 만원이었지만 다행히 어머니는 휴가가는 군인들로 가득 찬 객차의 창가에 자리를 잡았다고 했다. 둘은 서로 몸조심하라고 당부하며 작별 인사를 했다는 것이었다.

어머니의 옷차림은 평소와 다르지 않았다고 데 리소 부인은 말했다. 그날 어머니는 까마득한 옛날에 산 푸른색 재킷과 치마 정장에 굽이 낮은 낡은 구두를 신고 검은색 가죽 핸드백과 낡아빠진 여행 가방을 들고 있었다.

어머니에게서 다시 전화가 온 것은 아침 일곱 시였다.

"지금 어디세요? 어디서 전화하시는 거예요? 누구랑 같이 계세요?"

질문 공세를 퍼부었지만 어머니는 구성진 사투리로 음란하기 짝이 없는 욕설을 내뱉고는 다시 전화를 끊어버렸다. 어머니의 외설적인 말에 나는 과거로 퇴보하는 듯한 혼란스런 느낌이 들었다. 나는 다시 경찰 친구에게 전화를 걸어 표준어와 사투리가 뒤섞인 두서없는 말을 쏟아내면서 그를 당혹스럽게 했다. 친구는 어머니가 최근 평소보다 우울해 했는지 물었지만 나는 알 수 없었다. 다만 어머니가 예전 같지 않다는 사실은 인정했다.

어머니는 온화한 성격에 늘 조용하고 즐겁게 사는 분이었는데 최근 들어 평소와 다르게 행동했다. 아무 이유 없이 웃음을 터뜨리고 지나치게 수다스러워졌다. 사람은 나이가 들면 다 그렇게 되지 않나. 경찰 친구도 내 말이 맞다고 했다. 날씨가 더워지면 노인들이 갑자기 이상한 행동을 하는 경우가 종종 있다는 것이다. 친구는 너무 걱정하지 말라고 했지만 나는 그래도 걱정이 되어서 평소 어머니가 산책을 즐기던 장소를 중심으로 온 도시를 헤매고 다녔다.

그날 저녁 열 시가 다 되어서야 어머니에게서 세 번째 전화가 왔다. 어머니는 어떤 남자가 자기를 쫓아오고 있다며 횡설수설했다. 그 남자가 자기를 카펫에 돌돌 말아 데려가려 한다면서 빨리 와서 자기를 좀 도와달라고 했다. 나는 어머니에게 어디에 있는지 말해달라고 애원했다. 내 말에 어머니의 목소리가 갑자기 변하더니 자기가 어디에 있는지 모르는 편이 낫다고 했다.

"문을 꼭 잠그고 아무에게도 열어주지 마."

그 사내가 나까지 해치려 한다면서 어머니가 내게 당부했다.

"그만 가서 자. 나는 물에 몸이나 좀 담가야겠다."

그게 마지막이었다.

다음 날 두 소년이 해변에서 얼마 떨어지지 않은 곳에

서 물에 둥둥 떠다니는 어머니의 시신을 발견했다. 몸에 걸친 것이라고는 브래지어밖에 없었고 여행 가방은 발견되지 않았다. 푸른색 정장 재킷도 마찬가지였다. 팬티도 스타킹도 신발도 신분증이 든 핸드백도 없었다. 대신 손에 약혼반지와 결혼반지를 끼고 있었고 귀에는 무려 반세기 전에 아버지가 선물해준 귀걸이가 달려 있었다.

나는 어머니의 시신을 직접 확인했다. 사람의 몸이라고는 생각되지 않는 납처럼 창백한 물체를 보는 순간 나는 정신을 잃지 않기 위해 그 시신이라도 붙잡고 매달려야 할 것 같았다.

강간의 흔적은 없었다. 밤새 잔잔한 파도에 떠밀려 해변 암초에 부딪히면서 생긴 멍 자국이 군데군데 보일 뿐이었다. 눈 주위에는 꽤나 짙게 화장한 흔적이 있었다.

나는 불편한 마음으로 어머니의 육체를 오랫동안 관찰했다. 올리브빛이 감도는 어머니의 다리는 예순세 살 여성의 다리라고 하기에는 놀랍도록 젊어 보였다. 어머니의 브래지어가 평소 어머니가 입고 다니던 누더기 같은 속옷과는 다르다는 사실 역시 그에 못지않게 불편했다. 젖꼭지가 그대로 드러나는 컵 부분을 섬세한 레이스로 처리한 브래지어였다. 양쪽 컵은 세 개의 V자 모양 자수로 이어져 있었다. 어머니의 브래지어는 부잣집 사모님들이 즐겨 찾는 보시 자매가 운영하는 나폴리의 고급 속옷가게 제품이었다. 귀걸이와 반지와 함께 브래지어를 돌려받은 뒤 나는 오랫동안 브래지어에 코를 대고 냄새를 맡아보았다. 새 천 특유의 냄새 때문에 코가 매웠다.

2

장례식을 하면서 이제는 어머니 걱정을 하지 않아도 된다는 생각에 나는 새삼 놀랐다. 순간 미지근한 액체가 흐르는 느낌과 함께 다리 사이가 축축해졌다.

나는 친척, 친구, 지인들로 이루어진 기나긴 장례 행렬 맨 앞에서 걷고 있었다. 두 여동생은 내 양옆에 꼭 달라붙어 있었다. 한손으로는 당장에라도 쓰러질 것처럼 보이는 동생의 팔을 붙들어 부축했고 반대쪽에는 눈이 퉁퉁 부어서 앞을 제대로 못 보는 다른 동생이 매달려 있었다.

그런 상황에서 내 의지와는 상관없이 몸에 힘이 풀리자 나는 누군가에게 벌을 받을 거라고 위협이라도 당한 것처럼 겁에 질렸다. 장례식 내내 나는 눈물 한 방울 흘리지 않았다. 눈물이 나지 않은 것일 수도 있고 울고 싶지 않아서였을 수도 있다.

세 자매 가운데 장례식에 코빼기도 안 내비치고 화관 하나 보내지 않은 아버지를 변호해준답시고 몇 마디 말이라도 한 사람은 나밖에 없었다. 동생들은 내 앞에서 아버지에 대한 못마땅한 마음을 감추지 않았고 이제는 사람들이 보는 앞에서 나와 내 아버지 몫의 눈물까지 쏟을 수 있다는 사실을 만천하에 증명하겠다고 작심한 것처럼 울어대고 있었다.

나는 비난받는 느낌이었다. 때마침 캔버스에 그린 그림들을 짊어진 흑인 남자가 나타나 잠시 장례 행렬과 나란히 걸었다. 나는 내 동생들과 친척들이 흑인 남자가 어깨에 짊어진 그림을 못 보고 지나치기를 바랐다. 반라의 집시 여인을 그린 조잡한 그림의 화가가 바로 우리 아버지였기 때문이다.

아마도 아버지는 지금 이 순간에도 쓰레기 같은 그림을 그리고 있을 것이다. 그 가증스러운 집시 그림은 이미 수십 년 전부터 길가나 시골 장터에서 팔리고 있었다. 아버지는 소시민 계급의 거실을 장식하기 위한 그 흉측한 그림을 그려달라는 요청에 몇 푼 안 되는 돈을 받고 똑같은 집시 여인 그림을 찍어내듯 그려댔다.

만남과 이별과 해묵은 원한을 잇는 선들이 짓궂게도 어머니의 장례식에 아버지 대신 우리 세 자매가 아버지보다 더 싫어하는 조잡한 그림을 보낸 것이다.

나는 이 모든 상황에 넌덜머리가 났다. 고향에 온 후로 잠시도 가만히 있을 틈이 없었다. 지난 며칠 동안 나는 어머니의 오빠인 필리포 삼촌과 함께 번잡한 관공서를 돌아다녔다. 우리는 서류 작업을 빨리 처리할 수 있게 다리를 놔주는 삼류 중개인들을 만나보기도 하고 한참 동안 줄을 서서 기다리다 지쳐서 뒷돈을 두둑이 받고 불가능한 문제를 해결해줄 의향이 있는지 담당 공무원들을 은근슬쩍 떠보기도 했다.

삼촌은 가끔 공무원 앞에서 재킷의 빈 소매를 보란 듯이 내보였는데 그게 효과가 있을 때도 있었다. 삼촌은 과거 쉰여섯이라는 적지 않은 나이에 변두리 공장에서 일하다 절단기에 오른팔을 잃었었다. 그 후로 무언가를 부탁하거나 그 부탁을 거절한 사람들이 자신과 똑같은 꼴을 당하기를 기원할 때마다 삼촌은 자신의 장애를 십분 활용했다. 하지만 그 방법보다는 꼭 안 써도 되는 돈을 지출하는 편이 훨씬 더 효과적이었고 그렇게 해서 우리는 빠른 시간 내에 필요한 서류와 수없이 많은 관할 기관의 승인을 얻고 최고급 장례식을 치를 수 있는 준비를 마치고 가장 어려웠던 묘지를 구할 수 있었다. 승인을 거쳐야 할 관할 기관이 어찌나 많은지 가짜로 만들어낸 것이 아닌지 의심이 들 정도였다.

무례하거나 알랑거리는 공무원들 앞에서 어머니의 성과 이름과 생년월일과 사망일을 읊고 다니는 동안 이미 검시관에게 난도질당한 내 어머니 아말리아의 생명을 잃은 몸은 점점 더 무거워졌다. 그렇게나 어머니에게서 자유로워지고 싶었는데 나는 기력이 남아도는 사람처럼 어머니의 시신을 직접 운구하겠다고 나섰다.

친인척들 모두 거센 반대 끝에 내 말을 들어주었다. 여자는 시신을 운구할 수 없다는 것이었다. 사실 말도 안 되는 생각이기는 했다.

사촌 동생과 두 제랑이 나와 함께 관을 운반했는데 셋 다 나보다 키가 크다 보니 운구 행렬 내내 어깨에 올린 나무가 시신과 함께 통째로 내 쇄골과 목 사이로 파고드는 것 같았다. 관을 실은 운구 차량이 출발하고 죄책감과 안도감이 뒤섞인 한숨을 내쉬며 몇 걸음 걷는 순간 긴장이 풀리면서 자궁에서 은밀한 액체가 홍수처럼 쏟아져 나왔다.

내 의지와는 상관없이 내 몸에서 흘러나오는 뜨거운 액체가 마치 내 몸 안에서 살고 있는 외계인들끼리 주고받은 암묵적인 신호처럼 느껴졌다. 어느덧 장례 행렬은 카를로 3세 광장을 향해 나아가고 있었다. 레클루소리오 건물의 누런 외벽이 위압적으로 보이는 인치스 구역의 전경을 힘겹게 지탱하고 있었다.

순간 그 거리 이름이 생각나지 않았다. 내 기억력은 흔들면 흘러넘치는 발포성 음료처럼 불안정했다. 먼지로 뒤덮인 뿌연 회색 햇살 아래 도시 전체가 열기에 녹아내리는 것 같았다. 머릿속으로 지난날 베테리나리아와 식물원 주변을 정처없이 거닐게 만들었던 유년 시절과 사춘기 시절 일을 곱씹어 보았다. 그때 나는 생각에 푹 빠져서 썩은 야채로 뒤덮인 산 안토니오 아바테 시장의 축축한 돌길을 걷곤 했다. 어머니와 함께 그 모든 장소와 거리의 이름마저 모두 사라져버린 것 같았다.

　나는 유리에 비친 나와 여동생들의 모습을 물끄러미 바라보았다. 화관 사이에 있는 우리 세 자매의 모습이 흐릿한 조명 아래서 찍은 사진처럼 보였다. 먼 훗날 꺼내 봐도 기억을 되살리는 데 별 도움이 안 될 것 같은 사진.

　나는 광장 바닥에 깔린 포석에 발바닥을 단단히 붙이고 운구 차량 장식 꽃에서 나는 벌써 상한 듯한 냄새를 애써 피했다. 갑자기 피가 발목까지 흘러내리는 것 같은 느낌이 들어 동생들에게서 벗어나려 했지만 불가능했다.

　나는 장례 행렬이 광장을 돌아 돈 보스코가를 향해 올라가다 자동차와 거리의 행인들 사이에 뒤섞일 때까지 기다려야 했다. 사촌에 육촌에 팔촌들까지 돌아가면서 우리 자매를 껴안기 시작했다. 어렸을 때만 봤던 사람들이라 지금은 세월이 흘러 변한 모습을 알아보기 힘들었다. 그중에서는 아예 처음 보는 사람들도 있었을 것이다.

　그나마 확실히 기억하고 있던 사람들은 장례식에 참석하지 않았다. 아니면 그 자리에 있었는데도 내가 그들을 삐뚤어진 눈이나 짝짝이 발이나 올리브빛 피부처럼 신체의 일부 특성으로만 기억하고 있어서 알아보지 못한 것일 수도 있다. 대신 내가 이름조차 모르는 사람들이 나를 따로 불러 세워놓고 과거에 아버지에게 당한 일을 쏟아내기 시작했다. 다정하고 가벼운 대화에 능숙한 청년들이 내게 괜찮은지, 잘 지내고 있는지, 내 직업은 무엇인지 물었지만 나는 그들이 누군지 알 수 없었다. 나는 괜찮고, 잘 지내고 있고, 내 직업은 만화가라고 대답하고 그들에게도 잘 지내고 있는지 물었다.

주름이 자글자글하게 잡힌 창백한 얼굴 빼고는 머리부터 발끝까지 까맣게 차려입은 여인들은 너무나 아름답고 관대했던 내 어머니 아말리아를 찬양했다. 그중 몇몇은 눈물을 펑펑 쏟으며 나를 꼭 껴안았는데 그 힘이 얼마나 센지 숨이 막힐 지경이었다. 노파들의 땀과 눈물에서 나오는 습기가 내 사타구니와 허벅지의 살이 붙어 있는 부분까지 느껴질 정도였다. 처음으로 검은색 옷을 입고 있어서 다행이라는 생각이 들었다. 장례 행렬에서 살짝 벗어나려던 차에 필리포 삼촌이 어김없이 일을 내고 말았다.

일흔이 다 된 삼촌은 종종 현재와 과거를 혼동했다. 뭔가 사소한 일 때문에 가뜩이나 불안정한 정신이 무너져내리고 만 것이다. 삼촌은 주변 사람들의 놀란 시선 속에서 자신에게 남아 있는 유일한 팔을 미친 듯이 흔들면서 소리 높여 사투리로 욕지거리를 쏟아내기 시작했다.

"너희들도 카세르타 자식을 봤니?"

삼촌이 씩씩거리며 나와 여동생들에게 물었다. 삼촌은 우리에게 너무나 익숙한 그 이름을 몇 번이나 반복해서 불렀다. 유년 시절 기억 속에 남아 있던 그 위협적인 이름을 듣자 나는 마음이 불안해졌다. 삼촌은 얼굴이 시뻘겋게 달아올라서 말했다.

"염치없이 감히 아말리아의 장례식에 나타나다니! 너희 아버지가 이 자리에 있었다면 그 자식을 죽여버렸을 거다!"

나는 카세르타 이야기를 듣고 싶지 않았다. 내게 그는 어린 시절 두려움의 대상일 뿐이었다. 나는 아무렇지 않은 척 삼촌을 진정시키려 했지만 삼촌은 내 말이 귀에 들어오지 않는 듯했다. 진정하기는커녕 카세르타의 이름에 충격을 받은 나를 위로하듯 남은 한쪽 팔로 나를 꼭 붙들었다. 나는 버릇없이 삼촌의 손길을 뿌리치고 동생들에게 매장 시간에 맞춰 묘지에 가겠다고 한 뒤 광장으로 돌아갔다.

나는 서둘러 걸으면서 바를 찾아서 화장실이 어디 있는지 묻고는 재빨리 가게 뒤에 있는 화장실로 들어갔다. 지린내가 진동하는 비좁은 공간에 누런 세면대와 더러운 변기가 있었다.

꽤 많은 양의 피가 쏟아져 나오는 바람에 속이 메스꺼웠고 가벼운 현기증이 났다. 순간 어둠 속에서 가랑이를 쩍 벌리고 옷핀을 푼 다음 풀로 붙인 것처럼 성기에 딱 달라붙은 피 묻은 면 생리대를 떼어내는 어머니의 모습이 보였다. 고개를 돌려 나와 눈이 마주쳤을 때 어머니는 놀라는 기색 없이 침착하게 말했다.

"어서 나가. 여기서 뭐하는 거니?"

나는 몇 년 만에 처음으로 울음을 터뜨렸다. 일정한 박자에 맞춰 눈물을 흘리려는 것처럼 거의 동일한 간격으로 세면대를 손으로 치면서 울었다. 내가 무슨 짓을 하고 있는지 깨닫는 순간 나는 울음을 멈추고 휴지로 피가 묻은 부위를 최대한 꼼꼼히 닦아낸 다음 약국을 찾아 나섰다.

그 남자를 처음 본 것은 바로 그때였다.

"도와드릴까요?"

나와 부딪히자 그가 물었다. 남자의 셔츠가 얼굴에 닿는 느낌과 동시에 재킷 주머니 밖으로 튀어나온 파란색 볼펜 뚜껑만 겨우 보았을 정도로 순식간에 일어난 일이었다. 짧은 순간이었지만 불안하게 들리는 남자의 목소리와 향긋한 체취, 늘어진 목살과 깔끔하게 빗어넘긴 무성한 흰머리가 내 머릿속에 각인되었다.

"약국이 어딘지 아시나요?"

나는 갑작스러운 신체 접촉에서 벗어나기 위해 급히 방향을 바꾸느라 남자를 쳐다보지도 않고 물었다.

"가리발디가 쪽에 있소."

볼륨감 없는 얼룩처럼 비쩍 마른 남자의 몸과 나 사이에 최소한의 간격을 확보하려는 내게 남자가 대답했다. 짙은 색상의 재킷에 새하얀 셔츠를 받쳐 입은 남자는 알베르고 데이 포베리* 건물 정면에 딱 달라붙어 있는 것처럼 보였다. 남자는 안색이 창백했고 깔끔하게 면도를 하고 있었다. 놀라는 기색이 하나도 없는 눈빛이 마음에 들지 않았다. 나는 속삭이듯 고맙다고 말하고 그가 가리킨

---

* 오래된 노숙자 쉼터.

쪽으로 도망쳤다.

남자의 목소리가 내 뒤를 쫓아왔다. 정중했던 말투가 위협적인 웅얼거림으로 변했다. 남자의 말투는 갈수록 험해졌다. 정액과 침과 배설물과 몸에 뚫린 구멍이란 모든 구멍을 나와 내 여동생들과 내 어머니와 연관 지어 퍼부어 대는 음란하기 짝이 없는 욕지거리가 시냇물 흐르는 소리처럼 내 귀에 조르르 들려왔다.

이유 없는 욕설에 어이가 없어서 휙 돌아봤지만 남자는 이미 사라지고 없었다. 길을 건너서 자동차 사이에 모습을 감추었거나 산 안토니오 수도원 쪽으로 방향을 바꾼 것일 수도 있다. 나는 거친 심장박동이 가라앉고 그 남자를 죽여버리고 싶은 충동이 서서히 사그라들기를 기다렸다가 약국에서 생리대를 사서 바로 돌아갔다.

3

나는 택시를 타고 공동묘지에 도착했다. 어머니의 관을 잿빛 돌 구덩이 안으로 집어넣은 후 흙으로 메우는 장면을 아슬아슬하게 놓치지 않을 수 있었다. 동생들은 장례식이 끝나자마자 각자의 남편과 아이들과 함께 차를 타고 떠나버렸다. 어서 빨리 집으로 돌아가 이 모든 것을 잊고 싶었을 것이다. 우리는 서로 포옹하며 곧 만나자고 했지만 그럴 일은 없을 거라는 것을 알고 있었다. 갈수록 타인처럼 멀어져가는 관계를 가늠하기 위해 가끔 통화하는 게 전부일 것이다.

우리 세 자매는 벌써 몇 년 전부터 다른 도시에서 살고 있었다. 우리에게는 각자의 삶과 셋 다 싫어하는 공동의 과거가 있었다. 어쩌다 만날 때도 할 말을 하기보다는 입을 다무는 편을 택했다.

나만 홀로 남게 되었을 때 나는 필리포 삼촌이 나를 자기 집으로 초대할 거라고 생각했다. 그동안 나는 삼촌 집에서 묵고 있었다. 하지만 삼촌은 내게 자기 집으로 오라고 하지 않았다. 그날 아침 장례식이 끝나면 어머니 집에 가서 어머니 소지품 가운데 애착이 가는 것들을 챙기고 임대 계약을 해지하고 전기와 가스와 전화를 끊겠다고 했더니 자기 집에 초대해봤자 내가 오지 않을 거라고 생각한 모양이었다. 삼촌은 내게 인사도 없이 구부정한 자세로 발을 질질 끌면서 멀어져 갔다. 동맥경화증이 있는 데다 오랜 원한이 갑자기 폭발해서 상상 가능한 모든 욕설을 다 쏟아내는 바람에 몹시 지쳐 보였다.

그렇게 해서 나는 모두에게 잊혀진 채 거리에 홀로 남게 되었다. 그토록 많았던 친척들은 왔던 길을 따라 도시 외곽으로 돌아가 버렸다. 내 어머니는 무례하기 짝이 없는 무덤 파는 인부들의 손에 왁스와 썩은 꽃 악취가 진동하는 구덩이 안에 파묻혔다. 신장이 아프고 위경련이 일었다. 나는 우울한 기분으로 마음을 다잡고 뜨겁게 달아오른 식물원 벽을 따라 카부르 광장으로 향했다. 사투리로 웅얼대는 사람들의 말소리와 자동차 매연 때문에 공기가 더 무겁게 느껴졌다. 나는 원치 않게 나도 모르게 사람들의 사투리를 이해하고 있었다.

나폴리 사투리는 내 어머니의 언어였다. 나는 어머니와 관련된 다른 모든 것처럼 고향 사투리도 잊으려고 애썼다. 어머니가 나를 보러 오거나 내가 가끔 반나절 동안 나폴리에 잠시 머물 때면 어머니는 어설프게나마 표준어를 쓰기 위해 애썼고 나는 오직 어머니를 위해서 마지못해 사투리를 썼다.

지난날의 추억을 떠올리며 즐거운 마음에서 나오는 사

투리가 아니었다. 내 사투리는 자연스러운 맛이 없고 어설펐다. 나는 잘 모르는 외국어처럼 나폴리 사투리를 썼다. 그럴 때면 어색하게 말하는 내 목소리에서 지난날 어머니와 아버지가 벌이던 격렬한 싸움의 메아리가 들렸다. 아버지와 어머니 쪽 친척들, 어머니와 아버지 쪽 친척들 사이에 벌어졌던 싸움의 메아리가 들리는 것 같았다. 그럴 때면 나는 참지 못하고 평소대로 다시 표준어를 썼고 어머니도 마음 편하게 사투리로 돌아갔다. 이제 어머니가 죽고 사투리와 사투리에 담긴 기억까지 영원히 지울 수 있게 되었는데 또다시 사투리가 들려오자 나는 마음이 불안해졌다.

리코타를 듬뿍 넣은 튀긴 피자를 살 때는 사투리가 유용했다. 며칠 동안 거의 굶다시피 한 나는 협죽도만 듬성듬성 심어져 있어서 방치된 것처럼 보이는 공원을 배회하면서 한 무리의 노인들을 흘끔거리며 피자를 맛있게 먹었다. 맹렬한 기세로 공원 근처를 오가는 수많은 사람과 자동차 행렬 때문에 나는 결국 어머니 집으로 올라가기로 마음먹었다.

어머니는 인노첸티사에서 만든 금속 파이프로 둘러싸

인 오래된 건물 4층에 살았다. 시내에 있는 건물들이 흔히 그렇듯이 그곳은 낮이면 사람들로 꽉 차고 밤이면 텅텅 비었다. 낮에는 건물이 운전면허를 갱신하거나 출생신고서며 사망신고서를 발급하거나, 비행기표·기차표·승선표를 예매하기 위해 컴퓨터를 붙잡고 있거나, 도난·화재·질병·사망 보험 초안을 작성하거나 복잡한 소득증명서를 작성하는 직원들로 북적였다.

실제로 건물에 거주하는 사람은 많지 않았다. 하지만 20년도 더 지난 먼 옛날 아버지가 우리 네 모녀를 집에서 내쫓았을 때는 그나마 그런 건물에라도 집을 얻을 수 있어서 다행이었다. 그때 어머니는 아버지에게 헤어지겠다고 통보했는데 우리 세 자매는 어머니 편이었다. 나는 한 번도 그 건물을 좋아한 적이 없었다.

집에 있으면 감옥이나 법원이나 병원에 있는 것처럼 불안했다. 어머니는 건물이 웅장해 보인다며 좋아했지만 실상은 현관문부터 흉측하고 지저분했다. 아무리 관리인이 자물쇠를 고쳐 놓아도 현관문은 계속 망가졌고 먼지가 잔뜩 쌓인 문짝은 배기가스 때문에 새까맣게 변했다. 놋으로 만든 커다란 손잡이는 19세기 이래 한 번도 닦지 않은 것처럼 더러웠다.

안뜰로 이어지는 어두운 통로는 동굴처럼 길고 어두웠다. 낮이면 언제나 학생들과 건물에서 3미터쯤 떨어진 곳에 위치한 버스 정류장에 정차할 버스를 기다리는 행인들, 라이터나 휴지나 구운 옥수수나 군밤 따위를 파는 장사꾼들, 더위나 비를 피해 들어온 관광객들로 붐볐다. 양쪽 벽면에 전시된 진열장을 하염없이 쳐다보고 있는 다양한 인종의 사내들도 있었다. 그렇게 서서 무엇을 기다리는지는 알 수 없었지만 인상이 고약해 보이는 그 사내들은 대개 우리 건물에서 사진관을 운영하는 나이든 사진사의 작품을 구경하면서 시간을 때웠다. 예복 차림의 신랑신부와 눈부시게 웃고 있는 아가씨들과 무서울 것이 하나도 없어 보이는 제복 입은 청년들의 사진이었다. 예전에 어머니의 증명사진이 이틀 정도 진열장에 걸린 적이 있었다. 나는 행여나 아버지가 지나가다 사진을 보고 화가나서 유리를 박살낼까봐 사진사에게 사진을 치워달라고 했다.

나는 시선을 바닥에 고정시키고 안뜰을 지나 B동 계단 앞 유리문으로 이어지는 짧은 계단을 올라갔다. 다행히 관리인이 자리에 없었다. 나는 급히 엘리베이터를 탔다. 엘리베이터는 이 건물에서 내가 좋아하는 유일한 공간이었다.

사실 나는 엘리베이터가 금속으로 만든 관처럼 느껴져서 싫었다. 버튼을 누르는 순간 엘리베이터는 빠르게 올라가거나 내려갔는데 그때마다 뱃속에 구멍이 뚫리는 것 같았다. 하지만 어머니가 살던 건물의 엘리베이터는 나무 재질이었고 섬세한 놋쇠 손잡이와 가장자리가 회색 아라베스크 양식으로 장식된 유리문이 달려 있었다. 양쪽 벽면에는 우아한 모양의 긴 나무 의자와 거울이 설치되어 있었고 조명은 은은했다. 엘리베이터가 끼익 거리면서 힘겹게 움직이는 소리에 귀를 기울이고 있다 보면 느릿한 움직임에 마음이 오히려 편안해졌다.

엘리베이터 오른쪽 벽에 설치된 50년대 동전 박스*는 몸통이 넓고 활처럼 휘어진 주둥이가 위쪽을 향하고 있었다. 동전 박스는 엘리베이터가 한 층 한 층 올라갈 때마다 당장이라도 동전을 삼킬 듯이 쇳소리 섞인 한숨을 내뱉었

* 과거 이탈리아에서는 건물 관리비를 아끼기 위해 동전을 넣어야 엘리베이터가 작동하는 동전 박스를 달았다.

다. 층별 버튼만 눌러도 엘리베이터를 이용할 수 있게 된 후로 동전 박스는 무용지물이 되었다. 가진 것 없는 금욕적인 동전 박스가 그 오래된 공간의 고요함을 방해하는데도 나는 그것이 싫지 않았다.

나는 나무 의자에 앉아서 소녀 시절 마음을 진정하기 위해 하던 것처럼 우리 집이 있는 4층 버튼을 누르는 대신 엘리베이터가 6층까지 올라가도록 내버려두었다. 건물 꼭대기 층은 몇 년 전 사무실을 운영하던 변호사가 층계참에 달린 램프까지 모조리 가져가 버린 후로 내내 어두운 빈 공간으로 남아 있었다.

엘리베이터가 정지한 후 나는 뱃속 깊이 숨을 들이마셨다가 천천히 내뱉으며 기다렸다. 예전과 마찬가지로 몇 초가 흐르자 엘리베이터 조명이 꺼졌다. 손을 뻗어 손잡이를 잡을까 생각해보았다. 손잡이를 잡아당기기만 해도 조명은 켜질 것이다. 하지만 나는 꼼짝하지 않고 앉아서 여전히 깊은 숨을 내쉬었다. 좀벌레가 엘리베이터 나무를 파먹는 소리만 들렸다.

대여섯 달 전이었던가. 불과 몇 달 전, 평상시처럼 잠시 집에 들렀을 때, 나는 충동적으로 어머니에게 사춘기 시절 혼자 있고 싶을 때면 그곳에 몰래 숨어 있었다는 사실을 고백하고 어머니를 그곳에 데리고 간 적이 있다. 이제 와서 새삼스레 어머니와 친밀한 관계를 형성하고 싶어서였을 수도 있고 그렇게 해서라도 내가 항상 불행했다는 사실을 알려주고 싶어서였을 수도 있다. 하지만 어머니는 내가 다 망가져가는 엘리베이터 안에 들어가 허공에 매달려 있었다는 사실을 그저 재미있어할 뿐이었다.

"그동안 남자가 한 명도 없었어요?"

나는 그런 어머니의 반응을 보고 다짜고짜 물었다.

아버지와 헤어진 후에 한 번도 남자를 사귄 적이 없었느냐는 뜻이었다. 어린 시절부터 지금까지 어머니와 주고받았던 대화를 생각해보면 결코 일상적인 질문은 아니었다. 그런데도 불과 몇 센티미터밖에 떨어져 있지 않은 나무 의자에 앉은 어머니의 육체는 불편한 내색을 하지 않았다. 어머니의 목소리도 마찬가지였다. 어머니는 단호하고 확고하게 "없었다"고 했다. 거짓말이었다. 거짓말을 하고 있다는 의심을 품게 할 만한 기색이 전혀 없었기에 오히려 나는 어머니가 나를 속이고 있다고 확신했다.

"누군가 있었군요."

내가 차갑게 쏘아붙이자 언제나 매우 절제된 반응을 보이던 어머니가 갑자기 흥분했다. 어머니는 다 늘어진 커다란 분홍색 팬티가 훤히 보이게 원피스를 허리춤까지 끌어올리더니 키득대면서 물렁한 살과 축 처진 자신의 뱃살을 두고 혼란스러운 말을 늘어놓았다. 그러면서 어머니는 여기를 좀 만져보라면서 내 손을 허옇게 살찐 자신의 배로 가져가려 했다.

나는 뒤로 물러나 두근거리는 심장박동을 안정시키기 위해 손을 가슴에 갖다 댔다. 어머니는 치맛자락을 내렸지만 여전히 엘리베이터 조명 아래 누런 맨다리를 드러내고 있었다. 나는 어머니를 건물 꼭대기에 있는 내 은신처로 데려온 것을 후회했다. 무엇보다도 어머니가 다리를 가렸으면 좋겠다고 생각했다.

"나가요."

내가 말하자 어머니는 정말로 엘리베이터 밖으로 나갔다. 어머니는 내 말을 거절한 적이 없었다. 어머니는 엘리베이터 밖으로 한 발짝 걸어 나가자마자 어둠 속으로 자취를 감췄다. 텅 빈 엘리베이터에 홀로 남으니 왠지 모르게 마음이 침착해지면서 기분이 나아졌다. 나는 무의식적으로 엘리베이터 문을 닫았다. 잠시 후 조명도 꺼졌다.

"델리아."

어머니가 속삭였다. 걱정스러운 목소리는 아니었다. 어머니는 나만 옆에 있으면 절대로 불안해하지 않았다. 그때도 언제나처럼 자기가 아니라 나를 안심시키려는 것 같았다.

그때 나는 내 이름이 추억 속의 메아리처럼 울려 퍼지는 소리를 음미하며 한동안 그대로 앉아 있었다. 실제가 아닌 머릿속에서 들리는 환청이었다. 어머니가 내 이름을 부르며 나를 찾아 온 집 안을 헤매던 가상의 시간에서 들려오는 소리 같았다.

그리고 지금 이 순간 나는 여전히 같은 곳에 앉아 어떻게든 빨리 그 메아리에 대한 기억을 지우려 애쓰고 있었다. 그런데 왠지 혼자가 아닌 것 같은 느낌이 들었다. 누군가 나를 훔쳐보고 있었다. 몇 달 전에 그랬던 것처럼 이제는 죽어서 없어져버린 내 어머니 아말리아가 나를 바라보고 있는 것이 아니라 나의 또 다른 자아가 층계참에 서서 엘리베이터에 앉아 있는 나를 훔쳐보고 있었다.

그런 느낌이 들 때마다 내 자신이 싫어졌다. 나는 엘리베이터가 나뭇가지 사이에 있는 새 둥지라도 되는 것처럼 그 안에 숨어 있었다. 꽁무니에 힘없이 대롱거리는 기다란 쇠줄이 달린 오래된 엘리베이터에서 벙어리처럼 입을 꾹 다물고 어두운 허공에 매달려 있는 내 자신이 수치스럽게 느껴졌다.

나는 엘리베이터 문을 향해 손을 뻗었다. 잠시 더듬거리다 손잡이가 손에 닿는 순간 어둠은 아라베스크 장식이 달린 문 너머로 자취를 감췄다.

내 어머니 아말리아에게는 넘을 수 없는 선이 있었다. 나는 그 사실을 알고 있었다. 내가 거기까지 간 것도 아마 그 선을 넘기 위해서였을 것이다. 그런 생각이 들자 덜컥 겁이 나서 4층 버튼을 눌렀다. 엘리베이터는 요란하게 덜컹거리더니 어머니의 집을 향해 삐걱이며 내려가기 시작했다.

4

나는 어머니의 이웃사촌인 과부 데 리소 부인에게 어머니 집 열쇠를 달라고 했다. 부인은 내게 열쇠를 건네주었지만 어머니 집에 함께 가달라는 내 부탁은 단호하게 거절했다. 데 리소 부인은 의심 많은 뚱뚱한 여자였다. 그녀의 오른쪽 뺨에는 커다란 점이 있었는데 그 점에 회색 털두 가닥이 길게 자라나 있었다. 부인은 앞가르마를 탄 머리를 땋아서 뒤로 넘기고 있었다. 머리부터 발끝까지 온통 시꺼멨는데 평소 옷차림이 그런 것인지 아니면 장례복을 아직 벗지 않은 것인지 알 수 없었다.

부인은 현관문에 맞는 열쇠를 찾고 있는 나를 지켜보며 자기 집 문 앞에 서 있었다. 현관문은 제대로 잠겨 있지 않았다. 어머니가 평소와는 달리 자물쇠 두 개 중에서 하나만 잠가놓은 것이었다. 그것도 열쇠를 다섯 번 돌려야 열리는 자물쇠 대신 두 번만 돌리면 되는 자물쇠만 잠겨 있었다.

"어머니가 왜 그러셨을까요?"

나는 현관문을 열어젖히면서 부인에게 물었다.

"최근 네 엄마는 제정신이 아니었어."

데 리소 부인이 잠시 망설이다 말했다.

하지만 막상 말하고 나니 고인에 대한 예의가 아니라고 생각했는지 바로 덧붙였다.

"네 엄마는 행복했단다."

데 리소 부인이 또다시 주저했다. 나와 수다 떨고 싶은 마음은 굴뚝같지만 어머니의 집은 말할 것도 없고 계단 주변과 건물 안을 떠돌고 있을 어머니의 유령을 두려워하는 것이 틀림없었다.

나는 부인의 수다라도 들으며 외로움을 달래보려고 다시 한번 집에 함께 들어가자고 권했지만 부인은 단호하게 거절했다. 부인은 눈시울이 빨개져서 소름 끼친다는 듯 몸을 바르르 떨었다.

"어머니가 행복해하실 만한 특별한 이유가 있었나요?"

내가 묻자 부인은 이번에도 망설이다 내게 그 이유를 이야기하기로 결심한 듯 말했다.

"얼마 전부터 키가 훤칠하고 점잖아 보이는 양반이 어머니를 찾아왔단다."

나는 적의가 담긴 눈빛으로 부인을 쏘아보았다. 그런 이야기는 듣고 싶지 않았다.

"제 큰삼촌이었을 거예요."

내가 말했다.

데 리소 부인은 눈을 가늘게 떴다. 기분이 상한 것이었

다. 부인은 어머니와 오랜 친구 사이였고 필리포 삼촌도
잘 알고 있었다. 삼촌은 키가 크지도 특별히 점잖아 보이
지도 않았다.

"큰삼촌이라."

부인은 겉으로는 내 말에 수긍하는 척했다.

"아니라고 생각하세요?"

내가 부인의 말투에 마음이 상해서 묻자 부인은 쌀쌀맞
게 작별 인사를 하고는 현관문을 닫아버렸다.

죽은 지 얼마 되지 않은 사람의 집에 들어가면 집에 아
무도 없다는 사실이 믿기지 않는다. 집은 죽은 사람의 영
혼을 거두지는 못하지만 망자가 삶의 마지막 순간 한 일
의 흔적을 간직한다. 가장 먼저 들려온 것은 부엌에서 물
떨어지는 소리였다. 순간 현실과 허구가 뒤섞이며 어머니
가 죽지 않은 것 같았다. 어쩌면 어머니의 죽음은 언제 시
작됐는지 알 수 없는 길고 불안한 환상의 산물일 뿐일지
도 모른다. 어머니가 집 안 어딘가에 살아 있을 것 같았다.
싱크대 앞에서 중얼중얼 혼잣말을 하면서 설거지를 하고
있을 것 같았다. 하지만 창문은 죄다 닫혀 있었고 집 안은
어두웠다. 불을 켜보니 오래된 놋쇠 수도꼭지에서 텅 빈

싱크대로 꽤 굵은 물줄기가 떨어지고 있었다.

나는 수도꼭지를 꽉 잠갔다. 어머니는 옛날 사람이라 낭비를 용납하지 않았다. 바싹 말라 딱딱해진 빵조차 함부로 버리지 않았고 치즈 껍데기도 따로 보관해두었다가 수프에 넣어서 감칠맛을 냈다. 고기를 사는 일은 거의 없었다. 대신 정육점에서 공짜로 얻은 뼈다귀를 수프에 넣어 그 안에 신비한 영양소라도 있는 것처럼 쪽쪽 빨아먹곤 했다. 그런 어머니가 수도꼭지를 잠그지 않았을 리가 없었다. 어머니는 물 한 방울까지 절약했고 그런 어머니의 절약 정신은 평소 행동과 예민한 청각과 말투에도 묻어났다. 어렸을 때 뜨개질용 바늘처럼 가느다란 물줄기가 싱크대로 조르르 흐르면 어머니는 귀신같이 알아채고 야단치는 말투는 아니었지만 내게 이렇게 외쳤다.

"델리아! 수도꼭지!"

어머니가 생의 마지막 몇 시간 동안의 부주의 때문에 평생 낭비한 물을 합한 것보다 더 많은 양의 물을 낭비했다고 생각하니 마음이 안 좋았다. 고개를 숙이고 부엌 한가운데 허공에 매달린 채 푸른색 마욜리카 타일 바닥 위를 부유하는 어머니의 모습이 보였다.

나는 서둘러 부엌에서 나왔다. 나는 침실로 가서 내가 좋아하던 어머니의 오래된 50년대 스타일 겨울옷, 가족 앨범, 팔찌 등 어머니가 소중하게 여겼던 물건들을 비닐봉지에 주섬주섬 담았다. 나머지는 고물상에서도 수거하지 않을 만한 물건들이었다.

얼마 되지 않는 가구들은 다 낡아서 보기 흉했다. 어머니의 침대는 프레임과 매트리스로만 구성된 소박한 침대였고 침대 시트와 이불에는 낡은 것에 비해서는 황송할 정도로 정성스레 기운 흔적이 있었다.

나는 어머니의 속옷 서랍이 텅 빈 것을 발견하고 깜짝 놀랐다. 빨래 주머니를 살펴보았지만 그 안에는 고급 남성 셔츠 한 장밖에 없었다. 중간 사이즈의 푸른색 셔츠였다. 젊은 남자나 아니면 적어도 취향이 젊은 남자가 최근에 구입한 것 같았다. 목 칼라 부위가 더러웠지만 천에 밴 냄새가 싫지는 않았다. 고급 데오도란트에 희석된 땀 냄새가 났다. 나는 셔츠를 정성스레 개어서 다른 물건들과 함께 비닐봉지에 넣었다. 필리포 삼촌이 입을 만한 옷은 아니었다.

욕실에는 칫솔도 치약도 없었다. 오래된 푸른색 목욕가

운은 욕실문에 걸려 있었고 두루마리 휴지도 얼마 없었다. 변기 옆에 반쯤 찬 쓰레기봉투가 있었는데 봉투 안에는 쓰레기 대신 옷이 있었다. 오래되고 지저분한 옷가지들은 지난 수십 년 동안 감싸고 있었을 악취를 풍기는 지친 육체가 흘린 체액에 절어 있었다.

나는 살짝 소름이 끼치는 것을 참으며 봉투 속에 든 옷가지들을 한 장씩 꺼내기 시작했다. 모두 어머니의 속옷이었다. 오래된 하얀색 팬티와 분홍색 팬티는 터널 사이에 있는 승강장처럼 늘어진 고무줄들이 올 풀린 천 밖으로 삐져나와 있는 데다 군데군데 기운 흔적투성이였다. 팬티 말고도 낡아서 모양이 망가진 브래지어, 구멍이 숭숭 뚫린 러닝셔츠, 40년 동안 한 번도 쓸 일이 없었을 가터벨트, 보기 민망할 정도로 낡은 팬티스타킹과 유행이 한참 지난 누렇게 변색된 레이스가 달린 슬립이 줄줄이 딸려 나왔다.

어머니는 항상 누더기만 걸쳤다. 가난해서이기도 했지만 수십 년 전부터 아버지의 질투심을 자극하지 않기 위해 외모를 꾸미지 않는 습관이 들어서이기도 했다. 그런 어머니가 갑자기 자기 옷장을 통째로 갖다 버리려고 결심한 것 같았다.

순간 시신을 물에서 건졌을 때 어머니가 걸치고 있던 옷이 생각났다. 어머니는 세 개의 V자로 컵을 이은 우아한 새 브래지어 하나만 입고 있었다. 레이스로 된 브래지어 컵 속에 담긴 어머니의 가슴을 떠올리자 더욱 불안해졌다. 나는 바닥에 흐트러진 속옷에 손댈 힘조차 없어서 바닥에 그대로 둔 채 욕실문을 닫고 몸을 기댔다.

하지만 부질없는 일이었다. 욕실은 통째로 내 몸을 통과해 내 눈앞에 재구성되었다. 복도에 재구성된 욕실 안에서 어머니는 내가 변기에 앉아 꼼꼼하게 제모하는 모습을 지켜보고 있었다. 나는 발목에 뜨거운 제모용 왁스를 바른 다음 신음소리를 내면서 단호한 동작으로 왁스를 피부에서 떼어냈다. 어머니는 자기가 어렸을 때는 발목에 난 검은 털을 가위로 잘라내야 했다고 말했다. 하지만 아무리 잘라내도 철사처럼 단단한 털이 눈 깜짝할 사이에 다시 자란다고 했다. 해변에 갈 때도 마찬가지였다. 수영복을 입기 전에 어머니는 음모를 가위로 잘라내야 했다.

어머니는 싫다고 했지만 나는 어머니에게 제모 크림을 발라주었다. 어머니의 발목과 가늘고 단단한 허벅지 안과 사타구니에 조심스레 왁스를 바르면서 여기저기 기운 흔적이 있는 속옷을 보고 괜스레 모질게 화를 냈다. 내가 왁스를 떼어내는 동안 어머니는 눈 한 번 깜빡이지 않고 나를 바라보았다. 나는 어머니가 얼마나 아픔을 잘 참는지 시험하는 것처럼 일부러 왁스를 거칠게 떼어냈고 어머니는 그 시험을 받아들이기라도 한 듯 숨소리조차 내지 않고 내가 마음대로 하도록 내버려두었다. 하지만 어머니의 피부는 자극을 견디지 못하고 처음에는 새빨갛게 변했다가 이내 보라색으로 변했다. 터진 혈관이 그물처럼 보였다.

"괜찮아. 가라앉을 거야."

내가 조그만 소리로 어머니를 이 지경으로 만든 것을 후회하자 어머니가 내게 말했다.

나는 그 일이 그때보다 지금 이 순간 더 후회되었다. 몸을 기대고 있는 욕실 문 뒤로 욕실에 대한 환상을 밀쳐내려 애썼다. 나는 문에서 몸을 떼고 어머니의 멍든 다리가 복도에서 희미하게 사라지도록 내버려두고 가방을 가지러 부엌으로 갔다. 나는 욕실로 돌아가 바닥에 널려 있는 팬티 가운데 그나마 상태가 양호해 보이는 것을 조심스레 골라낸 뒤 샤워를 하고 생리대를 갈았다. 벗은 팬티를 어머니의 팬티들과 함께 바닥에 내버려두고 거울 앞을 지나가다 마음을 가라앉히기 위해 무의식적으로 거울 속의 나를 향해 미소를 지어 보였다.

나는 골목에서 소곤소곤 들려오는 말소리와 오토바이 지나가는 소리, 돌바닥 위를 거니는 발소리에 귀 기울이면서 시간 가는 것도 모르고 한참을 부엌 창가에 서 있었다.

얼마나 오랜 시간이 지났는지 모르겠다. 도로에 고인 물에서 나는 악취가 건물 외벽 금속 파이프 관을 타고 스멀스멀 올라왔다. 너무 피곤했지만 어머니 침대에 눕고 싶지는 않았다. 그렇다고 필리포 삼촌에게 도움을 청하거나 아버지에게 전화를 걸고 싶지 않았다. 다시 데 리소 부인을 찾고 싶은 마음도 없었다.

나는 방황하는 노인들의 세계에 동정심을 느꼈다. 그들은 이미 지나가버린 자신들의 과거 이미지 때문에 혼란스러워했다. 그들은 때로는 사람과 사물의 과거 그림자들과 조화를 이루고 때로는 충돌했다. 그런데도 나는 그들과 거리를 두기가 힘들었다. 목소리는 목소리끼리, 사물은 사물끼리, 사건은 사건끼리 엮어서 과거와 현재를 잇고 싶은 충동을 느꼈다.

어머니가 어느새 집에 돌아와 내가 로션을 바르고 화장을 하고 화장을 지우는 모습을 지켜보는 것 같았다. 늙은 어머니가 남몰래 온종일 자기 몸을 가지고 노는 장면을 상상하니 끔찍했다. 아버지가 그런 어머니의 유희에서 다른 남자에게 잘 보이고 싶어 하는 욕망을 읽어내지 않았다면, 그것을 부정한 행위의 준비 과정이라고 생각하지 않았다면, 어머니는 아마도 젊었을 때부터 그런 놀이를 즐겼을 것이다.

5

나는 꿈도 꾸지 않고 잤다. 두 시간도 채 못 자고 깼을 때 방 안은 어두워져 있었다. 열린 창으로 가로등의 희미한 불빛이 스며들어 천장 한쪽으로 퍼져나갔다. 어머니는 밤나방처럼 천장에 붙어 있었다. 이제 스무 살이나 되었을까. 젊은 어머니는 커다란 녹색 잠옷을 걸치고 있었고 만삭이 다 된 배가 한껏 부풀어 있었다. 표정은 평온했지만 어머니는 고통스러운 진통에 경련을 일으키듯 몸을 비틀면서 등으로 기어다녔다. 나는 어머니에게 천장에서 내려와 저승으로 돌아갈 시간을 주기 위해 눈을 감았다.

다시 눈을 떴을 때 시계를 보니 새벽 2시 10분이었다. 깜빡 다시 잠들었다가 깨어나 멍한 상태로 있었다. 수많은 어머니의 환영이 눈앞을 스쳐 지나가면서 원치 않게 어머니에 대한 기억이 다시 떠올랐다.

비몽사몽간에 본 아말리아는 검은색에 가까운 풍성하고 짙은 갈색 머리를 하고 있었다. 어머니의 머리는 나이가 들고 염분 때문에 빛이 바랬을 때조차 표범의 털처럼 윤기가 흐르고 숱이 무성했다. 바람이 불어도 휘날리지 않을 정도로 무성한 어머니의 머리에서는 언제나 세탁비누 냄새가 났다. 포장지에 사다리 모양 로고가 찍힌 고체형 비누가 아니라 갈색 액상비누 냄새였다. 나는 이 비누를 사러 지하에 있는 가게에 가곤 했는데 그때마다 콧구멍과 목구멍이 간질간질했다.

그 비누 가게 주인은 뚱뚱한 대머리 남자였다. 남자는 땀 냄새와 살충제 냄새가 뒤섞인 숨결을 내뿜으며 작은 국자로 비누를 퍼서 두꺼운 누런 종이에 담아 풀로 붙여주곤 했다. 나는 그 상점의 창고 냄새와 사내의 체취를 없애기 위해 볼을 한껏 부풀려 한 손에 든 봉지를 훅훅 불면서 헐떡이며 어머니에게 달려갔다.

그로부터 오랜 시간이 흘렀지만 지금 이 순간 나는 어머니가 베고 자던 베개에 뺨을 대고 꼭 그때처럼 달리고 있다. 어머니는 내가 집으로 뛰어오는 모습을 보자마자 곧바로 머리를 풀었다. 그 순간 어머니의 머리카락은 나선형의 조각처럼 어머니의 이마 위로 흘러내렸다. 흑단 같은 머리카락은 어머니의 손길에 따라 마치 분자 구조 자체가 변하는 것처럼 모양이 바뀌었다.

어머니는 머리가 아주 길었는데 그 긴 머리를 계속 풀어헤치는 바람에 비누가 부족했다. 재와 양잿물 때문에 하얗게 변색된 계단 아래 지하 가게에서 비누를 파는 남자의 비누통이 통째로 다 필요할 지경이었다. 나는 가끔 어머니가 내 시선을 피해 사내의 허락을 받고 비누통에 머리를 담그러 가는 것은 아닌지 의심하곤 했다.

순간 어머니가 고개를 돌려 즐거운 표정으로 나를 바라보았다. 어머니의 얼굴은 젖어 있었다.

우리 집 부엌 수도꼭지에서 콸콸 쏟아져나온 물이 어머

니의 목덜미를 타고 흘러내렸다. 어머니의 눈썹과 눈동자는 새까맸다. 석탄으로 그린 눈썹은 비누 거품이 묻어서 살짝 탈색된 것처럼 보였다.

어머니의 이마에 아치 모양 눈썹을 따라 맺혀 있던 거품은 비눗물에 씻겨 사그라졌다. 물방울이 어머니의 콧등을 따라 입까지 흘러내리자 어머니가 빨간 혀로 흐르는 물방울을 재빨리 핥았다. 순간 어머니가 "맛있어"라고 말하는 것 같았다.

나는 어머니가 어떻게 동시에 두 장소에 있을 수 있는지 이해할 수 없었다. 어머니는 어깨끈이 흘러내리는 푸른색 속옷 차림으로 지하 가게 비누통에 몸을 담그고 있었다. 그와 동시에 어머니는 우리 집 부엌의 수도꼭지 아래 머리를 들이밀고 있었다. 물줄기가 두 갈래로 갈라져 어머니의 머리 위로 떨어지면서 눈부시게 빛나는 막을 형성했다.

그때 나는 백일몽을 꾼 것이었다. 나는 과거에 꾸었던 백일몽을 지금 다시 꾸면서 그때와 똑같이 고통스런 민망함을 느꼈다.

뚱뚱한 비누 가게 주인은 어머니를 바라보는 데 만족하

지 않고 여름에는 아예 비누통을 가게 밖으로 가지고 나왔다. 사내는 웃옷을 걸치지 않은 채 햇볕에 익은 맨살을 드러내고 있었고 이마에는 하얀 손수건을 두르고 있었다. 사내는 기다란 막대기로 비누통을 휘저었다. 그는 땀을 뻘뻘 흘리면서 어머니의 매끄러운 머리카락을 막대기로 말아 올렸다.

멀리서 증기 롤러가 칙칙 소리를 내며 다가왔다. 증기 롤러는 거대한 회색 롤러를 천천히 굴리며 어머니 쪽으로 다가왔다. 또 다른 사내가 증기 롤러의 운전대를 잡고 있었다. 근육질에 땅딸막한 남자였는데 그 역시 웃통을 벗고 있었다. 곱슬곱슬한 겨드랑이 털이 땀에 젖어 있었다. 그는 카키색 바지를 입고 있었는데 바지 단추가 벌어져서 배에 움푹 파인 무시무시한 흉터 자국이 적나라하게 드러났다. 그는 운전석에 느긋하게 자리 잡고 앉아 윤기 흐르는 걸쭉한 타르 같은 어머니의 머리카락이 기울어진 비누통에서 흘러내려 돌바닥 위로 퍼지는 광경을 물끄러미 바라보았다.

어머니의 머리에서 김이 일면서 아지랑이가 피었다. 어머니의 머리카락은 역청 같았다. 그 새까만 털과 솜털은 어머니 몸의 은밀한 곳을 무성하게 덮고 있었다. 어머니의 몸은 내게 금단의 대상이었다. 어머니는 내가 어머니몸에 손대는 것을 허락하지 않았다. 어머니는 머리카락을 아래로 드리워 얼굴을 감추고 햇살에 목덜미를 내밀어 물기를 말렸다.

전화벨 소리에 어머니가 갑자기 고개를 드는 바람에 바닥에 흐트러졌던 젖은 머리카락이 허공으로 날아올라 천장을 스쳤다가 찰싹 소리를 내며 등을 때렸다. 나는 그 소리에 잠이 완전히 깼다. 불을 켰지만 전화기가 어디에 있는지 기억나지 않았다. 그러는 동안에도 전화벨은 계속 울렸다. 전화기는 복도에 있었다. 눈에 익은 60년대 낡은 전화기가 벽에 달려 있었다. 내가 "여보세요"라고 하자 어떤 남자가 나를 아말리아라고 불렀다.

"저는 아말리아가 아니에요. 누구시죠?"

내가 물었다.

순간 수화기 너머로 남자가 웃음을 겨우 참고 있다는 느낌이 들었다. 그가 내 말을 따라했다.

"저는 아말리아가 아니에요."

그는 가성으로 내 목소리를 흉내 낸 후 심한 사투리로

말했다.

"꼭대기 층에 빨랫감이 들어 있는 봉투를 가져다 놔. 약
속했잖아. 잘 살펴보면 당신 물건이 든 가방이 있을 거야.
내가 거기에 가져다 놨거든."

"아말리아는 죽었어요. 당신은 누구죠?"

내가 차분하게 말했다.

"카세르타."

사내가 말했다.

그의 이름이 동화 속에 나오는 괴물의 이름처럼 귓가를
맴돌았다.

"저는 델리아예요."

내가 말했다.

"꼭대기 층에 뭐가 있죠? 당신은 무엇을 갖고 있는 건
가요?"

"내겐 아무것도 없어. 네가 내 것을 갖고 있지."

남자가 내 표준어를 일부러 부자연스럽게 흉내 내며 또
다시 가성으로 말했다.

"여기로 오세요."

내가 최대한 설득력 있게 말했다.

"저랑 이야기하고 필요한 것을 가져가세요."

한참 동안 정적이 흘렀다. 나는 대답을 기다렸지만 남자는 끝내 아무 말도 하지 않았다. 전화를 끊은 것이 아니었다. 수화기를 버려두고 그곳을 떠난 것이다.

나는 부엌으로 가서 물을 벌컥벌컥 들이켰다. 물맛이 텁텁하고 안 좋았다. 그런 다음 다시 전화기를 들고 필리포 삼촌의 번호를 눌렀다. 삼촌은 신호음이 다섯 번쯤 울린 후에야 전화를 받더니 내가 미처 "여보세요"라고 말할 틈도 없이 전화기에 대고 온갖 욕설을 퍼붓기 시작했다.

"저예요. 델리아."

내가 매몰차게 말했다. 삼촌은 내가 누군지 좀처럼 기억해내지 못하는 것 같았다. 가까스로 내가 누군지 깨닫고 난 뒤 나를 '우리 아가'라고 부르면서 사과의 말을 늘어놓았다. 삼촌은 내가 괜찮은지, 지금 어디에 있는지, 무슨 일인지 재차 물었다.

"카세르타가 전화를 했어요."

내가 말했다.

그러고는 삼촌이 다시 욕지거리를 쏟아붓기 전에 명령하듯 말했다.

"진정하세요."

6

나는 욕실로 돌아가 피 묻은 팬티를 발로 차서 비데 뒤
로 날려버리고 바닥에 흩어진 어머니의 속옷을 모아 다시
쓰레기봉투에 집어넣은 뒤 층계참으로 나갔다. 더는 우울
하지도 불안하지도 않았다. 나는 자물쇠 두 개를 꼼꼼히
걸어 잠그고 엘리베이터 버튼을 눌렀다.

엘리베이터에 타자마자 나는 6층 버튼을 눌렀다. 6층에
도착해서 불빛이 조금이라도 들어오도록 일부러 엘리베
이터 문을 열어두었다.

그는 나를 속였다. 어머니의 여행 가방은 보이지 않았
다. 나는 어머니의 속옷이 든 쓰레기봉투를 환한 사각형
엘리베이터 안에 넣어놓고 문을 닫았다. 나는 어둠 속에
서 계단을 오르거나 엘리베이터에서 나오는 사람들을 잘
볼 수 있는 층계참 구석 바닥에 자리를 잡고 앉았다.

카세르타는 원래 도시 이름이었다. 나는 어린 시절 부
활주일 다음 날에 그곳을 방문하곤 했다. 그 도시에는

1700년대에 지은 공원이 있었는데 거기에는 폭포가 아주 많았다. 하지만 지난 수십 년 동안 내게 카세르타는 현실과는 다르게 무슨 일이든 다급히 진행되는 분주하고 불안한 도시로 기억되었다.

어린 시절 카세르타에 가면 친척들과 함께 수많은 인파 사이에 파묻혀 기름지고 매콤한 속을 넣은 삶은 계란과 세콘딜리아노에서 만든 살라미를 먹곤 했다. 그때 나는 빠르게 떨어지는 물줄기와 등 뒤에서 내 이름을 외치는 소리를 들었다. 그 소리가 점점 더 멀어지면서 길을 잃을지도 모른다는 생각과 함께 즐거움과 두려움이 뒤섞인 감정을 느꼈다. 내가 카세르타라는 도시와 1700년대 공원에 대해 확실하게 말할 수 있는 것은 이것뿐이었다.

하지만 카세르타라는 이름을 들으면 떠오르는 감정 중에는 말로 설명할 수 없는 부분도 있었다. 그것은 빙글빙글 돌다가 속이 메스꺼워지는 것과 비슷한 느낌이었다. 그럴 때면 숨이 막히고 현기증이 나는 것 같았다. 흐릿한 내 기억 속의 그 장소는 희미한 조명이 비치는 계단과 연철로 만든 난간의 이미지로 떠올랐다. 때로는 쇠창살이 여러 개 달린 작은 창문의 그물망 사이로 비춰드는 햇빛의 이미지로 떠오르기도 했다.

나는 지하실에 몸을 숨기고 안토니오라는 남자아이와 함께 그 햇살을 바라보았다. 안토니오는 내 손을 꼭 잡아주었다. 그 뒤로 의미 없는 소음과 가지런히 놓여 있던 물건이 깨지는 것 같은 소리가 영화 배경음악처럼 깔렸다. 음식 냄새도 났다. 그것은 점심 저녁으로 식사 시간이 되면 집집마다 새어 나오는 다양한 음식 냄새가 층계참에서 뒤섞이는 냄새 같았다. 하지만 곰팡내와 거미줄에서 나는 악취가 맛있는 음식 냄새를 망쳐버렸다.

카세르타는 내게 금지된 장소이기도 했다. 갈색 머리의 여인과 야자수와 사자와 낙타가 그려진 커다란 간판이 달린 술집이었다. 그곳은 사탕 상자 안에 든 설탕으로 코팅한 아몬드 같은 맛이 나는 곳이었지만 내게는 금지된 장소였다. 여자아이들이 한 번 그곳에 들어가면 다시는 돌아오지 못했다. 그곳은 어머니에게도 금지된 장소였다. 어머니가 감히 그곳에 발을 디디려 했다면 아버지가 어머니를 죽이려고 달려들었을 것이다.

카세르타는 남자의 이름이기도 했다. 짙은 색깔의 옷을 입은 사내의 형상이었다. 그 형상은 줄에 매달려서 여기저기 돌아다녔다. 그에 대해서 말하는 것은 금지된 일이었다. '카세르타'라는 이름을 입에 담았다는 이유 하나만으로 어머니는 아버지를 피해 온 집 안을 도망쳐다니다가 뒤따라 들어온 아버지에게 처음에는 손등으로 나중에는 손바닥으로 얼굴을 얻어맞았다.

이것이 '카세르타'에 대한 정확하지 않은 기억들이다. 카세르타 이야기를 하던 어머니에 대한 기억은 그보다 더 뚜렷하다. 나는 어머니가 한 남자이자 폭포와 난간과 석상과 야자수와 낙타 그림으로 이루어진 도시이기도 한 존재에 대해서 이야기하는 것을 들었다. 물론 나에게 들려준 이야기는 아니었다. 그때 아마 나는 동생들과 탁자 아래서 놀고 있었을 것이다. 어머니는 집에서 함께 장갑을 만들던 아주머니들에게 카세르타 이야기를 했다. 그때 들었던 문장이 머릿속 어디에선가 아직도 메아리친다.

그중 한 문장을 나는 아직 똑똑히 기억하고 있다. 물론 어머니의 말은 이제 정확한 단어로 구성된 완벽한 문장이 아니었다. 단어라고도 할 수 없는 조밀한 소리가 형상화된 이미지일 뿐이었다.

어머니는 카세르타가 자기를 한쪽 구석에 밀어붙이고

키스하려 했다고 속삭였다. 나는 어머니의 말을 들으면서 남자의 벌린 입 사이로 보이는 새하얀 치아와 길고 빨간 혀를 상상했다. 남자의 혀가 입술 밖으로 튀어나왔다가 재빨리 다시 입속으로 들어갔다. 나는 그 재빠른 동작을 홀린 듯 바라보았다.

사춘기 시절 그 장면을 떠올리며 쾌락을 느끼기 위해 나는 일부러 눈을 감곤 했다. 매혹과 혐오를 동시에 느끼면서 그 장면을 상상했다. 그러면서도 나는 금기를 어긴 것처럼 죄책감을 느꼈다. 그때부터 이미 나는 그 상상 속 이미지에 비밀이 숨겨져 있다는 사실을 알고 있었다. 하지만 그 비밀을 밝힐 수는 없었다. 비밀에 접근하는 방법을 몰라서가 아니었다. 그렇게 할 경우 내 또 다른 자아가 그 비밀을 말하기를 거부하고 나를 쫓아내버릴 것을 알고 있었기 때문이다.

조금 전 필리포 삼촌과 통화했을 때 삼촌은 내가 어렴풋이 알고 있던 사실을 말해주었다. 삼촌 이야기를 듣다 보니 이미 내가 알고 있던 사실이라는 것을 깨달았다. 삼촌의 이야기는 대충 이러했다.

카세르타는 몹쓸 자식이었다. 그는 어린 시절 삼촌과

내 아버지의 친구였다. 전쟁 후 아버지와 함께 사업을 했는데 꽤 성공적이었다. 삼촌은 그때까지만 해도 카세르타를 명석하고 순수한 청년이라고 생각했다고 한다. 하지만 그는 내 어머니를 마음에 품고 있었다. 어머니뿐만이 아니었다. 그는 유부남인 데다 아들까지 있으면서 동네 여자들을 건드리고 다녔다.

그가 선을 넘자 삼촌과 아버지는 그를 손봐주기로 마음먹었다. 그 후 카세르타는 아내와 아들을 데리고 다른 동네로 떠나버렸다. 삼촌은 사나운 사투리로 이야기를 마무리했다.

"그 자식은 도무지 머리에서 네 어머니 생각을 지우려 하지 않았어. 결국 우리가 나서서 네 어머니에 대한 마음을 영원히 정리할 수 있게 해주었지."

순간 침묵이 흘렀다. 욕설이 오가는 피 튀기는 싸움의 현장이 눈앞에 펼쳐졌다. 환영 뒤에 환영이 뒤따랐다. 내 손을 꼭 잡고 있던 안토니오는 지하실 가장 어두운 구석으로 추락했다. 유년 시절과 사춘기 시절의 가정 폭력이 현실과 과거를 잇는 긴 줄을 따라 내게 되돌아오는 것을 느꼈다. 그때의 장면이 내 눈앞에 펼쳐졌고 그 소리가 귓가에 맴돌았다. 그토록 오랜 세월이 흐른 후 처음으로 그것이 바로 내가 원하던 바라는 사실을 알았다.

"지금 거기로 가마."

필리포 삼촌이 말했다.

"일흔 살 노인이 내게 무슨 짓을 할 수 있겠어요."

내 말에 필리포 삼촌은 당황했다. 전화를 끊기 전에 나는 카세르타가 다시 연락하면 꼭 전화를 하겠다고 삼촌에게 약속했다.

그리고 지금 나는 이렇게 층계참에 앉아서 하염없이 기다리고 있는 것이다. 한 시간쯤 흘렀을까. 어둠에 익숙해지고 나니 다른 층에서 새어나오는 불빛만으로도 공간 전체를 관찰할 수 있었다. 하지만 아무 일도 일어나지 않았다. 새벽 4시경 엘리베이터가 갑자기 덜컹거렸다. 엘리베이터 램프가 녹색에서 빨간색으로 변하더니 엘리베이터가 아래층으로 내려갔다.

나는 난간으로 잽싸게 몸을 날렸다. 엘리베이터는 5층을 지나 4층에서 멈춰 섰다. 문이 열렸다 닫히더니 다시 정적이 흘렀다. 엘리베이터 철줄이 진동하면서 나는 소음조차 멈췄다.

나는 잠시 기다렸다 5분쯤 지난 후에 조심스레 5층으로 내려갔다. 노란 불빛이 층계참을 비추고 있었다. 층계 쪽에는 문이 세 개 있었는데 모두 보험회사 사무실로 이어져 있었다. 나는 어둠 속에 멈춰 선 엘리베이터를 끼고 층계를 한 바퀴 돌아 한 층 더 내려갔다. 엘리베이터 안을 들여다보려다 나는 깜짝 놀랐다.

우리 집 불이 다 켜져 있었고 현관문이 활짝 열려 있었기 때문이다. 문간에 어머니의 여행 가방과 검은색 가죽 핸드백이 나란히 놓여 있었다. 나는 본능적으로 가방을 향해 다가갔다. 그 순간 등 뒤로 엘리베이터 유리문이 닫히는 소리가 들렸다. 조명 아래 나이 든 남자가 모습을 드러냈다. 남자는 옷을 맵시 있게 차려입었고 나름대로 잘생긴 편이었다. 숱이 무성한 백발 아래 까무잡잡하고 깡마른 얼굴이 보였다. 그는 오래된 사진을 확대해놓은 것처럼 엘리베이터 안 나무 의자에 꼼짝하지 않고 앉아 있었다. 그는 다정한 눈빛으로 잠시 나를 물끄러미 바라보았다. 조금 우울해 보이는 눈빛이었다. 순간 엘리베이터가 덜컹거리면서 위로 올라갔다.

엘리베이터 안의 남자는 의심할 여지 없이 어머니의 장

레식에서 내게 욕설을 퍼부었던 바로 그 남자였다. 하지만 나는 선뜻 그를 뒤쫓아 계단 위로 올라가지 못했다. 머리로는 그렇게 해야겠다고 생각했지만 몸이 돌처럼 뻣뻣하게 굳어버렸다.

나는 엘리베이터 문이 덜컹거리면서 빠르게 열렸다 닫히는 소리와 함께 완전히 멈춰 설 때까지 엘리베이터에 달린 철줄만 바라보았다. 불과 몇 초 후 엘리베이터가 다시 내려가며 내 눈앞을 스쳐 지나갔다. 남자는 1층으로 모습을 감추기 전에 미소를 지으면서 보란 듯이 어머니의 속옷이 든 쓰레기봉투를 들어보였다.

7

나는 강하다. 나는 군살이 없고 민첩하며 결단력이 확실한 사람이다. 그뿐만이 아니다. 나는 나 자신이 그런 사람이라는 것이 좋았다. 그런 내가 그 순간 왜 망설였던 건지 잘 모르겠다. 피곤해서였을 수도 있고 내가 직접 단단히 잠갔던 현관문이 활짝 열려 있는 것을 보고 당황해서 그랬을 수도 있다. 어머니의 여행 가방과 핸드백이 떡하니 놓여 있는 문턱 너머에서 비치는 환한 불빛에 눈이 부셔서 그랬을 수도 있다.

아니다. 그게 아닐 수도 있다. 아라베스크 문양으로 장식된 유리문 너머로 보이는 늙은 남자의 어두운 매력에 잠깐이나마 현혹된 나 자신이 혐오스럽게 느껴져서 그랬던 것일 수도 있다. 결국 나는 그 남자를 뒤쫓는 대신 엘리베이터가 층계 아래로 사라진 다음에도 그의 사소한 모습 하나하나까지 머릿속에 애써 새기며 그대로 서 있었다.

내 감정을 깨닫자 나는 힘이 빠졌다. 행여 내가 약한 모습을 보일까봐 눈에 불을 켜고 감시하고 있는 나의 또 다른 자아 앞에서 모욕을 당한 것 같아 우울해졌다. 나는 남자가 완전히 사라지기 전에 창가로 갔다. 그는 가로등 불빛을 받으며 골목 너머로 멀어지고 있었다. 그는 몸을 꼿꼿이 세우고 힘든 기색 없이 조심스레 걷고 있었다. 오른팔을 허리에서 멀리 쭉 뻗고 있었는데 손에 든 검은 비닐봉지가 바닥에 쓸렸다. 그를 따라가 보려고 현관문 앞으로 돌아오니 어느새 데 리소 부인이 문을 빼꼼히 열고 현관문 사이로 새어 나오는 불빛 속에 서 있었다.

부인은 기다란 분홍색 면 잠옷을 걸치고 적대적인 눈초

리로 나를 바라보고 있었다. 나쁜 마음을 먹고 집 안에 들어오려는 침입자들을 막기 위해 문에 단 쇠사슬이 부인의 얼굴을 가로질렀다. 분명 아까부터 문구멍으로 바깥을 훔쳐보면서 몰래 엿듣고 있었을 것이다.

"대체 무슨 일이니?"

부인이 시비조로 물었다.

"밤새 안절부절못하더구나."

나는 부인에게 그에 못지않게 공격적인 어투로 대답하려다가 아슬아슬하게 그녀가 어머니에게 만나던 남자가 있었다는 이야기를 했던 것을 기억해내고 뭔가 더 알아내기 위해 참기로 했다. 낮에는 그녀가 그런 이야기를 가십거리처럼 말하는 게 거슬렸었는데 지금은 자세한 이야기를 듣고 싶었다. 나는 잠 못 이루는 밤을 어찌 보낼지 걱정하는 외로운 노인에게 위로가 될 만한 대화를 해야겠다고 마음먹었다.

"별일 아니에요."

나는 애써 숨을 고르면서 말했다.

"잠이 안 와서요."

부인은 사람이 죽으면 쉽게 사라지지 않고 이승을 헤매

는 법이라는 식의 말을 했다.

"망자들은 그들이 죽은 첫날 살아 있는 자들을 잠들게 내버려두지 않는 법이지."

부인이 말했다.

"소리를 듣고 깨신 건가요? 제가 방해가 됐나요?"

나는 마음에 없이 예의바르게 물었다.

"나이가 들면 원래 잠이 없어져. 깊게 자지도 못하고. 게다가 자물쇠 소리도 한몫했지. 밤새 들락날락했잖니."

"맞아요."

내가 말했다.

"제가 지금 신경이 좀 날카로워서요. 아주머니가 낮에 말씀해주신 그 남자가 제 꿈에 나타났거든요. 그가 층계참에 있었어요."

부인은 내 태도가 바뀐 것을 눈치챘다. 지금은 내가 가십거리를 듣고 싶어 한다는 사실을 깨달은 것이다. 하지만 이번에는 이야기를 시작하기 전에 자신이 거부당하지 않으리라는 것을 확인하려 했다.

"어떤 남자?"

부인이 물었다.

"아주머니가 이야기해주셨잖아요. 어머니를 만나러 오는 남자가 있었다고요. 그 사람 생각을 하다가 잠이 들었거든요."

"점잖은 양반이었어. 네 어머니를 즐겁게 해주었지. 아말리아에게 스폴리아텔레*와 꽃을 선물해주었어. 그가 찾아오면 어머니 집에 이야기 소리와 웃음소리가 끊이지 않았지. 특히 네 어머니가 많이 웃었어. 웃음소리가 1층까지 들릴 정도였단다."

"무슨 이야기를 나누던가요?"

"그야 나도 모르지. 엿듣지 않았으니까. 나는 남의 일에 관심이 없거든."

나는 참지 못하고 물었다.

"어머니가 그 사람 이야기는 안 하셨나요?"

"했지."

데 리소 부인이 말했다.

"한번은 둘이 같이 집에서 나오는 것을 봤는데 네 어머니는 그를 알고 지낸 지 50년 된 지인이라고 소개했어. 친

* 오렌지나 레몬향을 가미한 리코타 크림 또는 아몬드 크림으로 속을 채운 이탈리안 페이스트리.

척이나 마찬가지라고 말이야. 정말 그렇다면 너도 아는 사람이겠지. 그 남자는 키가 크고 마른 데다 백발이었어. 네 어머니는 그 사람을 친오빠처럼 대하더라. 서로 반말을 했어."

"이름이 뭐였죠?"

"그건 몰라. 네 어머니가 한 번도 말해주지 않았으니까. 아말리아는 매사에 제멋대로였지. 전날까지는 듣고 싶지 않은 사람을 붙들고 자기 개인적인 일을 털어놓다가 다음 날에는 갑자기 인사조차 안 할 때가 많았어. 그 남자가 스폴리아텔레를 선물했다는 것은 둘이서 다 먹지 못해 나에게 나누어주었기 때문에 아는 거야. 꽃도 마찬가지고. 꽃향기 때문에 머리가 아프다나. 최근 몇 달 동안 아말리아는 머리가 아프다고 했어. 하지만 내게 그 남자를 제대로 소개해준 적은 없었어. 단 한 번도."

"아주머니가 민망해하실까봐 그랬나 보죠."

"그럴 리가. 내가 자기 일에 간섭할까봐 그랬던 거야. 나는 그 사실을 눈치채고 일부러 피해준 거고. 하지만 솔직하게 한마디 해야겠다. 네 어머니는 도무지 믿을 수 없는 사람이었어."

"어떤 면에서요?"

"경우에 없는 행동을 했지. 내가 그 신사 양반을 본 것은 그때 딱 한 번뿐이었어. 잘생긴 노인이었지. 옷도 잘 입고. 그 양반과 마주쳤을 때 그 남자는 나에게 고개 숙여 인사했지만 정작 네 어머니는 얼굴을 돌리고 욕을 하더구나."

"잘못 들으신 거겠죠."

"아니, 나는 분명히 들었어. 아말리아는 안 좋은 말을 하는 습관이 있었거든. 그것도 큰 소리로 말이야. 혼자 있을 때도 그랬어. 혼자서 욕을 하고 웃곤 했지. 우리 집 부엌에 있으면 그 소리가 다 들렸어."

"어머니는 평생 욕 같은 것은 한 적이 없어요."

"했어. 그것도 많이. 나이가 들면 조금 자제할 줄도 알아야 하는데 말이야."

"지당하신 말씀이에요."

내가 말했다.

순간 현관 앞에 있는 여행 가방과 핸드백이 생각났다. 그 물건들이 집에 오는 과정에서 어머니의 물건으로서의 존엄성을 잃었다는 생각과 함께 그 존엄성을 되돌려주고 싶어졌다. 그런데 부인은 고분고분한 내 말투에 고무됐는지 현관문 사슬을 풀고 밖으로 나왔다.

"뭐, 어차피 이 시간에 다시 잠자기도 글렀으니까."

부인이 말했다.

나는 부인이 집에 들어온다고 할까봐 급히 현관문 쪽으로 물러섰다.

"저는 좀더 잘까봐요."

내가 말했다.

데 리소 부인은 표정이 어두워지더니 이내 포기하고 짜증스레 자기 집 문에 다시 사슬을 채웠다.

"아말리아도 항상 내 집에는 들어오려고 하면서 자기 집에는 못 들어오게 했었지."

부인은 이렇게 내뱉고는 면전에 대고 문을 닫아버렸다.

8

나는 바닥에 주저앉아 여행 가방부터 살피기 시작했다. 가방을 열어보니 어머니의 물건처럼 보이는 것은 하나도 없었다. 모두 새것이었다. 가방에는 분홍색 슬리퍼와 아이보리색 새틴 가운, 한 번도 입지 않은 새 드레스가 두 벌이나 있었다. 그중에서 한 벌은 어머니가 입기에는 너무 꽉 끼는 젊은 취향의 적갈색 원피스였고 다른 한 벌은 그보다는 얌전한 디자인이지만 길이가 짧은 푸른색 원피스였다. 그 외에도 고급 팬티 다섯 장과 향수, 데오도란트, 로션, 화장품, 클렌징크림 따위가 가득 든 가죽 재질의 갈색 화장품 케이스가 있었다. 평생 화장이라고는 해본 적이 없는 어머니였다.

핸드백을 열어보았다. 먼저 손에 잡힌 것은 새하얀 레이스 팬티였다. 팬티 오른쪽에 새겨진 세 개의 V자 자수와 섬세한 디자인을 보는 순간 어머니가 물에 빠졌을 때 입고 있던 브래지어와 같은 브랜드 제품이라는 것을 확신했다. 팬티를 자세히 살펴보니 왼쪽 가장자리가 살짝 뜯어져 있었다. 딱 봐도 어머니 사이즈보다 작아 보이는 팬티를 억지로 입다가 뜯어진 것 같았다.

순간 위경련이 일었다. 나는 잠시 숨을 멈췄다 다시 핸드백을 뒤지기 시작했다. 집 열쇠부터 찾았지만 예상대로 보이지 않았다. 대신 어머니가 쓰던 돋보기안경과 전화 토큰 아홉 개와 지갑이 있었다. 지갑에는 22만 리라—

우리 세 자매가 매달 보내주는 얼마 안 되는 돈으로 살아가던 어머니의 형편치고는 꽤나 큰돈이었다—와 전기세 납부 영수증, 플라스틱 케이스 속에 든 신분증, 아버지와 함께 찍은 우리 세 자매의 사진이 있었다. 사진은 상태가 안 좋았다. 우리들의 과거 모습은 누렇게 변색한 데다 신실한 신도들이 뾰족한 물건으로 긁어놓은 제단 뒤에 걸린 날개 달린 악마의 그림처럼 금이 가 있었다.

나는 사진을 바닥에 놓아두고 갈수록 심해지는 구역질을 참으면서 몸을 일으켰다. 전화번호부에서 카세르타의 이름을 찾기 시작했다. 그에게 전화를 하려는 것은 아니었다. 나는 그의 집 주소를 알고 싶었다. 카세르타라는 성을 가진 사람들의 이름이 세 페이지에 걸쳐 빽빽하게 적혀 있다는 사실을 알았다. 나는 내가 그의 이름조차 모른다는 사실도 알았다.

어린 시절부터 그를 카세르타가 아닌 다른 이름으로 부른 사람은 아무도 없었다. 나는 전화번호부를 한쪽에 처박아두고 욕실로 갔다. 더 참지 못하고 토악질을 했다. 잠깐이었지만 내 몸이 자기파멸적인 분노를 터뜨리면서 나 스스로에게 반기를 들까봐 두려웠다. 어린 시절부터 나는

그런 내 성향을 두려워했다. 성장하면서 그걸 통제하려고
했다.

나는 마음을 가라앉힌 후 입을 헹구고 얼굴을 꼼꼼히
씻었다. 세면대 위로 기울어진 거울에 비친 창백하고 엉
망이 된 얼굴을 보니 갑자기 화장을 해야겠다는 생각이
들었다.

평소 화장을 자주 하지 않고 그나마도 어쩔 수 없을 때
만 하던 나로서는 특이한 반응이었다. 어렸을 때는 그래
도 화장을 좀 하는 편이었지만 얼마 전부터는 그마저도
그만두었다. 화장을 한다고 내 외모가 더 나아지는 것 같
지 않았기 때문이다. 하지만 그 순간만큼은 화장을 해야
할 것 같았다. 나는 어머니의 여행 가방에서 화장품이 들
어 있는 파우치를 꺼내 들고 욕실로 돌아왔다. 수분 크림
이 가득 든 용기를 열어보니 표면에 어머니의 지문이 수
줍게 찍혀 있었다. 나는 어머니의 흔적을 지워내면서 손
가락으로 크림을 담뿍 떠서 얼굴에 잔뜩 바르고 분풀이하
듯 뺨을 문질렀다. 분첩을 찾아서 얼굴에 분을 꼼꼼히 발
랐다.

"너는 유령이야."

나는 거울 속 여자에게 말했다. 거울 속 여자는 40대쯤 되어 보였다. 그녀는 한쪽 눈을 감았다가 다시 반대쪽 눈을 감고 펜슬로 속눈썹을 그렸다. 거울 속 여자는 깡마르고 날카로운 인상에 광대뼈가 튀어나와 있었다. 놀랍게도 주름이 하나도 없었다. 머리는 아주 짧았다. 칠흑같이 까맣고 윤기 흐르는 머리를 과시하지 않기 위해서였다. 다행히 최근에 새치가 늘어나면서 서서히 은발로 변해가고 있었다. 얼마 안 가서 검은 머리는 영영 사라지게 될 것이다. 나는 마스카라를 발랐다.

"나는 너를 닮지 않았어."

나는 블러셔를 바르면서 속삭였다. 그 말이 거짓이라는 사실을 인정하고 싶지 않아 나는 거울 속 여인에게서 시선을 거뒀다.

거울 속에 비친 비데 쪽으로 눈길이 갔다. 녹슨 커다란 수도꼭지가 달린 구식 비데가 어딘지 허전해 보여 뒤를 돌아보았다. 그 이유가 무엇인지 깨달았을 때 나도 모르게 웃음이 났다. 카세르타가 바닥에 던져둔 피 묻은 내 팬티까지 가져간 것이다.

9

필리포 삼촌 집에 도착했다. 마침 삼촌이 커피를 끓이던 참이었다. 신기하게도 삼촌은 외팔로 못 하는 게 없었다. 삼촌은 요즘 흔히 쓰는 모카포트가 보급되기 전에 사용하던 구식 커피포트를 가지고 있었다. 주둥이가 달린 원통 모양의 금속 커피포트는 물통과 커피 가루를 넣는 부분, 작은 구멍이 송송 뚫려서 필터 역할을 하는 뚜껑과 커피를 받는 주전자로 구성되어 있었다.

삼촌이 나를 부엌으로 안내했다. 뜨거운 물이 필터를 통해 주전자 안에서 끓어오르자 진한 커피 냄새가 온 집 안에 퍼졌다.

"좋아 보이는구나."

삼촌이 말했다. 화장한 내 얼굴을 두고 하는 말은 아닐 거라고 생각했다. 삼촌은 화장한 얼굴과 맨 얼굴을 구분할 만한 사람이 아니었으니까. 삼촌 말은 그날 아침 내 안색이 특별히 좋아 보인다는 뜻이었을 것이다. 삼촌은 뜨거운 커피를 홀짝이면서 한마디 덧붙였다.

"너희 세 자매 중에서 네가 아말리아를 제일 많이 닮

았어."

나는 살짝 미소를 지어 보였다. 지난밤 일어난 일로 괜히 삼촌을 긴장하게 만들고 싶지 않았다. 내가 어머니와 닮았다는 말에 대해서는 더더구나 왈가왈부하고 싶지 않았다.

아침 7시였는데 벌써 피곤했다. 30분 전 나는 텅 빈 포리아가를 가로질렀다. 거리의 소음은 새소리가 들릴 정도로 아주 작았다. 공기가 맑고 상쾌하게 느껴졌다. 안개 속에 흐릿하게 비치는 햇빛만 보아서는 그날 날씨가 맑을지 흐릴지 알 수 없었다. 하지만 두오모가에 들어서자 벌써 도시의 소음과 집 밖으로 흘러나오는 여자들의 목소리로 거리가 시끄러웠다. 공기도 탁하고 무거워졌다.

나는 어머니의 여행 가방과 핸드백에서 꺼낸 물건을 쑤셔 넣은 커다란 비닐봉지를 들고 다짜고짜 삼촌 집에 들이닥쳤다. 삼촌은 깡마른 상체에 겨우 러닝셔츠 하나만 걸친 채 잘린 팔을 있는 그대로 내보이며 나를 맞았다. 바지 단추를 잠글 틈이 없었는지 바지가 아래로 흘러내렸다. 삼촌은 창문을 활짝 열어젖히고 급히 집 안을 정리하기 시작했다. 그러고는 따끈한 빵을 주랴, 빵을 적셔 먹을 우유를 주랴 아니면 비스킷을 주랴 물으면서 온갖 음식을 권하기 시작했다.

나는 굳이 사양하지 않고 입안에 이것저것 집어넣었다. 6년 전 홀아비가 된 후 삼촌은 자식이 없는 다른 노인들처럼 혼자 살고 있었다. 삼촌은 잠이 없었다. 이른 아침에 찾아갔는데도 내 방문을 기뻐하는 것 같았다. 그것은 나도 마찬가지였다. 나는 잠깐이라도 쉬어야 했다. 삼촌 집에 맡겨두었던 내 가방도 찾고 옷도 갈아입어야 했다.

나는 그길로 바로 보시 자매가 운영하는 속옷가게에 가볼 생각이었다. 하지만 필리포 삼촌에게는 함께 수다떨 말동무가 절실했다. 삼촌은 카세르타가 끔찍하게 죽어버렸으면 좋겠다고 했다. 이미 지난밤 그가 참혹하게 죽어버렸기를 바란다고 했다. 과거에 자기 손으로 직접 그를 죽이지 않은 것을 안타까워했다. 그러더니 갑자기 숨 한번 쉬지 않고 지금까지 하던 이야기와 아무 상관없는 우리 집 가족사를 사투리로 늘어놓기 시작했다.

나는 삼촌 말에 끼어 들어보려고 몇 번이나 시도했지만 결국 포기했다. 삼촌은 혼자 투덜대다 눈을 희번덕이며 화를 내고 코를 훌쩍였다. 어머니에 관한 이야기가 나오자 삼촌은 슬퍼하며 어머니를 칭찬하는가 싶더니 갑자기 내 아버지를 버렸다는 이유로 어머니를 모질게 비난하기 시작했다. 삼촌은 어머니가 죽었다는 사실조차 잊었는지 어느 순간부터는 과거형이 아니라 현재형으로 말하기 시작했다. 어머니가 아직 살아 있어서 당장이라도 건너방에서 들어올 것 같은 말투였다.

"아말리아는 결과를 생각하고 행동하지 않아. 늘 그렇지. 잠깐이라도 앉아서 생각해보면서 기다렸어야 하는데 하루아침에 너희 세 자매를 데리고 집에서 나가버렸잖아."

삼촌이 고래고래 소리쳤다.

삼촌은 어머니가 아버지를 떠나지 말았어야 한다고 생각했다. 나는 삼촌이 무슨 말을 하고 있는지 알아차렸다. 삼촌은 어머니가 23년 전 아버지와 헤어지기로 결심했기 때문에 결국 자살까지 하게 된 것이라는 이야기를 하고 있었다. 말도 안 되는 소리였다. 나는 그런 삼촌이 거슬렸지만 그냥 내버려두었다.

삼촌은 가끔 적의에 찬 말을 멈추고 돌연 다정한 말투로 내게 먹을 것을 권했다. 삼촌은 찬장에서 민트향 캐러

멜이나 오래된 비스킷이나 블랙베리 잼이 든 병 따위를 꺼내기 위해 분주히 집 안을 오갔다. 잼에 곰팡이가 허옇게 피었는데도 삼촌은 아직 먹을 만하다고 했다. 나는 처음에는 사양하다가 권유에 못 이겨 음식을 깨작거렸다.

그새 삼촌은 사건과 날짜를 혼동하면서 다시 옛이야기를 시작했다.

"그때가 1946년이었던가 아니면 47년이었던가…"

삼촌은 기억을 떠올리려 애쓰다 생각을 바꾸었는지 그냥 전쟁 후였다고 했다.

전쟁이 끝난 후 아버지의 재능을 잘만 이용하면 형편이 나아질 수도 있겠다는 사실을 제일 먼저 알아챈 사람은 바로 카세르타였다. 카세르타가 아니었다면 아직도 아버지는 동네 상점에서 공짜나 다름없는 가격으로 산과 달, 야자나무와 낙타 그림 따위를 그려주고 다닐 것이다. 그런데 사라센*인처럼 까무잡잡하고 악마의 눈을 지닌 영악한 카세르타는 미군들과 거래하기 시작했다.

여자나 물건을 대상으로 하는 거래가 아니었다. 카세

---

* 십자군 시대에 유럽인이 이슬람교도를 부르던 말.

르타는 향수병에 걸린 해군을 대상으로 작업에 들어갔다. 그는 그들에게 매춘부를 소개해주는 대신 이런저런 말로 구워삶아 고향에 두고 온 여인들의 사진을 지갑에서 꺼내게 만들었다. 그는 먼저 군인들을 불안에 떠는 버림받은 어린아이로 만들어놓은 다음 가격을 흥정해서 군인들에게서 받은 사진을 아버지에게 가져다주고 유화로 초상화를 그리게 했다.

나도 그 초상화들을 기억한다. 카세르타 없이도 아버지는 수년 동안 그 일을 계속했다. 하염없이 한숨을 내쉬며 얼마나 자주 사랑하는 여인들의 모습을 담은 사진을 꺼내 봤던지 군인들의 사진은 다 닳아 있었다. 사진 속에는 군인들의 어머니나 누이나 약혼녀가 담겨 있었다. 사진 속 여인들은 하나같이 금발에 환한 미소를 짓고 있었다. 머리카락 한 오라기 흐트러지지 않은 파마머리에 목걸이와 귀걸이를 하고 있는 모습이 마치 박제라도 된 것 같았다.

그 사진들은 어머니가 지갑 속에 넣어놓은 우리 가족 사진이나 오랫동안 가족과 떨어져 살아온 사람들이 간직해온 사진이 그렇듯 구겨지고 인화된 부분이 흐릿해져서 사진 속 형상이 희미해 보였다. 사진들 대부분은 가장자리가 접혀 있었고 얼굴과 옷과 목걸이와 머리에 하얀 선이 그어져 있었다. 그 여인들은 사진 속에서뿐 아니라 그녀들에 대한 죄책감과 욕망이 뒤섞인 감정으로 사진을 간직하고 있는 이의 환상 속에서도 점점 희미해져가고 있었다.

아버지는 카세르타에게서 그런 여인들의 얼굴이 담긴 사진을 넘겨받아 이젤에 압정으로 꽂았다. 그러면 순식간에 캔버스 위로 여인의 모습이 나타났다. 누군가의 어머니나 누이 또는 아내인 여인의 모습이 실제처럼 느껴졌다. 그림 속 인물들은 보는 이들을 한숨짓게 하는 대신 실제로 살아 숨 쉬는 것 같았다. 아버지의 손을 거치면 사진 위의 하얀 선들은 사라지고 흑백 사진은 컬러가 되고 사진 속 형상은 진짜 몸을 얻었다.

아버지는 솜씨가 좋았다. 아버지가 붓질을 해 추억을 되살리는 데 도움을 주면 시름에 빠져 방황하던 남자들은 만족해했다. 카세르타는 사례금 몇 푼을 놓아두고 완성품을 가져가곤 했다.

삼촌 말로는 그렇게 해서 삶이 변했다고 했다. 미군 해병들의 여인 덕분에 우리 가족은 매일 입에 풀칠할 수 있게 되었다. 삼촌도 마찬가지였다. 당시 삼촌은 직업이 없었다. 어머니는 아버지의 허락을 받고 삼촌에게 생활비를 조금 보태주었다. 아니면 아버지 몰래 그랬을 수도 있다. 어쨌든 몇 년을 고생한 끝에 사정이 나아지고 있었다. 필리포 삼촌은 어머니가 무분별하게 끼어들지만 않았어도 집안 사정이 훨씬 더 좋아졌을 거라고 했다.

나는 아버지가 그렇게 벌어들인 돈과 가족 앨범 속에서 본 그 당시 어머니의 모습을 떠올렸다. 열여덟 살이었던 어머니는 나를 임신해서 배가 이미 불러 있었다. 사진 속에서 어머니는 발코니에 서 있었다. 그 뒤로 평소 어머니가 사용하던 싱어 재봉틀*이 살짝 보였다. 사진을 찍기 위해 잠깐 재봉틀 페달에서 발을 뗀 것 같았다. 아마도 어머니는 사진을 찍자마자 다시 재봉틀 앞에 구부정한 자세로 앉았을 것이다. 모두가 가난했던 그 시절 반짝이던 눈빛과 미소를 잃고 머리조차 제대로 손질할 틈도 없이 힘들게 일하는 어머니의 모습을 찍은 사진은 단 한 장도 없었다.

* 최초로 대량 판매된 가정용 재봉틀.

필리포 삼촌은 어머니가 살림에 보탬이 된 부분에 대해서는 한 번도 생각해보지 않았을 것이다. 사실 나도 그랬으니까. 그런 내 자신이 못마땅해서 나는 고개를 저었다. 나는 과거 이야기를 하는 것을 싫어했다. 어머니와 함께 사는 동안 아버지를 만난 것은 기껏해야 열 번 정도였는데 그마저도 어머니 때문에 억지로 만난 것이었다. 로마로 거처를 옮긴 후에는 두세 번 본 것이 다였다. 아버지는 내가 태어났던 방 두 개에 부엌이 달린 집에 아직까지 살면서 여전히 시골 장에서나 팔릴 흉측한 만의 전경과 거친 바다 풍경 따위를 하루 종일 그리고 있다.

아버지는 평생 그런 그림을 그리며 카세르타 같은 중개인들에게 받은 푼돈으로 먹고살았다. 나는 어렸을 때부터 아버지가 언제나 똑같은 물감 냄새를 풍기며 똑같은 자세로, 똑같은 색깔, 똑같은 형상의 그림을 그리는 것을 보아왔다.

나는 천편일률적인 작업 방식에 얽매인 아버지가 싫었다. 무엇보다도 어머니의 공로는 하나도 인정해주지 않고 말도 안 되는 이유로 욕설을 퍼붓던 아버지를 참을 수 없었다.

그렇다. 나는 과거라면 넌덜머리가 난다. 친척들과의 연을 모두 끊어버린 것도 그들이 만날 때마다 나를 붙잡고 사투리로 어머니의 끔찍한 불행을 이야기하고 상스러운 말투로 아버지에 대한 위협을 늘어놓았기 때문이다. 관계를 유지한 친척은 필리포 삼촌밖에 없었다. 그나마도 지난 수년간 삼촌을 만난 이유는 내가 원해서가 아니라 삼촌이 갑자기 우리 집에 들이닥쳐서 어머니와 싸우는 모습을 봤기 때문이다.

삼촌은 고래고래 악을 쓰면서 어머니에게 화를 냈다. 하지만 그것도 잠시일 뿐 남매는 금세 화해했다. 어머니는 비록 조금 덜떨어지기는 했지만 젊은 시절부터 자기 남편과 카세르타의 똘마니였던 자신의 유일한 오빠를 몹시 아꼈다. 한편으로는 삼촌이 아버지와 연락을 끊지 않고 지내면서 아버지가 잘 있는지, 무엇을 하는지, 어떤 일을 하는지 아버지의 근황을 전해주기를 은근히 바라기도 했다. 그런 어머니와 달리 나는 마음만 먹으면 한 방에 쓰러뜨릴 수 있는 삼촌의 늙은 육체와 허풍쟁이 카모라 같은 폭력성에 아련한 호감을 느끼면서도 그 역시 다른 삼촌들과 대고모들과 마찬가지로 내 삶에서 사라져버리기를 바랐다.

　나는 삼촌이 왜 어머니가 아니라 아버지 편을 드는지 이해할 수 없었다. 삼촌은 어머니의 친오빠가 아니던가. 삼촌은 어머니가 아버지에게 험하게 두들겨 맞아 얼굴이 퉁퉁 붓는 것을 수없이 보고도 누이를 위해 손 하나 까딱하지 않았다. 삼촌은 지난 50년 동안 그 어떠한 상황에서도 아버지와 변치 않는 단단한 유대 관계를 맺어왔다. 몇 년 전부터 삼촌의 이야기를 별생각 없이 듣게 되었지만 어렸을 때는 삼촌이 그런 식으로 아버지 편을 드는 것이 싫었다. 그때는 삼촌 말이 길어지면 손가락으로 귓구멍을 막았다.

　내가 그토록 삼촌 말을 듣기 힘들어했던 이유는 내 내면 깊은 곳에서 아버지에 대한 삼촌의 연대감을 자양분 삼아 은밀한 가정을 세우고 있었기 때문이었는지 모른다. 나는 남몰래 내 어머니의 육체에 선천적으로 타고난 원죄가 새겨져 있을지도 모른다는 생각을 품고 있었다. 그것이 어머니가 의도하지 않더라도 언제든 어머니의 몸짓과 숨결에서 나타나는 것이라고 생각했다.

　"혹시 이 셔츠 삼촌 거예요?"

나는 대화 주제를 바꾸기 위해 어머니 집에서 발견한 푸른색 셔츠를 비닐봉지에서 꺼내보였다. 내가 그런 식으로 자기 말을 끊자 삼촌은 순간 당황한 듯 두 눈을 크게 뜨고 입을 벌리더니 시무룩한 표정으로 한참 동안 셔츠를 살펴보았다. 하지만 안경 없이는 장님이나 마찬가지인 삼촌 눈에 뭐가 제대로 보일 리 없었다. 한바탕 쏟아붓고 난 다음에 흥분을 가라앉히려고 셔츠를 살펴보는 척하는 것뿐이었다.

　"아니."

　삼촌이 말했다.

　"난 그런 셔츠를 산 적이 없어."

　나는 삼촌에게 어머니 빨랫감 속에서 그 셔츠를 찾았다고 말했는데 그것은 실수였다.

　"이게 대체 누구 셔츠냐?"

　삼촌은 흥분한 나머지 내가 자기한테 먼저 질문했다는 사실도 잊고 내게 물었다. 나는 전혀 모르는 일이라고 했지만 소용없었다. 삼촌은 셔츠에서 병이라도 옮을 것처럼 내게 옷을 돌려주더니 가차 없이 자기 누이에 대한 욕을 늘어놓기 시작했다.

"네 어미는 항상 이런 식이었지."

삼촌은 다시 화를 내며 사투리로 말했다.

"집에 과일이 배달되던 것 기억나니? 그럴 때마다 네 어머니는 어리둥절한 척했어. 언제 누가 보냈는지 모른다고 했지. 네 어머니에게 바치는 헌사를 쓴 시집이며 꽃은 또 어떻고? 매일 여덟 시마다 스폴리아텔레도 배달되곤 했지. 네 어머니가 옷까지 선물받았던 것 기억나니? 어떻게 그걸 다 잊어버릴 수 있어? 대체 누가 네 어머니 치수에 꼭 맞는 옷을 사줬을까? 아말리아는 아무것도 모른다고 했지만 외출할 때면 네 아버지 몰래 그 옷을 입고 나가곤 했지. 네 어머니가 대체 왜 그랬는지 어디 네가 한번 이야기해봐라."

나는 삼촌이 여전히 어머니가 매사에 어딘지 모호한 태도를 취했다고 생각한다는 사실을 깨달았다. 어머니는 아버지에게 손가락 모양의 멍이 들 정도로 목덜미를 세게 잡혔을 때조차 그런 식으로 행동했다. 어머니는 우리 세 자매에게 이렇게 말했다.

"네 아버지는 원래 그런 사람이야. 자기가 무슨 짓을 하는지 몰라. 그런 사람에게 말을 해봤자 무슨 소용이 있겠니."

우리 세 자매는 아버지가 하는 행동으로 봐서는 어느 날 아침 집에서 나가 불에 타 죽거나 깔려 죽거나 물에 빠져 죽어 마땅하다고 생각했다. 우리는 그런 생각을 하면서 아버지뿐 아니라 어머니도 증오했다. 어머니가 우리 자매에게 그런 생각을 하도록 기폭제 역할을 했기 때문이다. 나와 내 동생들은 그 사실을 믿어 의심치 않았고 지금도 나는 그 사실을 잊지 않았다.

나는 아무것도 잊지 않았지만 아무것도 기억하고 싶지 않았다. 필요하다면 나는 모든 것을 자세히 이야기할 수 있었다. 하지만 그럴 필요가 뭐 있겠는가. 나는 경우에 따라 무엇이 필요한지 판단해서 꼭 기억해내야 할 부분만 기억해냈다.

예를 들면 삼촌과 이야기를 나누던 순간 내 눈앞에는 바닥에 뭉개진 복숭아가 나타났다. 꽃을 포장한 은박지도 미처 떼지 않은 장미 꽃다발의 가시 돋친 가지를 부엌 식탁에 수십 번이고 내려치는 바람에 꽃잎이 사방에 흩날리는 장면도 보였다. 달콤한 빵이 창문 밖으로 날아가고 옷이 가스레인지에서 불타는 광경이 보였다. 뜨겁게 달궈진

다리미를 옷 위에 올려두고 잊어버렸을 때 천에서 나는 역한 냄새가 사방에 진동했다. 나는 두려웠다.

"너희는 아무것도 기억 못하는구나. 너희는 아무것도 몰라."

삼촌은 우리 자매 모두에게 말하듯 내게 이야기했다. 억지로 내 기억을 되살려내려 했다. 아버지는 미군을 위해 초상화 그리는 일을 그만두고 카세르타와의 관계를 끊으려고 했다. 삼촌은 어머니가 그런 아버지의 의견에 반대했다고 했다. 아버지가 어머니를 때리기 시작한 것이 그때부터였다는 것을 기억하느냐고 삼촌이 물었다. 삼촌은 그 일은 애당초 어머니가 끼어들 만한 일이 아니었다고 했다. 어머니에게는 잘 알지도 못하면서 무슨 일에든 간섭하려는 몹쓸 버릇이 있었다.

그 시절 아버지는 나체로 춤추는 집시 여인을 그렸다. 아버지는 도시와 시골을 돌아다니면서 들판과 바다를 그린 풍경화를 판매하는 노점상들의 조직망을 관리하는 남자에게 그 그림을 보여주었다. 그 남자의 이름은 밀리아로였는데 이빨이 삐뚤빼뚤한 아들을 껌 딱지처럼 달고 다녔다. 밀리아로는 아버지의 그림이 병원이나 치과에 어울린다고 판단하고 집시 여인 그림 시리즈에 한해서 카세르타가 아버지에게 주던 돈보다 더 높은 수수료를 주겠다고 제안했다.

어머니는 아버지가 밀리아로와 거래하는 것을 반대했다. 어머니는 아버지가 카세르타와 갈라서는 것도, 밀리아로에게 집시 여인 그림을 보여주는 것도 원치 않았다.

"너희는 아무것도 기억하지 못하는구나. 아는 게 하나도 없어!"

필리포 삼촌이 밝은 미래가 보장되는 듯하다가 허망하게 사라져버린 좋았던 과거를 생각하며 회한에 찬 목소리로 말했다.

그제야 나는 카세르타가 아버지와 결별한 후에 어떻게 되었는지 물었다. 순간 삼촌의 눈에 분노에 찬 수많은 대답이 스쳐 지나갔다. 삼촌은 그중에서도 가장 잔혹한 대답은 생략하고 카세르타에게는 그에 합당한 대우를 해주었다고 자랑스럽게 말했다.

"네가 네 아버지에게 그 일을 고해바쳤었잖니. 그래서 네 아버지가 나를 불렀고 우리는 함께 그 자식을 죽이러 갔어. 만약 그 자식이 반항하려 했다면 우리는 정말로 그 자식을 죽여버렸을 게다."

그게 다였다. 하지만 '네가'라니. 나는 삼촌이 말한 '네가'가 거슬렸다. '네가'가 누구를 의미하는지 알고 싶지 않았다. 나는 그 일에 내가 관련되었을 가능성을 완전히 배제하고 내 이름과 연관된 모든 소리를 지워버렸다. 삼촌은 뭔가를 묻는 듯한 표정으로 나를 바라보다 내가 끝까지 별다른 반응을 보이지 않자 못마땅한 듯 또 한 번 고개를 가로저었다.

"넌 다 잊어버렸구나."

삼촌은 낙심해서 다시 한번 그렇게 말하고는 카세르타 이야기를 들려주었다. 카세르타는 그렇게 한 번 호되게 당한 뒤 정신을 차렸다고 했다. 그는 자기 아버지에게 물려받은 다 망해가는 바 겸 제과점으로 운영하던 가게를 팔아치우고 아내와 아들을 데리고 동네를 떠났다. 얼마 후 카세르타가 훔친 약품을 팔고 다닌다는 소문이 돌았다. 그러고 나서 그 약을 팔아 번 돈으로 인쇄소를 차렸다는 소문이 돌았다. 인쇄공도 아닌 사람이 가게를 내다니 이상한 일이었다. 필리포 삼촌은 아마 그가 디스크 자켓을 불법으로 인쇄했을 거라고 했다. 어쨌든 그러던 중에 화재가 나서 인쇄소는 엉망이 되었고 카세르타는 다리에 화상을 입어 얼마간 병원 신세를 졌다고 했다.

그 일을 기점으로 카세르타와 관련된 소식을 더는 들을 수 없었다. 몇몇 사람은 그가 보험금 덕분에 부자가 되어 다른 도시로 이사를 갔다고 했고 또 다른 사람들은 화상을 입은 뒤 병원을 전전하다 아직도 병원 신세를 지고 있다고 했다. 다리에 입은 화상 때문이 아니라 머리에 나사가 풀리는 바람에 그렇다는 것이다. 원래부터 이상한 구석이 있었는데 나이가 들면서 더 이상해졌다고 했다. 카세르타에 대한 이야기는 여기까지였다.

필리포 삼촌은 카세르타에 대해 더는 아는 바가 없다고 했다. 나는 삼촌에게 카세르타의 이름이 뭐냐고 물었다. 전화번호부를 찾아봤지만 카세르타라는 이름이 너무 많았다.

"그 자식을 찾을 생각은 아예 하지도 마라."

삼촌은 다시 씩씩거렸다.

"카세르타를 찾으려는 게 아니에요."

내가 둘러댔다.

"안토니오가 보고 싶어요. 카세르타의 아들 말이에요.

어렸을 때 함께 놀았거든요."

"그렇지 않아. 넌 카세르타를 만나고 싶은 게야."

순간 삼촌에게 어떻게 대답해야 할지 생각났다.

"됐어요. 아버지에게 물어볼래요."

삼촌은 자기 누이를 보듯 기가 막힌다는 눈빛으로 나를
바라보았다.

"너 아주 마음먹고 일부러 그러는구나."

삼촌은 툴툴대고는 소리를 낮췄다.

"니콜라. 그 자식 이름은 니콜라다. 하지만 전화번호부
를 찾아봤자 소용없을 거야. 카세르타는 별명이거든. 진
짜 성은 내 머릿속 어딘가에 있는데 기억이 안 나."

삼촌은 나를 위해서 정말로 이름을 기억해내려고 집중
하는 것 같다가 이내 포기하고 침울한 표정을 지었다.

"이제 그만하고 어서 로마로 떠나려무나. 정말로 네 아
버지를 만날 생각이거든 셔츠 이야기는 하지 마라. 그 일
을 알면 지금도 네 어머니를 죽이려 할 테니."

"아버지는 이제 어머니한테 아무 짓도 할 수 없어요."

삼촌의 기억을 되돌리려 했지만 삼촌은 못 들은 척 내
게 물었다.

"커피를 더 줄까?"

10

나는 옷을 갈아입으려던 계획을 포기했다. 먼지투성이에 구겨진 검은 옷을 그냥 입고 있기로 했다. 하마터면 생리대도 갈지 못했을 정도로 필리포 삼촌은 분통을 터뜨리다 내게 먹을 것을 권하면서 단 일 분도 나를 혼자 두지 않았다. 내가 속옷을 사러 보시 자매의 속옷가게에 가겠다고 하자 삼촌은 당황해서 잠시 입을 다물었다가 버스 정류장까지 데려다주겠다며 따라나섰다.

시간이 갈수록 날씨가 흐려지고 바람 한 점 불지 않는데다 버스는 만원이었다. 필리포 삼촌은 버스를 살펴보더니 소매치기와 불한당들에게서 나를 보호해주겠다며 함께 버스에 올랐다. 운 좋게 자리가 나서 삼촌에게 앉으라고 했지만 삼촌은 단호하게 거절했다. 그렇게 자리에 앉아 숨이 막힐 듯한 교통 체증 때문에 무채색의 도시를 가로지르는 힘겨운 여행이 시작됐다.

버스에는 강한 암모니아 냄새가 진동했고 언제부터인

지 열린 창문 사이로 들어온 미세한 먼지가 떠다녔다. 코가 매웠다. 그새 삼촌은 주변 사람들과 말다툼을 벌였다. 삼촌은 처음에는 빈 좌석이 있는 쪽으로 가기 위해서 내가 조금 비켜달라고 부탁했을 때 뭉그적거리던 남자와 신경전을 벌이더니 그다음에는 버스 안은 금연인데도 개의치 않고 담배를 피우던 청년과 맞붙었다. 둘 다 삼촌이 일흔 살 먹은 외팔이 노인이라는 사실에 아랑곳하지 않고 삼촌을 대놓고 무시하면서 위협적인 태도를 취했다. 인파 때문에 버스 한가운데로 떠밀려 내게서 멀어진 삼촌이 위협과 저주의 말을 퍼붓는 소리가 들렸다.

부자연스러운 자세로 꿈쩍도 하지 않고 정면만 바라보면서 앉아 있는 두 노파 사이에 끼어 앉아 있다 보니 땀이 나기 시작했다. 한 노파는 핸드백을 겨드랑이에 꼭 끼고 있었고 다른 한 노파는 엄지손가락을 핸드백 링에 끼워 넣어 손으로 지퍼를 가린 핸드백을 품안에 꼭 껴안고 있었다. 자리가 없어서 못 앉은 승객들이 우리 머리 위로 숨결을 내뱉으며 구부정한 자세로 서 있었다.

여자들은 남자들 사이에 끼어서 숨도 제대로 못 쉬고 있었다. 여자들은 남자들의 우연을 가장한 성가신 접근에 한숨을 내쉬었다. 남자들은 인파 사이에 숨어서 자신의 은밀한 쾌락을 위해 여자들을 이용하고 있었다. 어떤 남자는 언제 시선을 떨어뜨리는지 한 번 보자는 짓궂은 눈빛으로 갈색머리 소녀를 뚫어져라 쳐다보고 있었고 또 다른 남자는 블라우스 단추 사이로 보이는 여자들의 속옷 레이스나 속옷 끈을 훔쳐보고 있었다.

어떤 남자는 차창 밖으로 다른 차 안을 몰래 훔쳐보면서 시간을 죽이고 있었다. 그들은 여성 운전자의 맨다리를 바라보거나 여자들이 브레이크와 클러치를 밟을 때 근육이 움직이는 모습을 바라보았다. 여자들이 무심히 허벅지 안쪽을 긁는 순간을 놓치지 않았다. 키가 작고 체격이 왜소한 한 남자는 뒤에 있는 사람들이 밀자 못 이기는 척 일부러 내 무릎에 살짝 몸을 갖다 대면서 내 머리에 대고 숨을 내쉬었다.

나는 바깥 공기를 쐬기 위해 몸을 최대한 창문 쪽으로 붙였다. 어린 시절 어머니와 함께 전차를 타고 지금과 똑같은 길을 지난 적이 있다. 그때 전차는 지친 노새 같은 신음소리를 내며 낡은 회색 건물 사이를 지나 바다가 나타날 때까지 언덕을 올라갔다. 나는 전차가 바다를 항해하는 상상을 하곤 했다. 그럴 때면 전차 유리창이 나무로 만든 창틀 사이에서 진동했다. 전차 바닥도 함께 진동하면서 몸 전체에 기분 좋은 떨림이 전해져 왔다. 나는 윗니와 아랫니가 부딪히는 것을 느끼기 위해 일부러 살짝 턱힘을 뺐다.

나는 전차를 타고 갔다가 케이블카를 타고 돌아오는 어머니와의 여정이 좋았다. 전차와 케이블카가 나와 어머니만을 태우고 서두르지 않고 천천히 움직이면 전차 천장에서 가죽끈에 달린 커다란 손잡이가 흔들렸다. 손잡이에 매달리면 내 몸무게 때문에 손잡이 위에 달린 금속판에 나타나는 글씨와 채색된 그림이 찰칵 소리를 내면서 돌아갔다. 손잡이를 잡아당길 때마다 글씨와 그림이 바뀌었다. 전차 손잡이에 달린 광고판은 구두약이나 구두 같은 인근 가게에서 파는 다양한 상품을 선전했다. 전차에 승객이 많지 않을 때면 어머니는 들고 있던 갈색 종이봉투를 자리에 올려놓고 내가 손잡이를 잡고 놀 수 있도록 안아서 위로 올려주었다.

전차에 사람이 많으면 그런 즐거움을 누릴 수 없었다. 대신 그럴 때면 나는 아버지처럼 어머니의 몸이 사내들에게 닿지 않도록 보호해야 한다는 집착에 사로잡혀 어머니의 등 뒤에서 인간방패 노릇을 했다. 나는 이마를 어머니의 엉덩이에 갖다 대고 두 팔을 쫙 벌려서 오른손으로는 오른쪽 좌석에 달린 철제 손잡이를, 왼손으로는 왼쪽 좌석에 달린 철제 손잡이를 꼭 잡고 십자가에 매달린 것처럼 어머니의 다리에 달라붙어 있었다.

하지만 부질없는 짓이었다. 내 어머니의 몸은 절제를 몰랐다. 어머니의 엉덩이는 주변 사내들의 엉덩이 쪽으로 벌어졌고 다리와 배는 어머니 앞에 앉아 있는 사내의 무릎이나 어깨를 향해 기울어졌다. 아니면 그 반대였는지도 모른다. 정육점이나 햄 가게 진열장 위에 매달아놓은 죽은 벌레가 잔뜩 달린 누렇고 끈적끈적한 종이에 파리가 꼬이듯 사내들이 어머니의 몸에 달라붙었던 것인지도 모른다. 내가 아무리 발로 차고 팔꿈치로 밀어내 보아도 사내들을 밀어낼 수 없었다. 그들은 내 목덜미를 쓰다듬으면서 어머니에게 명랑하게 말했다.

"예쁜 아이가 사람들 틈에 끼어서 찌그러지겠어요."

간혹 나를 안아주려는 사내도 있었지만 내가 거부했다. 그러면 어머니는 웃으면서 내게 말했다.

"이리 오렴."

나는 불안에 떨면서 반항했다. 내가 포기하면 사내들이 어머니를 데려가버려서 나 혼자 성질머리 고약한 아버지와 남게 될까봐 두려웠다.

아버지는 언제나 어머니를 다른 사내들에게서 보호하려 했다. 그 기세가 어찌나 험악했던지 나는 아버지가 자신의 경쟁자들을 그저 쫓아내려는 것인지 아니면 정말로 그들을 죽여버릴 셈인지 알 수 없었다.

아버지는 불만이 많은 사람이었다. 원래부터 그런 사람은 아니었을 것이다. 상점 진열장이나 손수레에 그림을 그려주는 대신 음식을 얻어먹으면서 동네를 돌아다니기를 그만두고 이젤에 제대로 고정하지도 않은 캔버스에 풍경화나 바다 그림, 정물화나 이국적인 풍경, 집시 무리를 그리기 시작하면서부터 그렇게 된 것일 수도 있다.

엄청난 성공을 꿈꾸었던 아버지는 삶이 변하지 않자 분노했다. 자기 아내가 삶이 변할 거라고 믿지 않는다고, 사람들이 자신을 존경하지 않는다고 화를 냈다. 아버지는 어머니뿐 아니라 자기 자신을 설득하기 위해 어머니가 자신과 결혼한 것은 엄청난 행운이라는 말을 귀에 못이 박

히도록 했다.

어머니는 혈통을 알 수 없을 정도로 피부가 새까만 데 비해 아버지는 금발에 피부가 하얬다. 그래서인지 아버지는 자기가 엄청나게 대단한 핏줄을 타고난 줄 알았던 것 같다. 구역질이 날 정도로 똑같은 색깔로 똑같은 소재와 똑같은 들판과 똑같은 바다를 그리는 주제에 자기 재능이 무한하다고 생각했다.

우리 세 자매는 그런 아버지가 부끄러웠다. 아버지는 누구든 어머니와 옷깃을 스치기만 해도 온갖 협박을 퍼부었다. 우리는 그런 아버지가 친딸인 우리에게 해코지하고도 남을 사람이라고 생각했다. 아버지와 함께 전차에 탈 때면 우리는 두려웠다. 아버지는 특히 키가 작고 피부가 까맣고 머리가 곱실거리고 입술이 두툼한 남자들을 경계했다. 그런 부류에 속하는 사람들이 어머니의 육체를 범할 확률이 높다고 생각했다. 아니면 어머니가 그들처럼 예민하고 다부지고 단단한 육체에 끌린다고 생각했는지도 모른다.

한번은 인파 속에서 어떤 남자가 어머니 몸에 손댔다고 확신한 아버지가 우리 세 자매를 포함한 모든 사람이 보는 앞에서 어머니의 뺨을 때렸다. 그 순간 나는 비통함과 놀라움을 느꼈다. 아버지가 그 남자를 죽여버리는 대신 왜 어머니의 뺨을 때렸는지 이해할 수 없었다. 그때 아버지가 무슨 생각으로 그랬는지 지금도 모르겠다. 아마도 아버지는 어머니가 피부와 어머니의 몸을 감싸고 있는 옷감을 통해 전해져보는 다른 사내의 체온을 느꼈다는 이유만으로 어머니를 벌한 것인지도 모르겠다.

11

혼잡하기 짝이 없는 살바토르 로사가의 도로 위에 꼼짝달싹 못 하고 서 있는 버스 안에서 나는 어머니의 도시에 대한 호감이 조금도 남아 있지 않다는 사실을 알았다. 어머니가 내게 말할 때 사용하던 이 도시의 언어에도, 어린 시절부터 오가던 길에도, 이곳 사람들에게도 정이 가지 않았다.

한참을 가다 보니 언뜻 바다의 끝자락이 보였다. 어린 시절 그렇게나 좋아했던 바다인데 다시 보니 갈라진 벽에 보라색 벽지를 풀로 붙여놓은 것처럼 보였다. 순간 나는

어머니를 영원히 잃었다는 사실을 깨달았다. 그것은 내가
원하던 바였다.

보시 자매의 속옷가게는 반비텔리 광장에 있었다. 어린
시절 나는 마호가니 나무로 만든 틀에 두꺼운 유리를 끼
워 넣은 가게의 소박한 진열장 앞에서 자주 걸음을 멈추
곤 했다. 오래된 가게 문 위쪽은 유리로 되어 있었고 유리
위에는 세 개의 V자와 가게를 세운 '1948'이라는 숫자가
새겨져 있었다. 뿌연 유리창 너머에 무엇이 있는지는 알
지 못했다. 가게에 갈 이유도 그럴 돈도 없었으니까.

어린 시절 내가 가게 진열장 앞에서 자주 발걸음을 멈
췄던 이유는 가게 모퉁이 쪽 진열장을 좋아했기 때문이
었다. 진열장에는 액자가 있었고 액자 아래로 여성복들이
아무렇게나 걸려 있었다. 액자가 어느 시대 그림인지는
알 수 없지만 솜씨 좋은 화가의 작품이라는 것만은 확실
했다. 그림 속에는 옆모습이 거의 겹쳐 보일 정도로 딱 붙
어 있는 두 여인이 있었다. 둘은 똑같은 포즈로 입을 크게
벌리고 식탁의 오른쪽에서 왼쪽을 향해 달려가고 있었다.
어떻게 보면 누군가에게 쫓기고 있는 것 같기도 하고 어
떻게 보면 누군가를 뒤쫓고 있는 것 같기도 했다. 그 모습

이 그보다 훨씬 큰 그림에서 잘려져 나온 것처럼 보였다. 실제로 두 여인의 왼쪽 다리는 보이지 않았고 쫙 뻗은 팔의 손목도 잘려 나가 있었다.

지난 한 세기 동안 그려진 모든 회화 작품에 대해 항상 말이 많았던 아버지도 그 그림은 좋아했다. 아버지는 자기가 무슨 대단한 전문가라도 되는 것처럼 말도 안 되는 근거를 들먹이면서 그 그림에 대해 칭찬을 늘어놓았다. 아버지가 학교도 제대로 나오지 않고 예술의 '예'자도 모르는 데다 그릴 줄 아는 거라고는 집시 여인들밖에 없다는 사실을 우리가 모른다는 듯이 이야기했다. 기분이 좋아서 딸들 앞에서 평소보다 더 허풍을 떨고 싶을 때는 그 그림이 자기 작품이라고 주장하기까지 했다.

마지막으로 이 언덕길을 오른 지 벌써 20년이 넘었다. 가게는 산 마르티노에서 그리 멀지 않은 곳에 있었는데 그곳은 도시의 다른 장소들과는 달리 깔끔하고 쾌적했다. 하지만 언덕 위에 도착하는 순간 나는 짜증이 났다. 그새 광장은 알아보지 못하게 변해 있었다.

막대기처럼 앙상한 플라타너스 나무가 드문드문 보이는 광장은 노란색 페인트칠을 한 공사장의 쇠파이프에 둘러싸인 채 끊임없이 주변을 오가는 자동차들의 금속 몸체에 파묻혀 있었다. 어린 시절에는 광장 한가운데 거대한 야자수들이 있었는데 지금은 난쟁이처럼 작은 야자수 한 그루밖에 남아 있지 않았다. 그마저도 공사장의 회색 바리케이드에 파묻혀 다 죽어가는 것처럼 보였다.

속옷가게를 바로 알아보지 못하는 바람에 나는 삼촌을 꽁무니에 달고 당장이라도 비가 쏟아질 듯 먹구름이 잔뜩 낀 하늘 아래서 먼지투성이가 된 채 사람들의 고함 소리와 드릴과 경적 소리로 시끄러운 광장 주변을 빙빙 맴돌았다. 삼촌은 벌써 한 시간 전에 상황이 종료된 버스에서 일어난 일을 가지고 아직도 혼자서 씩씩대고 있었다.

한참을 헤매다 드디어 브래지어와 팬티 차림의 대머리 마네킹들이 진열된 가게 앞에 이르렀다. 마네킹은 천박해 보일 만큼 도발적인 포즈로 진열되어 있었다. 거울과 금색으로 번쩍거리는 금속 장식과 형광색 물건들 때문에 문 위에 조각된 세 개의 V자를 알아보지 못할 뻔했다. 변하지 않은 것은 V자밖에 없었다. 내가 좋아했던 그림도 사라지고 없었다.

시계를 보니 10시 15분이었다. 거리를 오가는 사람들이 얼마나 많은지 건물들과 회색과 보라색이 섞인 주랑과 소음과 먼지가 구름처럼 일어나는 광장 전체가 회전목마처럼 빙빙 도는 것 같았다. 필리포 삼촌은 진열장을 흘끗 쳐다보더니 민망해하면서 고개를 돌렸다. 삼촌은 마네킹의 쩍 벌린 다리와 도발적인 젖가슴에 몹쓸 생각이 든다고 했다. 길모퉁이에서 기다릴 테니 빨리 마치고 나오라는 말에 나는 속으로 삼촌한테 같이 와달라고 부탁한 적이 없다고 생각했다.

나는 보시 자매 속옷가게 안은 조명이 어두울 거라고 상상했다. 그곳에서 기다란 원피스를 입고 진주 목걸이를 겹겹이 걸치고 옛날 스타일 머리핀으로 머리를 곱게 말아 올린 친절한 세 노파가 일하고 있을 거라고 생각했다. 막상 가게 안에 들어가 보니 조명이 눈부시게 밝은 데다 고객들의 목소리 때문에 시끄러웠다. 가게에는 새틴으로 만든 나이트가운과 다양한 색상의 캐미솔, 실크 퀼로트 스커트 등을 입은 마네킹들이 진열되어 있었고 계산대와 탁자에는 상품이 가득 쌓여 있었다. 젊은 여직원들은 하나같이 화장을 짙게 하고 가슴에 세 개의 V자를 수놓은 몸에 딱 달라붙는 피스타치오색 유니폼을 입고 있었다.

"여기가 보시 자매의 속옷가게인가요?"

나는 제일 착해 보이는 여점원에게 물었다. 그녀는 유니폼을 어색해하는 것 같았다.

"네. 무엇을 도와드릴까요?"

"보시 자매 분과 이야기를 하고 싶은데요."

점원은 의아한 눈초리로 나를 바라보았다.

"그분들은 이제 여기에 안 계세요."

"돌아가셨나요?"

"아니요. 돌아가시지는 않았을 거예요. 은퇴하셨어요."

"가게를 넘기셨나요?"

"나이가 많아서 다 넘겼어요. 주인은 바뀌었지만 브랜드는 그대로죠. 예전 고객이신가 봐요?"

"제가 아니라 어머니가 여기 고객이셨어요."

나는 이렇게 말하고 비닐봉지에서 어머니의 여행 가방 안에 있던 나이트가운과 옷 두 벌, 팬티 다섯 장을 천천히 계산대 위에 늘어놓았다.

"여기서 구입하신 것 같아요."

내 말에 점원은 전문가다운 시선으로 제품을 살피고는 말했다.

"맞아요. 저희 제품이에요."

그녀가 의아해하면서 말했다. 나는 그녀가 내 외모를 바탕으로 어머니의 나이를 가늠하고 있다는 사실을 알았다.

"어머니는 오는 7월이면 예순셋이세요."

이렇게 말하고는 나도 모르게 거짓말을 했다.

"어머니가 입으실 게 아니었어요. 제게 줄 선물이었죠. 5월 23일이 마흔다섯 번째 생일이었거든요."

"열다섯 살은 더 젊어 보이시네요."

점원이 자기 소임을 다하려 애쓰며 말했다.

"물건이 예뻐요. 딱 제 취향인데 옷이 조금 꽉 끼는 것 같아요. 팬티도 좀 작고요."

나는 구슬리듯 말했다.

"교환해드릴까요? 영수증을 가지고 계신가요?"

"영수증은 없어요. 하지만 분명히 여기서 샀어요. 제 어머니를 기억하시나요?"

"글쎄요. 손님이 많아서요."

나는 점원이 말하는 손님들을 훑어보았다. 어떤 여자는 즐거운 척 사투리로 크게 떠들고 있었고 어떤 여자는 요란하게 웃고 있었다. 그들은 값비싼 장신구를 과시하면서 금색이나 은색의 조밀한 무늬나 레오파드 프린트가 찍힌 수영복을 입고 있었다. 그들은 옷 자국이 선명하게 찍힌 데다 셀룰라이트 때문에 울퉁불퉁한 육중한 살덩이를 적나라하게 드러내며 브래지어와 팬티만 걸치고 피팅룸에서 나왔다. 여자들은 자신의 음부와 엉덩이를 물끄러미 쳐다보기도 하고 브래지어 컵 안에 든 젖가슴을 위로 올려보기도 하면서 여점원들은 안중에도 없이 경비원처럼 보이는 구릿빛 피부의 남자를 바라보았다. 돈 관리를 하고 게으른 점원을 감시하게 하려고 일부러 그곳에 배치시킨 사람 같았다.

내가 상상했던 부류의 고객들은 아니었다. 여자들은 하루아침에 부를 축적한 벼락부자의 아내처럼 보였다. 눅눅한 지하실에서 반포르노 만화책이나 읽으면서 음란한 욕을 후렴구처럼 입에 달고 살던 저속한 문화에 익숙한데 갑자기 부자가 되는 바람에 일시적으로 호화로운 생활을 즐기도록 강요받은 사람들 같았다.

그녀들은 이 감옥 같은 도시에 갇혀 가난에 찌들어 살다가 돈다발 속에 파묻히게 된 여자들이었다. 그들이 하는 짓거리는 차마 눈뜨고 봐주기 힘들 정도였다. 여자들이 경비원처럼 보이는 남자 앞에서 하는 행동은 내 아버지의 편견과 맞아떨어졌다. 아버지는 자기가 등을 돌리는 순간 어머니가 꼭 그 여자들처럼 행동할 거라고 생각했다. 어쩌면 어머니도 평생 이 여자들처럼 행동하고 싶어 했는지도 모른다.

어머니는 두 손가락으로 가슴골을 가린 채 허리를 굽히고 싶지 않았을 것이다. 치마가 올라가는 것에 신경 쓰지 않고 다리를 꼬고 싶었을 것이다. 품위에 연연하지 않고 마음껏 웃음을 터뜨리고 싶었을 것이다. 값비싼 장신구로 치장하고 상대방이 누구든 상관없이 자신의 성적 매력을 온몸으로 뿜어내면서 사내들과 일대일로 음란한 말을 주고받고 밀당을 하는 사교계의 여왕이 되고 싶었을 것이다.

나는 나도 모르게 인상을 찌푸리며 짜증스레 말했다.

"어머니는 저랑 체격이 비슷해요. 새치가 좀 있을 뿐이죠. 유행이 지난 머리 스타일을 하고 오셨을 거예요. 요즘 그런 머리를 하는 사람은 없죠. 일흔 정도 되는 남자분과 같이 오셨을 거예요. 마르고 백발이 무성한 인상 좋은 노신사요. 보기 좋은 커플이었을 거예요. 이렇게 물건을 많이 샀으니 기억이 나실 거예요."

점원은 기억이 나지 않는다며 고개를 가로저었다.

"가게를 찾는 손님이 워낙 많아서요."

그러고는 나 때문에 시간을 낭비하고 있다는 생각에 걱정스레 경비원 쪽을 힐끗 쳐다보고는 내게 말했다.

"한번 입어보세요. 제가 보기에는 딱 손님 사이즈네요. 그래도 작으면…"

"저 남자분과 이야기를 좀 하고 싶어요."

내가 과감하게 말했다.

점원은 내 요청에 난색을 표하며 나를 피팅룸 쪽으로 밀었다.

"팬티가 영 마음에 안 들면 몇 장 더 구입하세요. 세일 가로 드릴 테니까요."

그녀가 제안했다. 어느새 나는 네모난 거울이 달린 비좁은 공간 속에 들어가 있었다.

나는 한숨을 내쉬고 지친 손길로 장례복을 벗기 시작했다. 손님들의 대화가 점점 더 듣기 힘들어졌다. 피팅룸 안에 들어가니 소리가 줄어들기는커녕 더 크게 들렸다.

나는 잠시 망설이다 전날 입었던 어머니의 팬티를 입었다. 어머니의 핸드백에서 찾은 레이스 팬티였다. 딱 내 사이즈였다. 나는 의아해하면서 어머니가 입다가 찢어진 것처럼 보이는 팬티 옆에 난 구멍을 쓰다듬어본 다음 적갈색 원피스에 머리를 집어넣었다. 치마 길이가 무릎 위 5센티미터까지 올라오는 데다 가슴이 많이 파이긴 했지만 꽉 끼지는 않았다. 끼기는커녕 원피스는 마르고 팽팽하게 긴장된 내 근육질 몸 위에 부드럽게 흘러내렸다. 나는 원피스 한쪽을 잡아당기면서 피팅룸에서 나와 눈길을 종아리에 고정시킨 채 큰 소리로 외쳤다.

"이것 보세요. 여기가 꽉 끼잖아요. 게다가 너무 짧아요."

젊은 점원 옆에 어느새 경비원처럼 보이는 사내가 버티고 있었다. 까만 콧수염을 기른 사내는 마흔 살쯤 되어 보였다. 어깨가 떡 벌어진 데다 키가 나보다 20센티미터는 더 커 보였다. 얼굴과 몸에 전체적으로 살집이 있었고 위협적으로 보였다. 하지만 눈빛만은 불쾌하지 않았다. 어딘지 친숙해 보이는 쾌활한 눈빛이었다. 그는 친절함이라고는 전혀 느껴지지 않는 텔레비전에 나올 법한 교과서

같은 표준어로 내게 말했다. 그의 말투에서 다른 고객들에게 말을 걸 때처럼 친밀함이 조금도 느껴지지 않았다. 솔직히 말하면 내게 존댓말을 하는 것조차 힘들어하는 게 눈에 훤히 보였다.

"아주 잘 어울리오. 하나도 안 작아요. 원래 그렇게 입는 옷이오."

"이 원피스 자체가 마음에 안 든다는 거예요. 저 없이 어머니 혼자서 고르셨거든요. 그러니까…"

"그쪽 어머님이 잘 고르신 거요. 잘 간직하고 실컷 입어요."

나는 입을 다물고 잠시 그를 바라보았다. 그를 도발하고 싶은 욕구를 느꼈다. 어쩌면 나 자신을 도발하고 싶은 것인지도 몰랐다. 나는 다른 여자 고객들을 흘끗 쳐다본 다음 원피스를 허리까지 들어 올리고 나서 거울 쪽으로 몸을 돌렸다.

"이 팬티 좀 보세요."

나는 거울을 가리키며 말했다.

"이렇게 꽉 끼잖아요."

"이봐요. 나는 잘 모르겠소. 게다가 손님은 영수증도 없

114

잖소."

남자의 표정과 목소리에는 아무런 변화가 없었다.

나는 거울 속에 비친 마른 맨다리를 바라보다 불편한 마음으로 원피스를 내렸다. 그러고는 입고 온 옷가지와 팬티를 주섬주섬 주워 한꺼번에 비닐봉지 안에 집어넣은 다음 어머니의 신분증이 들어 있는 플라스틱 케이스를 꺼냈다.

"제 어머니를 기억하실 거예요."

나는 신분증을 꺼내 남자에게 내밀었다.

남자는 신분증을 힐끔 쳐다보더니 인내심을 잃고 사투리로 말했다.

"이봐요, 부인. 더는 시간 낭비하게 만들지 마쇼."

그가 신분증을 내게 돌려주며 말했다.

"제가 여쭤보고 싶은 말은…"

"한번 산 물건은 바꿀 수 없소."

"그러니까 저는 단지…"

그가 내 어깨를 가볍게 만졌다.

"지금 나랑 장난하자는 거야? 나랑 장난하고 싶어서 여기 온 거야?"

"내 몸에 함부로 손대지 마세요."

"아니, 정말로 나랑 장난치고 싶은가 보네… 물건과 신분증을 챙겨서 어서 꺼져버려. 대체 누가 시켜서 여기까지 온 거야? 원하는 게 뭐야? 네년을 여기 보낸 사람한테 가서 내게 받을 게 있으면 직접 오라고 전해. 직접 만나자고. 아니지, 아니지. 여기 내 명함이 있어. 안토니오 폴레드로. 내 이름과 주소와 전화번호까지 있으니 나를 보고 싶으면 여기로 오든지 아니면 집으로 찾아오라고 해. 알겠어?"

나는 그런 말투에 익숙했다. 사내는 말을 마치는 대로 나를 세게 밀치고 내가 여자든 남자든 상관없이 두들겨 팰 태세였다. 나는 보란 듯이 그를 무시하는 태도로 그의 손에서 신분증을 빼앗아 들고 대체 무엇 때문에 그가 갑자기 예민해진 것인지 알고 싶어서 어머니의 증명사진을 살펴보았다.

사진에는 바로크 시대 동상처럼 어머니의 이마와 얼굴 주변에 흘러내린 긴 머리를 누군가가 꼼꼼히 긁어낸 흔적이 있었다. 희끗희끗한 새치를 연필로 덧칠해서 안개 같은 회색빛으로 바꿔놓고 머리를 칠한 것과 똑같은 연필로 얼굴선까지 살짝 다듬어 놓았다. 사진 속의 여인은 아말리아가 아니었다. 그 여인은 바로 나였다.

12

나는 가방을 질질 끌면서 거리로 나왔다. 어머니의 신분증을 아직 손에 들고 있다는 것을 깨닫고 무의식적으로 폴레드로의 명함과 함께 플라스틱 케이스 안으로 밀어 넣었다. 나는 물건을 전부 핸드백에 쑤셔 넣고 주위를 멍하니 둘러보았다. 필리포 삼촌이 길모퉁이에서 나를 기다리고 있는 것을 보고 다행이라고 생각했다.

하지만 그런 감정이 든 것도 잠시뿐이었다. 삼촌은 두 눈을 크게 뜨고 니코틴에 찌들어 누렇게 변한 얼마 남지 않은 기다란 이빨을 드러내며 입을 쩍 벌렸다. 어안이 벙벙한 표정이었다. 삼촌의 놀라움은 이내 반감으로 변했다. 처음에는 삼촌이 왜 그러는지 이해하지 못하다가 내 옷 때문이라는 것을 알게 되었다. 나는 애써 미소를 지어 보였다. 삼촌을 진정시키기 위해서이기도 했고 내 얼굴이 나의 것이 아닌 것 같은 느낌을 지우기 위해서이기도 했다. 내 얼굴이 아말리아의 얼굴과 비슷하게 만들어놓은 모조품에 지나지 않은 것 같은 느낌을 떨쳐내기 위해서이기도 했다.

"안 어울리나요?"

내가 물었다.

"아니다."

삼촌은 입술을 뾰로통하게 내밀고 눈에 빤히 보이는 거짓말을 했다.

"그런데 왜 그러세요?"

"네 어머니를 묻은 지 이제 고작 하루밖에 지나지 않았잖니."

삼촌이 지나치게 큰 소리로 안타까워했다.

나는 심술이 나서 내가 입고 있는 옷이 사실은 어머니의 옷이라는 사실을 털어놓으려다가 그래봤자 나만 곤란해질 거라는 생각에 겨우 참았다. 내 말을 듣는 순간 삼촌은 어머니를 욕할 게 뻔하기 때문이다. 내가 삼촌에게 말했다.

"너무 우울해서 제 자신에게 선물을 주고 싶었어요."

"여자들은 정말이지 아무것도 아닌 일로 우울해하는

구나."

삼촌은 '아무것도 아닌 일로'라는 표현으로 방금 전에 삼촌 스스로 어머니를 묻은 지 하루밖에 지나지 않아서 내가 우울해할 만한 이유가 충분하다는 사실을 떠오르게 했다는 사실을 부정하면서 분통을 터뜨렸다.

사실 나는 전혀 우울하지 않았다. 우울하다기보다는 어딘지 알 수 없는 곳에 홀로 버려진 느낌이었다. 나는 너무 피곤했다. 생각이 정리되지 않은 상태에서 너무 빨리 움직이는 것 같았다. 시간에 쫓기며 무엇인가를 찾기 위해 닥치는 대로 뒤지고 다니는 사람이 된 것 같았다.

캐모마일 차라도 한 잔 마시면 나아질 것 같아 필리포 삼촌을 스카를라티가에서 처음 눈에 띈 바로 이끌었다. 그새 삼촌은 죽은 아내도 항상 우울해했다면서 숙모 이야기를 꺼냈다. 숙모는 부지런한 일꾼인 데다 세심하고 깔끔한 여자였지만 항상 우울해했다는 것이다.

막상 밀폐된 공간에 들어가니 솜뭉치로 입을 틀어막은 것처럼 답답했다. 진한 커피 향과 손님들과 카페 직원들의 시끄러운 목소리에 질려서 나는 입구 쪽으로 물러섰다. 그새 삼촌은 손을 재킷 속주머니에 넣고 고래고래 소리 질렀다.

"내가 사주마!"

나는 걸어다니는 사람들과 별다를 바 없는 속도로 움직이는 만원 버스와 테이블을 건드리며 급히 지나가는 사람들 사이에 있는 야외 테이블에 자리를 잡았다. 끼익 하고 브레이크 밟는 소리가 들렸고 금방이라도 쏟아질 듯 공기 속에서 비 냄새와 자동차 기름 냄새가 났다.

"내가 사준다니까!"

아직 주문도 안 했는데 삼촌이 다시 말했다. 아까보다는 목소리가 작았다. 하지만 웨이터가 주문을 받으러 올 낌새가 보이지 않았다. 삼촌은 편하게 자리를 잡더니 자화자찬을 하기 시작했다.

"나는 언제나 기운이 넘쳤단다. 돈이 없으면 어때. 한쪽 팔이 없으면 또 어떻고. 여자도 다 필요 없어. 중요한 것은 세 치 혀와 두 다리지. 하고 싶은 말을 하고 어디든 갈 수 있으면 그만이야. 내 말 맞지? 안 그래?"

"맞아요."

"네 어머니도 그랬다. 우리 가족은 절망을 몰랐어. 어렸을 때 허구한 날 다치면서도 울지 않았단다. 우리 어머니가 다치면 상처를 호호 불면서 '괜찮아질 거야'라고 몇 번 말하라고 가르쳐주셨거든. 네 어머니도 나중에 커서 일하다가 바늘에 손가락이 찔렸을 때도 어렸을 때처럼 '괜찮아질 거야'라고 말하곤 했어. 한번은 네 어머니가 재봉질을 하다가 바늘이 검지 손가락을 뚫고 나가 구멍 난 적이 있었단다. 바늘이 손가락 반대쪽으로 튀어나왔다가 그 구멍으로 서너 번 들락날락했지. 그때 네 어머니는 바늘이 빠져나올 정도로만 살짝 페달을 밟아 검지 손가락을 빼내고는 손가락에 붕대를 감고 작업을 계속했어. 나는 네 어머니가 우울해하는 것을 한 번도 본 적이 없어."

그다음부터는 삼촌 말이 귀에 들어오지 않았다. 목덜미부터 시작해서 온몸이 등 뒤에 있는 진열장 유리 속으로 빨려 들어가는 느낌이 들었다. 정면에 보이는 우핌*의 빨간색 벽이 방금 칠을 한 듯 덜 마른 것처럼 새빨갛게 보였다. 나는 스카를라티가의 소음이 삼촌의 목소리를 잠식하도록 내버려두었다.

소리 없이 입술을 움직이는 삼촌의 옆모습이 보였다.

* 이탈리아의 백화점.

삼촌 입술이 고무를 낀 손가락 두 개가 움직이는 것처럼 보였다. 나이 일흔에 자랑할 게 아무것도 없는데도 삼촌은 어떻게든 자랑거리를 찾고 싶어 했다. 제대로 보이지 않을 정도로 빠르게 입술을 놀리며 수다 떠는 삼촌의 모습을 보고 있자니 정말로 자기 삶에 만족스러워하는 것 같았다. 순간 주변의 모든 남자와 여자가 각각 하나의 살아 숨 쉬는 신체 기관처럼 느껴져 소름이 끼쳤다.

나는 사람을 상아 조각상처럼 구멍이나 튀어나온 돌출부도 없이 조각칼로 매끈하게 다듬어서 정체성 없이 똑같은 모습으로 만드는 상상을 했다. 사소한 특성마저 차이를 두지 않은 몰개성적인 형상들.

어머니는 열 살도 채 되지 않은 나이에 손가락에 구멍이 났다. 내게는 어머니의 구멍 난 손가락이 내 손가락보다 더 친숙했다. 손톱이 초승달 모양의 보라색 상처 구멍 속으로 침몰하는 것처럼 보였다. 오랫동안 나는 그런 어머니의 손가락을 입에 넣고 빨고 싶었다. 어머니의 젖가슴보다 손가락을 빨고 싶은 욕망이 더 강했다.

내가 아주 어렸을 때는 어머니도 거부하지 않고 그렇게 하도록 허락해주었던 것 같다. 어머니의 손가락 끝에는 하얀 흉터 자국이 남아 있었다. 상처가 곪아서 째내야 했기 때문이다. 손가락 끝에 코를 갖다 대면 어머니의 낡은 싱어 재봉틀 냄새가 났다. 싱어 재봉틀은 반은 강아지를 닮고 반은 고양이를 닮은 우아한 동물 같았다.

어머니의 손에서는 재봉틀의 큰 바퀴에서 작은 바퀴로 페달의 움직임을 전달해주는 주름진 가죽끈 냄새도 났다. 큰 바퀴와 작은 바퀴가 움직이면 바늘이 동물 주둥이 같은 재봉틀 구멍에서 튀어나와 위아래로 움직였고 실은 콧등과 귓바퀴 사이로 지나갔다. 그와 동시에 재봉틀 등에 달린 중심축에 꽂은 실패가 빙빙 돌았다.

어머니의 손에서는 기계를 부드럽게 하기 위해 바른 기름 냄새도 났다. 나는 재봉틀에 묻은 시꺼먼 기름때를 손톱으로 긁어내 몰래 먹곤 했다. 나도 어머니처럼 손가락에 구멍을 내고 싶었다. 그렇게 해서라도 내 결핍을 채워주지 않는 것이 얼마나 위험한 일인지 어머니가 알아차리기를 바랐다.

다른 사람들과는 미묘하게 달랐던 어머니에 얽힌 사연은 수도 없이 많다. 그 덕분에 어머니는 범접할 수 없는 존재이자 뭇사람들의 욕망의 대상이었다. 세상사람들은 나만큼이나 어머니를 강렬히 욕망했다. 나는 한때 내 손가락을 재봉틀 바늘 아래 갖다 댈 용기가 없어서 어머니의 그 경이로운 손가락을 물어뜯는 상상을 하곤 했다. 그때 나는 내가 물려받지 못한 어머니의 특성을 어머니의 몸에서 모조리 지워내고 싶었다. 이미 사라진 것을 잃을 수는 없을 테니까.

그런데 어머니가 죽어버린 지금 누군가가 어머니의 긴 머리를 긁어내고 얼굴을 변형시켜 나와 똑같이 만들려 하고 있는 것이다. 지난 수년 동안 증오와 두려움 때문에 어머니의 모든 흔적을 지워내려고 그렇게나 애써왔는데 말이다.

나는 어머니와 관련된 것이라면 내 내면 가장 깊은 곳에 뿌리내린 것까지 모두 지워내고 싶었다. 나는 내게서 어머니의 몸짓과 말투를 지워내려 했다. 컵을 쥐는 방식이나 찻잔으로 차를 마시는 모습, 치마나 옷을 입을 때의 어머니의 움직임, 주방과 서랍에 물건을 정돈하는 방식, 은밀한 부분을 씻는 방법, 음식 취향, 어머니가 싫어하는 것과 좋아하는 것 등 모든 것을 지워버리려 했다. 어머니가 사용하던 언어와 어머니의 도시를 지워버리고 싶었다.

어머니의 호흡마저 닮고 싶지 않았다. 어머니에게서 떨어져 나와 온전히 내가 되기 위해 그 모든 것을 새로 만들고 싶었다.

게다가 나는 누군가 내 안에 깊이 뿌리내리는 것을 바라지 않았다. 그렇게 할 의지도 능력도 없었다. 얼마 후면 나는 아이를 가지지 못하게 될 터였다. 그렇게 되면 평생 단 한 번도 어머니와 완전히 한 몸이 되지 못했기 때문에 오히려 어머니에게서 분리되기가 힘들었던 나처럼 누군가가 내게서 분리되는 것이 힘들어 괴로워할 일도 없게 될 것이다. 이 세상에 나 같은 사람은 오직 나밖에 없을 것이다. 나는 어머니의 몸에서 몰래 취한 것에 만족하지 못하고 결국 평생을 홀로 불행하게 살 것이다.

내가 어머니의 몸에서 취한 전리품은 형편없이 적었다. 나는 어머니의 피와 자궁과 숨결의 일부를 조금씩 떼어와 내 몸과 내 변덕스런 뇌 속에 숨겨 놓았다. 하지만 그것만으로는 턱없이 부족했다. 한 여인의 몸에서 무엇 하나 제대로 챙기지 못하고 억지로 도망쳐 나오는 과정을 '나'라는 사람이라고 정의 내리는 것은 순진하고 무심한 위장 행위일 뿐이다. 그것은 내가 아니다. 나는 혼란스러웠다.

어머니가 이 세상에서 사라져 이제는 내 말에 대답해줄 수 없게 된 후 내가 새롭게 알게 되고 기억해낸 이 모든 사실이 끔찍한 것인지 아니면 반가운 것인지 나는 알 수 없었다.

13

아마도 얼굴에 떨어지는 빗줄기 때문에 정신이 들었던 것 같다. 아니면 필리포 삼촌이 남아 있는 유일한 손으로 내 팔을 붙잡고 흔들었기 때문이었을 수도 있다. 어쨌든 나는 전기라도 통한 듯이 화들짝 놀라며 내가 깜박 졸았다는 사실을 알아차렸다.

"비가 오네요."

내가 웅얼거리는 동안에도 삼촌은 나를 거칠게 잡아당겼다. 삼촌이 발작하듯이 악을 쓰는데도 나는 도무지 삼촌이 하는 말을 알아들을 수 없었다. 너무 두려웠고 나 자신이 나약하게 느껴졌다. 몸이 말을 듣지 않아 일어설 수도 없었다. 사람들은 비 피할 곳을 찾아 우리가 앉아 있는 쪽으로 정신없이 뛰어 들어왔다. 남자들은 소리를 지르고 낄낄거리면서 뛰어다니다 테이블에 세게 부딪혔다. 나는 인파에 휩쓸릴까봐 두려웠다. 한 사내가 방금 전까지 필리포 삼촌이 앉아 있던 의자를 1미터 밖으로 날려 보냈다.

"날씨 한번 끝내주네."

사내는 이렇게 말하고 바 안으로 들어갔다.

나는 삼촌이 부축해줄 거라 믿고 일어나려 했는데 삼촌은 내 팔을 놓아버리고 인파 속으로 비틀비틀 걸어가더니 보도블록 가장자리로 달려가 버렸다. 그러고는 요란하게 쏟아지는 비를 맞으며 꼼짝 못하고 서 있는 자동차와 버스들로 꽉 막힌 찻길 건너편을 가리키면서 미친 듯이 욕설을 쏟아부었다.

나는 비닐봉지와 가방을 챙겨 들고 일어났다. 대체 누구에게 그렇게 화를 내는지 보고 싶었지만 차들이 도로를 금속 장벽처럼 둘러싸고 있는 데다 시간이 갈수록 빗줄기가 거세졌다. 나는 비에 젖지 않으려고 건물 벽에 딱 달라붙은 채 거리에 늘어선 자동차와 버스 사이로 좁은 틈새가 나올 때까지 걸어갔다.

드디어 나는 자동차 사이의 틈새로 우핌 백화점의 빨간 벽 앞에 서 있는 카세르타의 모습을 발견했다. 카세르타는 허리를 거의 90도로 굽히고 빠른 걸음으로 걷고 있었다. 그는 누가 쫓아올까봐 불안해하는 사람처럼 계속해서 뒤를 돌아다보았다. 지나가는 행인들과 부딪히면서도 아무것도 못 느끼는 듯이 속도를 줄이지 않았다. 그는 상체를 한껏 앞으로 숙이고 두 팔을 휘저으며 걷다가 지나가는 사람들과 부딪힐 때마다 걸음을 멈추는 대신 발레리노처럼 빙그르 돌았다. 보이지 않는 기계장치 덕분에 빠른 속도로 보도블록 위를 굴러다니는 지렛대 같은 걸 타고 가는 것 같았다. 멀리서 보면 춤추고 노래하는 것처럼 보였지만 실제로는 손짓을 하며 욕설을 퍼붓고 있을 것이다.

나는 카세르타를 시선에서 놓치지 않기 위해 걸음을 재촉했다. 건물 현관과 상점 입구, 처마와 발코니 아래는 비를 피하기 위해 모여든 인파로 가득했기 때문에 더 빨리 움직이기 위해서는 비 피하기를 포기하고 바깥으로 나와야 했다.

카세르타는 꽃집에서 내놓은 나무며 꽃 화분들을 피하느라 껑충껑충 뛰어가고 있었다. 그는 화분을 뛰어넘지 못하고 발을 헛디디는 바람에 나무 기둥에 부딪히고 말았다. 카세르타는 나무껍질에 달라붙기라도 한 것처럼 잠시 꼼짝 못하고 있다가 몸을 떼어내더니 다시 뜀박질을 시작했다. 대체 무엇이 두려워서 그러는 건지 알 수 없었다.

나는 카세르타가 삼촌을 보고 도망치는 거라고 생각했다. 어쩌면 두 노인네는 재미삼아 젊은 시절처럼 쫓고 쫓기는 상황을 재현하고 있는 것인지도 모른다. 나는 두 사람이 주먹다짐을 하면서 비에 젖은 바닥을 이리저리 뒹구는 상상을 했다. 그런 일이 정말로 일어날 경우에 어떻게 반응하고 어떻게 행동해야 할지 판단이 서지 않았다.

스카를라티가와 루카 지오르다노가가 교차하는 사거리에서 나는 카세르타를 놓쳤다는 것을 알았다. 필리포 삼촌을 찾아보았지만 삼촌도 보이지 않았다. 결국 나는 정체된 차량들이 뒤얽혀 거대한 물음표가 되어버린 스카를라티가를 가로질러 반비텔리 광장까지 걸어갔다.

나는 첫 교차로가 나올 때까지 반대편 인도를 따라 뛰기 시작했다. 섬광 없이 마른 천이 찢어지는 것 같은 천둥소리만 들렸다. 카세르타의 모습을 다시 발견한 것은 메를리아니가 끝에서였다. 그는 거센 빗줄기를 맞으며 플로리디아나 공원의 새하얀 벽을 배경으로 파랗고 빨간 거대한 쇠간판 아래 서 있었다. 카세르타를 뒤쫓으려는데 어떤 건물 현관 앞에서 비를 피하고 있던 젊은 남자가 갑자기 튀어나와 내 팔을 잡더니 웃으면서 사투리로 물었다.

"어디를 그리 급히 가고 있어? 몸이나 좀 말리고 가지 그래?"

잡아당기는 힘이 얼마나 센지 쇄골 부분에 통증을 느껴 왼발을 헛딛고 말았다. 그나마 휴지통 쪽으로 나가떨어진 덕분에 길바닥에 넘어지는 것은 피했다. 나는 몸의 균형을 잡고 사내의 손에서 빠져나가기 위해 온몸을 비틀면서 몸부림쳤다. 순간 놀랍게도 내 입에서 사투리로 욕설이 터져 나왔다. 내가 공원을 둘러싼 벽에 도착했을 때 카세르타는 그 길의 끝에 있는 수리 중인 케이블카 정거장까지 도달해 있었다.

나는 숨을 헐떡이며 멈춰 섰다. 심장이 터질 것 같았다. 카세르타도 이제는 뛰지 않고 플라타너스 나무를 따라 도로 오른편에 주차된 차 사이로 걸어가고 있었다. 카세르타는 여전히 허리를 90도로 굽히고 힘겹게 비틀비틀 걸어가고 있었다. 그 나이에 비해 놀라운 다리 힘이었다.

그러다 카세르타는 더는 못 견디겠는지 숨을 몰아쉬

며 공사장 벽에 몸을 기댔다. 그는 힘겨운 듯 몸을 비비 꼬았다.

그가 서 있는 곳 근처에는 '반비텔리 광장-키아이아 구간 케이블카 정거장 철거 및 재건 공사'라는 안내판이 붙어 있었다. 내가 있는 자리에서 보니 안내판에 달린 파이프가 카세르타의 백발을 뚫고 나오는 것처럼 보였다.

나는 그가 힘이 빠져서 더는 움직이지 못할 거라고 생각했다. 그런데 무엇을 봤는지 카세르타는 다시 긴장 태세에 돌입했다. 그는 공사장 벽을 무너뜨릴 기세로 어깨로 벽을 세게 밀더니 돌파구를 향해 달음박질쳤다. 나는 그가 대체 무엇 때문에 그렇게 놀랐나 싶어 왼쪽을 바라보았다. 내심 그곳에 삼촌이 있을 거라고 생각했는데 내 눈에 들어온 사람은 보시 자매의 속옷가게에서 만난 폴레드로였다. 그는 베르니니가 쪽에서 비를 맞으며 뛰어오고 있었다. 폴레드로는 카세르타에게 뭐라고 외치며 멈추라고 손짓하다 위협적인 태도로 그를 향해 손가락질을 해보였다.

카세르타는 도망칠 구멍을 찾아 두리번거리면서 껑충껑충 뛰어다녔다. 그가 온 길로 되돌아가 치마로사로 가려는 순간 나와 눈이 마주쳤다. 그는 안절부절못하던 태도를 싹 바꾸더니 자신의 백발을 매만졌다. 갑자기 폴레드로와 나를 대면할 준비가 된 것처럼 보였다. 그는 공사장 벽과 주차해놓은 자동차에 등을 붙이고 움직였다. 나는 나대로 폴레드로의 모습을 더 잘 보기 위해 뛰기 시작했다.

폴레드로는 스케이트라도 탄 것처럼 차가운 회색 보도블록 위를 미끄러지듯 달려오고 있었다. 그는 몸집이 거대한데도 반비텔리 입구에 설치된 노란 쇠파이프로 만든 공사장 임시 가건물을 민첩하게 피했다. 바로 그 순간 필리포 삼촌이 기다렸다는 듯 다시 등장했다. 근처 튀김집에서 비를 피하고 있다가 갑자기 튀어나온 것이었다. 나를 발견한 삼촌은 가슴을 활짝 펴고 비를 맞으며 잰걸음으로 다가왔고 그러다 폴레드로 앞을 가로막는 바람에 둘은 미처 피할 틈도 없이 부딪히고 말았다. 삼촌과 폴레드로는 넘어지지 않기 위해 서로 껴안고 균형을 잡을 때까지 빙글빙글 돌았다. 카세르타는 그 틈을 놓치지 않고 반짝이는 빗줄기를 맞으며 환하게 빛나는 산펠리체가 초입을 향해 몸을 내던져 케이블카 정거장 입구에 서서 비를 피하고 있는 인파 사이로 자취를 감췄다.

나는 얼마 남지 않은 기력을 끌어모아 카세르타를 뒤쫓았다. 사람들의 숨결 때문에 공기가 혼탁했다. 비가 와서 온통 진흙투성이에다 석회가루가 날려서 사방이 잿빛이었다. 케이블카가 출발하려던 참이라 승객들은 서로 밀고 밀치며 개찰구를 향해 가고 있었다. 카세르타는 이미 개찰구를 지나 계단을 내려가고 있었다. 계단을 내려가다가도 가끔 걸음을 멈추고 목을 쭉 빼고 뒤를 돌아보거나 자기 옆을 스치고 지나가는 행인들을 향해 얼굴이 시뻘게져서 갑자기 무슨 말을 내뱉었다. 어찌 보면 목소리를 최대한 낮추고 혼잣말을 하는 것 같기도 했다.

카세르타는 말하면서 엄지와 검지는 동그랗게 붙이고 나머지 세 손가락을 쫙 펴서 오른손을 흔들어 보였다. 그는 잠시 상대방의 대답을 기다리다 아무런 반응이 없으면 다시 계단을 내려가기 시작했다.

나는 표를 끊어서 카세르타를 따라 환하게 빛나는 노란 케이블카를 향해 뛰어 내려갔지만 카세르타가 객차 두 칸 중 어느 쪽에 탔는지는 보이지 않았다. 밖에서 두 번째 케이블카의 중간 정도까지 훑어보다 결국 그를 찾지 못한 채 승객들의 틈새를 뚫고 케이블카에 탔다.

땀 냄새와 젖은 옷 냄새 때문에 케이블카 안 공기가 무거웠다. 카세르타를 찾기 위해 두리번거렸지만 정작 내 눈에 들어온 것은 두 계단씩 뛰어 내려오는 폴레드로와 뭐라고 외치며 그 뒤를 쫓는 필리포 삼촌의 모습뿐이었다. 두 사람이 첫 번째 객차에 들어가는 순간 케이블카 문이 닫혔다. 잠시 후 내가 탄 객차의 창문 너머로 삼촌과 폴레드로의 모습이 보였다. 폴레드로는 잔뜩 화가 나서 주위를 둘러보고 있었고 삼촌은 그런 그의 한쪽 팔을 잡아당기고 있었다. 그때 케이블카가 움직였다.

14

새로 만든 케이블카는 어린 시절 탔던 케이블카와 많이 달랐다. 옛날 케이블카와 닮은 점이라고는 어딘가에 세게 부딪히는 바람에 뒷부분이 툭 튀어나온 것처럼 보이는 객차의 평행육면체 형태뿐이었다. 케이블카가 덜컹거리다가 어두운 우물 같은 터널로 내려가기 시작하자 어린 시절과 똑같이 끼익 거리는 소리와 진동이 느껴졌다. 하지만 철줄에 매달려 이따금 덜컹거리면서 느릿느릿 한가로이 비탈을 내려가던 옛날 케이블카와 달리 새로 만든 케이블카는 빠르게 내려갔다. 언덕의 표피층 아래를 조심스레 탐사하던 과거의 케이블카가 이제는 주사기로 거칠게 주입되어 혈관 속을 빠르게 흐르는 느낌이었다. 아쉽게도 어머니와 함께 케이블카를 탔던 즐거운 추억이 희미해져 갔다.

가내수공업으로 장갑 만들기를 그만둔 후부터 어머니는 보메로 지역에 사는 부유한 고객들을 위해 옷을 만들었는데 완성된 옷을 배달하러 갈 때 나를 데려가곤 했다. 그럴 때면 어머니는 자기 고객들 앞에서 초라해 보이지 않으려고 한껏 치장을 하곤 했다. 그런 어머니에 비해 나는 깡마르고 지저분했다. 적어도 나는 그렇게 느꼈다. 나는 어머니 옆 나무 의자에 앉아 무릎 위에 어머니가 갓 지은 옷을 올려놓았다. 어머니는 옷이 구겨지지 않게 포장지로 싼 다음 봉투 가장자리를 옷핀으로 고정시켰다. 그렇게 앉아 있다 보면 다리와 배에 닿은 봉투 속에 어머니의 체취와 체온이 소중히 담겨 있는 것 같았다. 종이가 스칠 때마다 피부에 어머니의 체취와 체온이 느껴졌다. 케이블카가 덜컹거려서 종이봉투가 피부에 닿을 때마다 왠지 모를 서글픈 무기력함을 느꼈다. 그런데 지금은 하얀 토끼를 뒤쫓는 늙은 엘리스처럼 끝없이 추락하는 느낌이었다.

나는 문에서 떨어져 최대한 객차 중앙으로 자리를 옮겨보려 애썼다. 나는 케이블카의 두 번째 객실 맨 앞쪽에 있었다. 승객 사이를 뚫고 지나가려고 낑낑댔지만 주변 사람들은 나를 못마땅한 눈초리로 노려보기만 했다. 내 외모에 뭔가 혐오스러운 구석이 있어서 나를 적대적으로 밀어내고 있는 것 같았다.

나는 앞으로 나아가려고 애쓰다 결국 포기하고 카세르타를 찾기 위해 두리번거리기 시작했다. 카세르타는 객차 맨 뒤에 있는 조금 넓은 공간에 서 있었다. 그는 스무 살쯤 되어 보이는 옷차림이 허름한 젊은 여자 뒤에 서 있었다. 내 쪽에서는 여자와 카세르타의 옆모습이 보였다. 비에 젖어 회색으로 변한 신문을 읽고 있는 카세르타는 점잖은 노신사 같았다. 그는 사분의 일로 접은 신문을 왼손에 들고 오른손으로는 반짝이는 금속 손잡이를 붙잡고 있었다.

나는 카세르타가 덜컹거리는 케이블카의 진동을 이용

해 몸을 점점 더 젊은 여자 쪽으로 갖다 붙이고 있다는 사실을 알아차렸다. 어느덧 그는 등을 활처럼 젖히고 다리를 넓게 벌려 자기 배를 여자의 엉덩이에 밀착시켰다. 그렇게 붙어 있을 이유가 전혀 없었다. 승객이 많기는 했지만 등 뒤로 여자와 적당한 거리를 유지할 정도의 공간은 있었다. 여자가 분노를 참지 못하고 고개를 홱 돌려 그를 쏘아본 후 신체적 접촉을 피하기 위해 가까스로 앞쪽으로 움직였지만 그는 포기하지 않았다. 그는 여자가 자신과 거리를 두려 하자 잠시 기다렸다가 자신의 푸른 바지를 여자의 청바지에 갖다 댔다. 여자가 팔꿈치로 카세르타의 옆구리를 살짝 밀었지만 그는 꿈쩍하지 않고 여전히 신문을 읽는 척했다. 아니, 오히려 더 대놓고 여자를 향해 배를 내밀었다.

나는 삼촌을 찾기 위해 고개를 돌렸다. 삼촌은 다른 객차에서 뭔가에 집중한 표정으로 입을 벌리고 있었고 폴레드로는 그런 삼촌 옆에서 카세르타의 주의를 끌려는 듯 손으로 유리창을 내려치고 있었다. 어쩌면 내 주의를 끌기 위해 그랬을 수도 있다. 그는 속옷가게에서 봤을 때와는 달리 심기가 불편해 보이지 않았다. 그는 창문 하나를 사이에 두고 어쩔 수 없이 괴로운 광경을 바라볼 수밖에 없는 상황에 처한 불안한 소년처럼 보였다.

나는 폴레드로와 카세르타를 혼란스레 번갈아 바라보았다. 두 사람의 입매가 똑같았다. 둘 다 긴장해서 플라스틱으로 된 것 같은 빨간 입술을 굳게 다물고 있었다. 하지만 그런 두 사람의 모습을 머릿속에 새겨넣을 틈도 없이 케이블카가 덜컹거리며 멈춰 섰고 그 틈을 타 젊은 여자가 후다닥 출입문 쪽으로 자리를 옮겼다.

카세르타는 주변 승객들이 신경질적으로 웃거나 어이없는 시선으로 쳐다보는데도 아랑곳하지 않고 여전히 등을 젖히고 다리를 벌려 젊은 여자에게 껌 딱지처럼 달라붙었다. 여자가 케이블카 밖으로 펄쩍 뛰어내리자 카세르타는 잠시 망설이다 몸을 바로 세우고 고개를 들었다.

나는 카세르타가 미친 사람처럼 유리창을 내리치고 있는 폴레드로 때문에 정신을 차린 거라고 생각했다. 그런데 카세르타는 마치 처음부터 내가 어디에 있는지 정확히 알고 있었던 것처럼 자신을 향해 야유를 보내고 손가락질을 하는 승객 틈에서 나를 똑바로 바라보았다. 지금까지의 무언극이 나를 위한 것이었다는 듯 내게 도발적인 시선을 보내더니 대본을 따르지 않기로 결심한 반항적인 배우라도 되는 양 갑작스레 케이블카 밖으로 몸을 날렸다.

나는 폴레드로가 그를 따라 케이블카에서 내리려 한다는 것을 눈치챘다. 나도 출입문 쪽으로 가려 했지만 출입문에서 너무 멀리 떨어져 있는 데다 케이블카에 타려는 사람들 때문에 자꾸만 뒤로 밀려났다. 반대쪽을 살펴보니 내리지 못한 것은 폴레드로도 마찬가지였다. 케이블카에서 내리는 데 성공한 사람은 필리포 삼촌뿐이었다.

15

노인들의 얼굴에서 젊은 시절의 모습을 찾아내기는 쉽지 않다. 가끔은 과연 그들에게도 젊은 시절이 있었는지 의심스럽기도 하다. 케이블카가 다시 내려가는 동안 나는 조금 전 카세르타와 폴레드로를 번갈아 보면서 내가 머릿속으로 카세르타도 폴레드로도 아닌 제3의 인물을 만들어냈다는 사실을 알아챘다. 내 머릿속에는 흑발에 올리브빛 피부에 카멜 코트를 걸친 한 청년의 모습이 떠올랐다. 나타나자마자 바로 분해되어버린 그 심령체 같은 형상은 카세르타와 폴레드로의 얼굴을 번갈아 보다 혼란에 빠진 내 시선이 그 둘의 광대뼈와 입매를 뒤섞는 바람에 만들어진 결과물이었다.

나는 내 자신이 못마땅했다. 해서는 안 될 일을 너무나 많이 했다. 그렇게 뛰어서도 안 됐고 그렇게 불안해서도 안 됐다. 지나치게 흥분하기까지 했다. 나는 마음을 가라앉히려 애썼다.

잠시 후 키아이야 정거장이 나타났다. 희미한 조명 아래 있는 정거장은 시멘트 벙커처럼 보였다. 내릴 준비를 하면서도 마음이 완전히 진정되지 않았다. 내 머릿속에서 어머니는 방금 전 내가 만들어낸 기묘한 형체를 물끄러미 바라보았고 나는 그녀가 그렇게 하도록 내버려두었다. 어머니는 40년 전의 정거장 한구석에서 뭔가를 요구하는 듯한 표정으로 서 있었다. 나는 아직 세밀한 그림이 드러나지 않은 퍼즐을 맞출 때처럼 어머니가 서 있는 배경을 물끄러미 바라보았다. 거의 반세기 전부터 그곳에 있었던 것으로 보이는 의상실의 선전용 나무 입간판 앞에 서 있는 어머니의 어두운 실루엣과 길게 드리운 머리가 보였다. 채색된 나무 입간판은 세 인물을 형상화하고 있었다.

그새 나는 성질 급한 승객들 틈에 끼어 객차에서 계단까지 떠밀려 나왔다. 온실이나 지하 무덤처럼 공기가 후덥지근한데도 오한이 났다.

이제 아말리아는 자기처럼 지금은 존재하지 않는 정거장에 젊고 부드러운 육체를 완전히 드러냈다. 나는 어머니가 나무 입간판을 홀린 듯 바라볼 수 있도록 기다려주었다. 그 입간판은 우아하게 차려입은 커플과 목줄을 한 독일 셰퍼드를 형상화하고 있었던 것 같았다. 그렇다. 그것은 높이 2미터, 두께 1센티미터가 조금 못 되는 판지와 나무로 만든 입간판이었다. 뒷면에 지지대가 널빤지를 지탱하고 있었다.

나는 판자로 만든 형상들에게 입힐 옷의 모양과 색깔을 머릿속에 떠오르는 대로 대충 골라 보았다. 남자는 체크무늬 재킷과 바지 차림에 카멜 코트를 걸치고 머리에 딱 맞는 펠트 모자를 쓰고 한 손에만 장갑을 낀 채 다른 쪽 장갑은 들고 있는 것 같았다.

여자는 색이 진한 정장을 입고 섬세하게 배색한 패턴이 그려진 기다란 푸른색 스카프를 두르고 있었던 것 같았다. 여자는 깃털 달린 모자를 쓰고 있었는데 베일 아래로 깊은 눈매가 드러났다. 셰퍼드는 뒷다리를 접고 앉아서 귀를 쫑긋 세우고 주인의 다리 옆에 꼭 붙어 있었다. 그들은 검은색 칸막이로 분리된 우중충한 먼지투성이 정거장에 밝고 건장하게 서 있었다. 입간판에서 얼마 떨어지지 않은 곳에 계단 사이로 거대한 빛줄기가 쏟아져 내렸다. 빛줄기는 터널을 벗어나 느린 속도로 언덕을 미끄러져 내려오는 녹색—아니면 빨간색이었나?—케이블카를 비추었다.

나는 계단을 내려가 자동 회전문 쪽으로 갔다. 그 후의 일은 순식간에 일어났지만 놀라울 정도로 길게 느껴졌다. 폴레드로가 어색하게 내 손목 바로 아래를 붙잡은 것이다. 그가 내게 멈추라고 하는 소리가 들렸지만 나는 멈추지 않았다. 고개를 미처 돌리기도 전에 나를 붙잡은 사람이 폴레드로라는 것을 느꼈다. 그는 우리가 서로 잘 아는 사이라며 자기가 니콜라 폴레드로의 아들이라고 했다. 그 정도로는 나를 멈춰 세울 수 없다고 생각했는지 그는 한마디 더 덧붙였다.

"카세르타가 내 아버지야."

그 말에 나는 멈춰 섰다.

나는 내 어머니 아말리아도 발걸음을 멈추고 나무 입간판 앞에 립스틱이 살짝 묻은 새하얀 이빨을 드러낸 채 입을 벌리고 머무르도록 내버려두었다. 어머니는 나무 입간판에 대해 비아냥대야 할지 아니면 감탄을 해야 할지 망설이고 있었다. 판지와 나무로 만든 커플은 계단 아래 왼쪽에서 어느 정도 거리를 유지하고 서서 어머니가 자신들을 감상하도록 내버려두었다. 내 모습은 보이지 않았지만 그때 나도 어머니 옆에 있었다.

당시 나는 그 커플이 케이블카의 주인이라고 생각했다. 머나먼 곳에서 온 사람들이라고 생각했다. 그들은 너무나 이질적으로 보였다. 이곳과는 도무지 어울리지 않았다. 마법같이 완벽한 커플의 조합은 주변 환경과는 너무나 달라서 다른 나라에서 온 사람들처럼 보였다.

40년 전 나는 그들에게서 일종의 탈출구를 보았다. 그들은 나와 내 어머니가 마음만 먹으면 언제든 떠날 수 있는 장소가 존재한다는 것을 알려주는 증거였다.

나는 어머니가 나를 데리고 도망칠 방법을 찾느라 그토록 골똘히 나무 판자로 만든 커플을 바라보고 있다고 생각했다. 그러다 문득 그렇지 않을지도 모른다는 의구심이

들었다. 그저 여자의 옷과 자태를 뜯어보고 있는 것인지도 모른다는 생각이 들었다. 어머니도 그 여자처럼 옷을 입고 싶거나 그런 옷을 만들고 싶어서 말이다. 그 여자와 같은 옷차림을 하고 그 여자처럼 자연스러운 태도로 케이블카가 도착하기를 기다리기 위해서 말이다.

먼 옛날 여기 이 정거장 한구석에서 내가 어머니의 속마음을 전혀 읽어내지 못했다는 사실을 알았다. 나는 어머니의 내면에 들어가지 못했었다. 그렇게 생각하니 마음이 아팠다. 어머니의 목소리는 내게 이런저런 명령으로 들릴 뿐 이미 그때부터 나라는 존재는 음성화되기 이전에 생각이 형성되는 어머니의 내면 깊숙한 곳에 없었다. 나는 끝끝내 어디까지 말로 표현하고 어디까지 소리를 부여하지 않고 생각으로만 간직할지 결정하는 어머니의 의식 안까지 파고들지 못했다. 그 사실을 깨닫는 순간 나는 마음이 아팠다.

폴레드로의 목소리가 내 아픔을 거칠게 밀어내며 귓가에 들려왔다. 순간 40년 전 정거장의 모습이 흔들리더니 입간판이 형형색색의 먼지로 바스러졌다. 그로부터 수년이 흐른 후 그런 스타일의 옷이나 자세는 이 세상에서 사

라져 버렸다. 커플과 그들의 개도 자취를 감추었다. 하염
없이 기다리기만 하다 마음이 상했는지 이 세상 어딘가에
있을 그들만의 성으로 돌아가기로 결심한 것이다.

나는 어머니의 형상을 아무것도 없는 허공 앞에 붙잡
아두는 것이 힘들었다. 나는 폴레드로가 입을 다물기 바
로 전에 내가 뭔가 착각했다는 사실을 알아차렸다. 판지
로 만든 여인이 입고 있던 짙은 정장과 그녀가 두르고 있
던 스카프는 사실 어머니의 것이었다. 중요한 약속이 있
는 사람처럼 세련되게 차려 입었던 사람은 바로 내 어머
니 아말리아였다.

이제 어머니는 립스틱이 살짝 묻은 이빨을 드러내고 입
을 벌린 채 나무 모형이 아닌 진짜 남자를 바라보고 있었
다. 카멜 코트를 입은 바로 그 남자를 보고 있었다. 어머니
가 남자의 말에 대답했다. 그러자 다시 그가 뭐라고 말했
지만 나는 그들의 대화를 알아들을 수 없었다.

폴레드로는 내 주의를 돌리기 위해 나긋나긋한 말투로
내게 계속 말을 걸었다. 나는 홀린 듯 그를 바라보았지만
그가 하는 말에 집중할 수 없었다. 폴레드로는 젊은 시절
자기 아버지와 얼굴선이 닮았지만 그보다 체격이 좋아 보

였다. 아버지와 닮아서인지 폴레드로는 의도치 않게 폐허가 된 키아이야 정거장에서 내 어머니가 카세르타를 만나던 장면을 기억나게 만들었다. 나는 고개를 가로저었다. 폴레드로는 내가 자기 말을 못 믿는다고 생각했지만 내가 정말로 못 믿는 것은 나 자신이었다. 그는 다시 한번 말했다.

"나야. 안토니오. 카세르타의 아들."

그제야 나는 판지와 나무로 만든 그 입간판에 대한 기억 가운데 확실한 것은 이국적인 땅과 지키지 못한 약속의 이미지뿐이라는 사실을 알았다. 입간판은 방금 닦은 구두처럼 반짝였지만 세밀한 부분은 하나도 기억나지 않았다. 입간판은 커플이 아니라 남자 둘일 수도 있고 여자 둘일 수도 있었다. 개가 아예 없었을 수도 있었다. 그들의 발밑에 풀밭이 있었을 수도 있고 보도블록이 있었을 수도 있었다. 솔직히 그 나무 입간판이 무엇을 홍보하고 있었는지도 기억나지 않았다. 나는 이제 알 수 없었다.

기억 속에서 건져 올린 세부 사항들은 나무 입간판에 대한 것이 아니었다는 사실을 나는 이제야 깨달았다. 그것은 당시 내가 실제로 봤던 옷과 행동을 다소 혼란스럽게 뒤섞어놓은 결과물이었다. 지금 확실하게 떠오르는 것은 아들 폴레드로의 얼굴을 아버지 폴레드로의 얼굴 위에 겹쳐놓은 것같이 보이는 올리브빛 피부에 머리가 검은 잘생긴 청년의 얼굴뿐이었다. 카세르타는 나와 동갑인 아들 안토니오의 손을 잡고 내 어머니 아말리아에게 다정스레 말하고 있었다. 어머니는 내 손을 잡고 있었지만 내가 옆에 있다는 사실조차 잊은 것처럼 보였다. 어린 시절 빠르게 움직이던 카세르타의 입술이 생각났다.

카세르타의 새빨간 혀도 기억났다. 혀뿌리가 입속에 단단히 뿌리를 박고 어머니의 입을 향해 돌진하지 못하도록 붙들고 있었다.

순간 나는 내가 케이블카 정거장의 판지로 만든 남자에게는 카세르타가 입고 있던 옷을 입혔고 그의 파트너에게는 내 어머니가 입고 있던 옷을 입혔다는 사실을 알아챘다. 깃발을 꽂은 망사 모자는 어머니가 수많은 결혼식에 쓰고 갔던 바로 그 모자였다. 정확하게 기억나지 않지만 스카프도 수년간 어머니의 목과 어깨를 감싸주었던 바로 그 스카프였다. 깁고 또 기워 나중에는 뒤집어서 입은 정장은 어머니가 내 생일을 축하해주기 위해 로마행 기차에 오를 때 입고 있던 정장이었다. 세월이 흐르다보면 수 많은 물건이 특별한 이유 없이 원래 물건을 사용하던 사람들의 육체와 목소리에서 분리되는 법이다. 내 어머니는 옷의 수명을 무한정 늘리는 법을 알고 있었다.

그제야 나는 폴레드로에게 대답했다. 한참 동안 침묵의 시위를 벌이던 내 입에서 다정한 말이 튀어나오자 그는 순간 당황했다.

"당연히 알지. 너 안토니오잖아. 왜 바로 알아보지 못했을까? 눈이 어렸을 때랑 똑같네."

나는 미소를 지어 보였다. 그에 대한 적의가 없다는 것을 보여주기 위해서이기도 했지만 그 역시 나에 대한 적의가 없는지 확인하기 위해서이기도 했다.

폴레드로는 미심쩍은 눈초리로 나를 바라보았다. 그는 내 두 뺨에 키스하기 위해 몸을 굽히려다가 내게서 뭔가 혐오스러운 것을 본 듯 멈칫했다.

"왜 그러는데?"

긴장이 풀리자 어느새 약간 짓궂은 눈빛으로 나를 바라보는 폴레드로에게 내가 물었다.

"이제 내 옷이 마음에 안 드나보네?"

폴레드로는 잠시 망설이다 뭔가를 결심한 듯 웃으면서
말했다.

"너 지금 꼴이 말이 아니야. 거울은 본 거야? 이리 와. 이
런 모습으로 돌아다니면 안 돼."

16

폴레드로는 나를 출구 밖으로 밀어낸 다음 나를 끌고
택시 정류장을 향해 뛰어갔다. 지하철 입구 차양 아래는
갑자기 내린 비를 피하기 위해 들어선 사람들로 붐볐다.
하늘은 시꺼멨고 바람이 강하게 불어와 비가 비스듬히 휘
몰아쳤다.

가늘고 세밀한 빗줄기는 흡사 장막 같았다. 폴레드로는
나를 담배 냄새에 찌든 택시에 태우더니 내게 뭐라 말할
틈도 주지 않고 자신만만한 말투로 빠르게 말을 쏟아냈
다. 내가 자기 이야기에 흥미를 느낄 거라고 확신하는 듯
했다. 하지만 나는 그의 말이 귀에 들어오지 않았고 도무
지 집중할 수가 없었다. 내가 보기에 폴레드로는 무슨 말
을 해야 할지 정확히 모르고 되는 대로 내뱉는 것 같았다.

지나치게 태연한 척하는 것도 사실은 불안한 마음을 감추기 위해서인 것 같았다. 나까지 폴레드로의 불안에 전염될까 두려웠다.

폴레드로는 짐짓 근엄하게 자기 아버지 대신 내게 사과했다. 노인네가 늙어서 노망난 것이 분명하다며 어떻게 해야 할지 모르겠다고 했다. 하지만 위험하거나 나쁜 사람은 아니라고 장담했다. 폴레드로는 자기 아버지를 통제할 수 없다고 했다. 튼튼하고 건강해서 허구한 날 싸돌아다니기 때문에 한곳에 붙잡아둘 수 없다는 것이었다. 아들 주머니에서 돈을 두둑이 훔치는 데 성공하면 몇 달 동안 코빼기도 비치지 않는다고 했다. 폴레드로는 느닷없이 자기 아버지와 한통속이 되거나 속아 넘어가는 바람에 해고할 수밖에 없었던 속옷가게 직원들의 이름을 일일이 열거했다.

폴레드로가 이야기하는 동안 나는 어떤 냄새를 감지했다. 진짜 냄새는 아니었다. 택시 안에는 땀 냄새와 담배 냄새가 진동해서 다른 냄새를 맡을 수 없었다. 그것은 어린 시절 폴레드로와 자주 놀러가곤 했던 과자와 향신료를 팔던 가게의 추억에 얽힌 가상의 냄새였다. 우리 부모님이 살던 건물에서 몇 블록 떨어지지 않은 곳에 있던 그 가게의 주인은 다름 아닌 폴레드로의 할아버지였다. 가게 입구에는 파란색 나무 간판이 걸려 있었는데 '콜로니알리'라는 글씨 주변에 야자수 나무와 입술이 새빨간 흑인 여자가 그려져 있었다.

그 간판은 아버지가 스무 살 때 그린 것이었다. 가게 판매대 그림도 아버지 작품이었다. 아버지는 '시에나의 적갈색'이라는 색을 사용해서 사막을 그렸다. 사막에는 무성한 야자수와 낙타 두 마리, 사파리 재킷과 부츠 차림을 한 남자와 아프리카 무희들이 그려져 있었다. 커피가 폭포처럼 쏟아져 내리고 그 뒤로는 바다처럼 푸른 하늘에 상현달이 걸려 있었다.

그 풍경을 감상하는 것은 어렵지 않았다. 그 시절 아이들은 아무런 감시도 받지 않고 노상 길바닥에서 살다시피 했으니까. 나 역시 가게에 가고 싶으면 우리 집 건물 안뜰을 지나 모퉁이를 돌아서 가게 문을 열면 그만이었다. 나무로 된 문이었는데 윗부분은 사선으로 창살을 단 유리로 되어 있었다. 문을 여는 순간 종소리가 났고 가게 안에 들어서면 등 뒤로 문이 닫혔다. 문 모서리에 천이나 고무를 대서인지 닫힐 때 소리가 나지 않았다.

가게에는 계피향과 달콤한 크림 냄새가 났다. 가게 입구에는 주둥이를 둘둘 말아 내린 커피가 가득 든 자루가 두 개 있었다. 대리석으로 만든 판매대 상판 위로 공들여 무늬를 새겨 넣은 유리 항아리들이 놓여 있었는데 그 안에는 하얀색, 파란색, 빨간색 설탕을 입힌 아몬드와 밀크 캐러멜, 혀 위에 올려놓는 순간 달콤한 액체가 되어 입안 가득 녹아내리는 진주알 같은 여러 가지 색상의 설탕, 다양한 모양의 감초 젤리 따위가 들어 있었다. 새까만 감초 젤리는 막대 사탕처럼 막대기에 꽂아서 팔기도 하고 테이프처럼 돌돌 말거나 줄처럼 길게 풀어서 팔기도 했다. 물고기나 배 모양의 감초 젤리도 있었다.

택시가 휘몰아치는 비바람과 물바다가 된 도로와 교통 체증으로 고전하는 동안 나는 카세르타의 새빨간 혀, 어린 시절 안토니오와 가슴 졸이며 하던 위험한 놀이, 그 때문에 일어난 피가 난무하는 폭력에 대한 혐오감이 폴레드로의 숨결 속에 남아 있는 아련한 추억 속의 냄새와 어떤 관계가 있는지 알아내기 힘들었다.

어느덧 폴레드로는 자기 아버지에 대한 변명을 늘어놓

기 시작했다. 그는 자기 아버지가 가끔 다른 사람들을 성가시게 하기는 하지만 인내심을 가지면 그래도 참을 만하다고 했다. 나폴리에서는 인내심 없이 살아가기 어렵다고 했다. 사실 자기 아버지가 엄청난 피해를 주는 것은 아니라고 했다. 가장 큰 피해를 보는 것은 주변 사람이 아니라 속옷가게라고 했다. 다 늙은 노인네 주제에 여자 손님들을 성가시게 하며 돌아다니기 때문이다. 그럴 때면 화가 나서 피가 거꾸로 솟는다고 했다. 그가 그런 짓을 하는 광경을 목격할 때면 그가 자기 친부라는 사실조차 잊어버릴 것 같다고 했다. 폴레드로는 자기 아버지가 혹시 내게도 성가시게 굴지 않았는지 물었다.

내가 아말리아의 딸이라는 사실을 자기 아버지가 바로 알아채지 못했다는 게 믿기지 않는다고 했다. 잠시 기억의 조각들을 끼워 맞출 시간이 필요하기는 했지만 그래도 자기는 곧바로 나를 알아보았다며 그 순간 얼마나 반가웠는지 모른다고 했다. 내 뒤를 쫓아 가게 밖으로 나왔지만 나는 그새 사라져 보이지 않았고 대신 자기 아버지를 발견하고 화가 나서 이성을 잃었다고 했다.

그는 내가 자기를 이해하지 못할 거라면서 아버지 때문

에 속옷가게의 현재와 미래가 위험하다고 했다. 믿지 못하겠지만 자기는 평생 한순간도 맘 편하게 지낸 적이 없었다고 했다. 아버지는 그가 금전적으로나 감정적으로 그 사업에 얼마나 많이 투자했는지 모른다고 했다. 아니 도무지 이해하려 하지 않는다고 했다. 끊임없이 돈을 요구하면서 자기를 괴롭힌다고 했다. 밤낮을 가리지 않고 전화를 걸어 자기를 위협하고 일부러 고객을 추행한다고 했다. 그렇다고 자기 아버지가 케이블카에서 그랬던 것처럼 항상 추태를 부리고 다니는 것은 아니라고 했다. 필요하다고 생각하면 카세르타는 진짜 신사처럼 예의바르게 행동할 줄 알았고 그러면 여자들은 그의 말에 귀를 기울였다는 것이다. 그러다 갑자기 태도가 돌변해 말썽을 일으켰다. 폴레드로는 자기 아버지 때문에 입은 경제적 손실도 상당하다고 했다. 하지만 어쩌겠는가. 그렇다고 아버지를 죽일 수는 없지 않은가.

"그래."

"물론이지."

"아니야."

"설마."

나는 폴레드로의 말에 성의 없이 맞장구를 쳐주었다. 나는 그 자리가 불편했다. 옷이 흠뻑 젖은 데다 택시 백미러에 비친 내 모습을 보니 비 때문에 화장이 가면이 벗겨지듯 녹아내리고 있었다. 마스카라에서 흘러나온 검푸른 줄무늬 사이로 보이는 피부는 거칠거칠하고 색 바랜 직물처럼 보였다. 몸이 으슬으슬 추웠다. 삼촌 집으로 돌아가 무슨 일이 있었는지 물어보고 안정을 되찾은 뒤 뜨거운 물에 목욕을 하고 편히 눕고 싶은 마음이 굴뚝같았다.

하지만 나는 폴레드로가 내게 들려주는 이야기보다 어린 시절 어른들의 눈을 피해 함께 놀던 내 옆자리에 앉은 그의 거대한 육체에 더 관심이 갔다. 그의 몸은 술과 음식과 걱정과 증오로 터질 듯 부풀어 오르기는 했지만 몸속 깊숙한 곳 어딘가에 아직도 정향과 꽃술과 육두구향이 나는 어린아이를 숨기고 있었다.

폴레드로의 입에서 내가 모르는 새로운 이야기가 나올 거라고는 기대하지 않았다. 그럴 가능성은 애당초 배제했다. 하지만 그의 넓적하고 두툼한 손을 보자 어린 안토니오의 고사리손이 떠올랐다. 닮은 구석이 하나도 없는 그 두 손이 같은 손이라고 생각하니 그에게 지금 나를 어디로 데려가고 있느냐는 질문조차 차마 할 수 없었다.

그의 옆에 있으니 내 몸이 줄어드는 것 같았다. 이미 오래전에 내 것이 아닌 것이 되어버린 몸으로 되돌아가서 그때의 시선으로 세상을 바라보게 되는 것 같았다.

어느덧 나는 '콜로니알리'의 판매대에 그려진 사막 그림 근처를 배회하고 있었다. 나는 검은색 커튼을 젖히고 폴레드로의 말이 들리지 않는 공간으로 들어갔다. 그곳에는 카세르타의 아버지인 폴레드로의 할아버지가 있었다. 할아버지의 피부는 구릿빛이었다. 대머리였지만 두피가 새까맸다. 눈 흰자위는 시뻘겠고 기다란 얼굴에 이빨이 얼마 없었다. 그의 주변에는 신기한 기계가 쭉 늘어서 있었다. 가운데에 반짝이는 쇠파이프 같은 것이 달린 길고 파란 기계로 노인은 아이스크림을 만들었다. 기계로 된 팔과 통이 달린 기계도 있었는데 기계 팔이 통 속에 든 것을 휘휘 저으면 노란 크림이 만들어졌다. 가게 맨 안쪽에는 검은색 손잡이가 달린 세 칸짜리 전기오븐이 있었다. 전원이 꺼져 있을 때면 오븐에 달린 작은 전구들도 불이 꺼졌다.

안토니오의 할아버지는 대리석으로 만든 판매대 뒤에

있었다. 할아버지가 구부정한 자세로 아무 말 없이 능숙한 솜씨로 천주머니를 누르면 천주머니에 뚫린 구멍에서 크림이 나왔다. 할아버지는 크림을 달콤한 빵에 쭉 짜넣기도 하고 케이크 위에 예쁜 파도 모양 장식을 만들기도 했다. 할아버지는 나를 본체만체하고 작업에 몰두했다. 나는 내 투명성을 즐기면서 크림통에 손가락을 집어넣기도 하고 달콤한 빵이나 설탕 조림을 집어먹기도 하고 설탕을 입혀 은색으로 반짝이는 아몬드 몇 알을 슬쩍 챙겨넣기도 했다. 그래도 할아버지는 아랑곳하지 않았다.

안토니오가 나타나 할아버지 등 뒤에 있는 지하실 문을 열면서 내게 손짓했다. 거미줄투성이인데다 곰팡내가 폴폴 나는 지하실에서 어느새 카멜 코트 차림의 카세르타와 짙은 정장 차림의 아말리아가 등장했다. 그 짧은 순간 수백 명이나 되는 카세르타와 아말리아가 내 눈앞을 스쳐지나갔다. 어머니 머리에 망사 모자가 있을 때도 있고 없을 때도 있었다. 그 모습에 나는 눈을 질끈 감아버렸다.

"아버지가 유일하게 잘 지낸 해가 바로 올해였어."

폴레드로가 말했다. 상대방의 호감을 얻고 싶어서 얼마든지 과장된 반응을 보일 태세를 갖춘 이의 말투였다.

"아말리아 아주머니가 아버지를 이해해주고 정말로 잘 대해주셨거든. 아주머니가 그렇게까지 해주실 거라고는 생각도 못 했어."

폴레드로는 말투를 바꾸더니 자기 아버지가 내 어머니에게 잘 보이고 싶은 마음에 마네킹처럼 잘 차려 입으려고 돈을 많이 빼돌리기는 했지만 그 돈은 하나도 아깝지 않았다고 했다. 그보다는 워낙 큰 사고를 많이 치고 다녀서 언젠가는 큰일을 낼까봐 걱정이라고 했다. 그는 내 어머니가 해서는 안 될 일을 했다면서 너무나 불행한 일이라고 했다. 물에 빠져 죽다니. 대체 왜 그런 짓을 했단 말인가.

안타깝고 안타까운 일이 아닐 수 없었다. 내 어머니의 죽음은 정말로 끔찍한 불운이었다.

폴레드로는 내 어머니에 대한 추억이 밀려드는 듯 장례식에도 못 가고 내게 조의도 표하지 못해서 미안하다면서 사과했다.

"아주머니는 훌륭한 분이셨어."

폴레드로는 어머니와 직접 말 한마디 나눈 적이 없었을 텐데도 몇 번이고 똑같은 말을 반복하다가 내게 물었다.

"너희 어머니와 우리 아버지가 사귄다는 사실을 알고 있었어?"

나는 차창 밖을 바라보면서 알고 있었다고 대답했다.

둘이 사귀고 있었다니. 순간 어머니의 침대에 누워 거울로 내 질을 비춰보면서 신기해하던 내 모습이 생각났다. 둘이 사귀었다니. 어머니는 믿을 수 없다는 표정으로 그런 나를 바라보다 조용히 침실 문을 닫았다.

어느덧 택시는 교통량이 많은 잿빛 해안도로로 접어들었다. 도로를 꽉 메운 자동차들이 비바람을 맞으면서 빠르게 움직이고 있었다. 바다에는 거친 파도가 휘몰아쳤다. 어린 시절에도 이토록 장대한 파도가 이는 나폴리 만의 전경을 본 적이 없었다. 아버지가 생각 없이 과장해서 그리던 그림 속의 파도와 비슷했다. 하얀 물마루가 이는 새까만 파도가 암초를 손쉽게 타 넘었다. 가끔은 보도블록까지 물이 튀기도 했다. 호기심에 찬 구경꾼들이 그 광경을 보려고 모여들어 우산의 숲 밑으로 장사진을 이루었다. 그들은 파도가 높이 치솟았다가 암초에 부딪혀 암벽 너머로 산산조각 나는 순간 물마루를 손으로 가리켜 보였다.

"응. 알고 있었어."

내가 조금 전보다 더 단호하게 말했다.

폴레드로는 놀란 듯 잠시 말을 멈췄다. 그런 다음 자기 이야기를 늘어놓기 시작했다. 그동안 힘들게 살았다면서 결혼생활이 파탄 나는 바람에 1년 동안 세 아이를 한 번도 보지 못했다고 했다. 사는 게 녹록치 않았고 이제야 겨우 사업이 잘되어서 형편이 나아지고 있다고 했다. 그러고는 나에게 결혼은 했는지 자식은 있는지 물었다. 두 질문에 다 아니라고 대답하자 이유를 물었다. 그는 자유롭고 독립적으로 사는 게 더 좋아서 그런 거냐며 내가 부럽다고 했다.

그는 내게 옷매무새만 정리하고 자기와 함께 점심을 먹자고 했다. 친구들과 점심 약속이 있는데 나만 괜찮다면 자리를 함께해달라고 했다. 가게 일 때문에 시간 여유가 별로 없지만 조금 있으면 같이 이야기할 시간이 날 거라고 했다.

"그래도 되겠어?"

그는 한참을 떠들고 난 뒤 내게도 허락을 구해야 한다는 사실을 기억해냈다.

나는 내 얼굴 상태가 어떤지 잊고 미소를 지으면서 그를 따라 택시에서 내렸다. 비바람이 몰아쳐 앞이 잘 보이지 않았다. 나는 내 팔을 잡은 폴레드로의 손에 이끌려 빠르게 걸어야 했다. 폴레드로는 호텔 출입문을 열더니 손에 힘을 빼지 않고 무슨 인질이라도 되는 양 나를 앞세웠다. 화려하지만 방치된 것처럼 보이는 호텔의 로비였다. 겉모습만 번지르르할 뿐 호텔 내부에는 먼지가 쌓이고 여기저기 좀벌레가 파먹은 흔적이 가득했다. 고급 목재와 붉은 융단 카펫으로 장식해놓았지만 어딘지 초라해 보였다. 날씨가 흐린데도 조명이 너무 약한 데다 사투리로 웅얼거리는 소리 때문에 시끄러웠다. 왼쪽에 있는 거대한 연회장에서 접시와 은 식기류가 요란하게 부딪히는 소리가 들려왔다. 웨이터들은 험한 눈빛을 교환하면서 분주히 오가고 있었고 주방에서는 음식 냄새가 진하게 풍겨 나왔다.

"모파 씨는 와 있나?"

폴레드로가 안내 데스크에 있는 남자에게 사투리로 물었다. 남자는 온 지가 언젠데 새삼스레 왜 묻느냐는 듯 짜증스레 고개를 끄덕여 보였다. 폴레드로는 나를 혼자 내

버려두고 행사가 진행되고 있는 연회장 입구로 서둘러 갔
다. 안내 데스크 직원은 그 틈을 놓치지 않고 내게 혐오스
러운 눈빛을 던졌다. 금장 프레임을 단 커다란 세로 모양
거울에 비친 내 모습을 보니 얇은 옷이 몸에 밀착되어서
평소보다 더 마르고 근육질처럼 보였다. 머리카락이 두피
에 어찌나 딱 달라붙었는지 그린 것처럼 보였다. 얼굴은
끔찍한 피부병에 걸려 썩어 문드러진 것 같았고 눈가는
마스카라가 번져서 멍든 것처럼 시퍼렜다. 마스카라 자국
이 광대뼈와 두 뺨을 타고 흘러내리다 비늘처럼 맺혀 얼
굴이 얼룩져 보였다. 한 손에는 어머니의 여행 가방 속에
있던 물건을 집어넣은 비닐봉지가 축 늘어져 있었다.

폴레드로는 잔뜩 짜증이 나서 내 곁으로 돌아왔다. 자
기 아버지 때문에 약속 시간에 늦은 것이다. 사실 나 때문
일 수도 있다.

"어떡하지?"

폴레드로가 안내 데스크 사내에게 물었다.

"일단 앉아서 점심을 먹고 식사가 끝나면 모파 씨와 따
로 만나서 이야기해."

"어떻게든 모파 씨 테이블에 한자리 만들어줄 수는 없

을까?"

"미쳤구먼."

사내가 말했다. 그는 조금 모자란 사람한테 뻔한 사실
을 설명하듯 비꼬는 말투로 그 모파라는 작자의 테이블에
는 교수들과 총장, 시장과 시의회 문화 담당 평의원과 그
들의 부인이 앉아 있다고 했다. 그러니 테이블에 합석할
생각은 꿈에도 하지 말라고 했다.

나는 내 소꿉친구를 살펴보았다. 나처럼 비에 흠뻑 젖
은 데다 옷차림이 엉망이었다. 그 역시 민망한 듯 나를 바
라보았다. 안절부절못하는 폴레드로의 얼굴에 그의 어릴
적 모습이 스쳐 지나갔다. 그런 그가 안쓰럽게 느껴져 마
음이 불편했다. 나는 그가 나를 신경 쓰지 않고 안내 데스
크 사내와 싸울 수 있도록 연회장 쪽으로 물러나 들락날
락거리는 웨이터들과 부딪히지 않기 위해 레스토랑이 들
여다보이는 유리벽에 몸을 기댔다.

날카로운 목소리와 식기류가 쨍그랑거리면서 부딪히
는 소리가 참을 수 없이 시끄럽게 느껴졌다. 학회나 집회
의 개막식 또는 폐막식 같은 것이 진행되고 있는 것 같았
다. 최소 200명은 되어 보이는 행사 참석자들의 이질적인

모습이 인상적이었다. 어떤 이들은 차분한 태도로 행사에 집중하고 있었다. 조금 불편해하면서 때로는 비웃는 표정을, 때로는 유순한 표정을 지으며 앉아 있었다. 이 부류에 속하는 사람들은 대부분 검소하지만 세련된 옷차림을 하고 있었다.

그런가 하면 돈을 물 쓰듯 쓸 수 있다는 것을 과시하려는 듯 장신구란 장신구는 있는 대로 몽땅 걸치고 얼굴이 시뻘겋게 달아올라서 쉴 새 없이 먹고 마시면서 떠드는 부류도 있었다.

두 부류 남자들의 차이는 그들의 여자들에게서 드러났다. 날씬한 몸매에 수수하지만 우아한 옷을 입은 여인들은 정중한 미소를 머금고 은은한 매력을 발산하며 앉아 있었다. 그들 곁에는 대놓고 비싸 보이는 화려하고 현란한 색상의 꽉 끼는 드레스를 입고 번쩍이는 금붙이와 보석으로 치장한 터질 것 같이 몸매가 풍만한 여자들이 못마땅한 얼굴로 입을 굳게 다물고 있거나 웃으며 수다를 떨고 있었다.

멀리서 볼 때는 어떤 연유로 그렇게 전혀 다른 부류의 사람들이 같은 테이블에 앉게 된 것인지 알 수 없었다. 그

이면에 어떤 특혜나 모종의 모략이나 순수한 마음이 있는지 알 수 없었다. 사실 특별히 알고 싶지도 않았다.

내게 그보다 더 인상적이었던 것은 그곳이 어린 시절 어머니가 집에서 도망치면 갔을 거라고 상상했던 장소라는 사실이었다. 지금 이 순간 어머니가 카멜 코트를 걸친 카세르타와 팔짱을 끼고 수십 년 전 푸른 정장 차림으로 섬세한 색상의 스카프를 두르고 망사 모자를 쓴 채 연회장에 입장한다면 어머니는 분명 보란 듯이 다리를 꼬고 두 눈을 반짝이면서 즐겁게 주변을 두리번거릴 것이다.

어린 시절 어머니가 나만 혼자 남겨두고 외출할 때면 나는 어머니가 다시는 돌아오지 않을 거라고 생각했다. 어머니가 이런 진수성찬에 웃음소리가 넘치는 파티에 갔을 거라고 상상하곤 했다. 나는 어머니가 금은보화로 몸을 치장하고 게걸스레 음식을 먹는 모습을 상상했다. 집에서 벗어나는 순간 어머니도 길고 새빨간 혀를 내밀 거라는 생각에 나는 침실 옆 창고 안에서 흐느껴 울었다.

"저 사람이 열쇠를 하나 줄 거야."

폴레드로가 내 뒤에서 말했다. 조금 전의 다정함은 전혀 느껴지지 않는 무례한 말투였다.

"옷매무새를 좀 가다듬고 저 테이블로 와."

나는 그가 연회장을 가로질러 긴 테이블을 지나 한 노인을 향해 정중하게 인사하는 모습을 바라보았다. 그 노인은 푸른빛이 감도는 머리를 옛날식으로 손질한 정숙하고 세련된 부인에게 큰 소리로 이야기를 하고 있었다. 노인이 자기 인사를 무시하자 폴레드로는 화가 나서 딴 곳을 바라보다 내게 등을 돌리고 새까만 콧수염이 달린 뚱뚱한 남자와 화장을 짙게 한 여자가 말 한마디 없이 불편한 표정으로 음식을 꾸역꾸역 입안으로 집어넣고 있는 테이블에 가서 앉았다. 여자는 너무 꽉 끼는 옷을 입어서 앉았을 때 치마가 무릎 위로 너무 많이 올라가 있었다.

나는 폴레드로의 말투가 마음에 들지 않았다. 그의 말투는 말대꾸를 용납하지 않겠다는 명령조였다. 연회장을 가로질러 지난날의 소꿉친구에게 이제 그만 가보겠다고 말할까 하다 엉망이 된 내 차림새와 방금 머릿속에 떠오른 소꿉친구라는 표현 때문에 망설였다. 나는 어렸을 때 폴레드로와 무엇을 하고 놀았더라?

어린 시절 폴레드로와 하던 놀이 중에서는 어머니가 은밀하게 할 거라고 상상하던 행동을 따라 하는 놀이도 있었다. 나는 단지 내가 어머니를 따라 할 수 있는지 알아보고 싶은 마음에 그런 놀이를 했다. 집에 있을 때면 어머니는 도망치는 자전거 선수처럼 온종일 싱어 재봉틀의 페달을 밟아댔다. 어머니는 집에서는 긴 머리와 염색한 스카프와 정장을 숨기고 허름한 차림으로 하녀처럼 살았다. 하지만 나는 아버지처럼 어머니가 밖에서는 전혀 다른 방식으로 웃을 거라고 생각했다. 밖에서는 숨조차 다르게 쉴 거라고 생각했다. 자기 마음대로 자태를 바꿔 뭇 사내들의 눈을 휘둥그렇게 만들 거라고 생각했다.

나는 어머니가 모퉁이를 돌아 안토니오 할아버지 가게에 들어가는 모습을 상상했다. 어머니는 진열대 주변을 살며시 걸으면서 달콤한 과자와 은처럼 반짝이는 설탕을 입힌 아몬드를 집어먹기도 하고 옷을 더럽히지 않고 진열대와 오븐 트레이 사이를 지그재그로 오갔다. 그러다 카세르타가 와서 작은 철문을 열면 둘이 함께 창고로 내려갔다. 어머니가 긴 흑발을 풀어헤치면 그 갑작스러운 동작에 흙냄새와 곰팡내가 가득한 창고의 어두운 공기에 순간 불꽃이 튀는 듯했다. 어머니와 카세르타는 엎드려 키득거리면서 바닥을 기어 다녔다.

지하실은 길고 낮아서 그 안을 돌아다니려면 박쥐의 날갯짓 소리와 쥐새끼들이 부스럭거리는 소리를 들으며 나무와 고철 더미, 토마토소스 병조림이 든 수많은 오래된 상자 사이를 요리조리 피해 네 발로 기어 다녀야 했다. 카세르타와 어머니는 하얀 햇살이 들어오는 커다란 창에 시선을 고정시키고 바닥을 기어 다녔다. 왼쪽 벽에 일정한 거리를 두고 낸 그 창은 쥐가 지나다니지 못하도록 가는 그물망을 대고 막대기 9개로 분리한 통풍구였다.

아이들은 바깥에서 놀다 어두운 창고와 그 안에 아른거리는 빛의 웅덩이를 훔쳐보다 망에 눌려서 이마와 코에 그물 자국이 찍히곤 했다. 카세르타와 어머니는 창고 안에서 자기들을 바깥에서 훔쳐보는 사람이 없는지 확인한 후 가장 어두운 구석으로 숨어들어가 서로의 다리 사이를 더듬었다.

나는 울지 않으려고 딴생각을 하면서 밀크 캐러멜과 감초 젤리와 크림통 아래 남은 크림 찌꺼기를 손가락으로 긁어 먹으며 배를 채웠다. 안토니오의 할아버지는 어머니에 대한 복수심 때문에 내가 배탈이 나서 죽어버리기를 바라는지 그런 나를 말릴 생각조차 하지 않았다.

"2층 208호로 가세요."

호텔 직원이 말했다.

나는 열쇠를 들고 엘리베이터가 올 때까지 기다리기를
포기하고 금색 철봉으로 바닥에 고정시킨 레드 카펫을 깐
넓은 계단을 느린 걸음으로 올라갔다.

17

조명이 제대로 들어오지 않은 어두컴컴한 복도 맨 끝
에 있는 208호실은 싸구려 여관방처럼 휑했다. 객실 바
로 옆에는 빗자루나 카트, 진공청소기, 더러운 빨랫감 따
위를 보관하는 청소도구함 문이 아무렇게나 열려 있었다.
벽지는 누렜고 더블베드 위로 폼페이의 마돈나 그림이 걸
려 있었다. 액자를 걸어놓은 못과 액자 가장자리에 달린
삼각형 금속 못걸이 사이에 말린 올리브 나뭇가지가 걸려
있었다.

번지르르해 보이는 호텔 외관만 보면 변기 뚜껑 정도는
종이테이프로 감싸놓을 만한데 변기는 방금 전에 누가 사
용한 것처럼 지저분했고 휴지통도 제대로 비워져 있지 않

았다. 침대와 벽 사이에 창가로 다가갈 수 있는 좁은 공간
이 있어서 바다가 보이기를 기대하면서 창문을 열어보았
지만 아니나 다를까 호텔 안뜰로 난 창이었다. 그새 비는
그쳐 있었다.

　나는 우선 전화를 걸기로 마음먹고 앞에 있는 거울을
되도록 외면하면서 침대에 걸터앉았다. 신호음이 한참 동
안 울렸는데도 필리포 삼촌은 전화를 받지 않았다. 나는
어머니의 여행 가방 속에 들어 있던 물건을 구겨 넣은 비
닐봉지를 뒤져 아이보리색 새틴 가운과 길이가 짧은 파
란색 원피스를 꺼냈다. 아무렇게나 집어넣는 바람에 원피
스가 구겨져 있었다. 나는 원피스를 침대에 펼쳐놓고 손
으로 주름을 폈다. 그런 다음 가운을 걸치고 욕실로 들어
갔다.

　옷을 벗고 생리대를 보니 생리가 갑작스레 멈춘 것 같
았다. 나는 생리대를 휴지에 둘둘 말아 휴지통에 버렸다.
자기로 만든 샤워부스 바닥을 살펴보니 혐오스러운 짧고
시꺼먼 털이 가장자리에 흩어져 있었다. 나는 샤워부스에
들어가기 전에 내 성급함을 다스렸다는 사실에 만족해하
며 한참 동안 물이 흐르게 놔두었다. 나는 잠시 내게서 떨

어져 나와 내 모습을 관찰했다. 샤워기 아래 선 여자가 두 눈을 크게 뜨고 화살처럼 빠르게 움직이려는 여인을 냉정하게 바라보았다.

나는 시간 제약이 없는 세계에 속한 사람처럼 천천히 몸에 비누칠을 했다. 쫓아야 할 사람도 쫓아올 사람도 없었다. 내가 기다리는 사람도 나를 찾는 사람도 없었다. 동생들은 내 곁을 영원히 떠났다. 아버지는 옛집 이젤 앞에 앉아 여전히 집시 그림을 그리고 있다. 수년 동안 가끔씩 잔소리를 하고 내게 귀찮은 짐만 되었던 어머니는 이제 죽고 없었다. 하지만 얼굴과 눈가를 벅벅 문지르면서 나도 모르게 내 몸속에 주입된 따스한 액체처럼 피부 밑으로 흐르는 어머니의 존재가 느껴져 마음속에 예상치 못한 애틋함이 솟아났다.

나는 젖은 머리를 물기가 거의 남지 않을 정도로 꽉 짠 다음 눈썹 사이에 마스카라 자국이 남지 않았는지 확인하고 신분증 사진과 똑같이 생긴 거울 속 내 어머니를 향해 미소를 지어 보였다. 새틴 가운을 걸치고 다시 거울을 바라봤는데 가운이 예쁘지 않은 아이보리 색상이었는데도 처음으로 내가 아름답게 느껴졌다. 그 순간 내가 느낀 것은 어린 시절 전혀 예상치 못한 장소에서 어머니가 숨겨 놓은 선물을 발견했을 때와 비슷한 기분 좋은 놀라움이었다. 어머니는 종종 기념일이나 축제일을 깜박 잊어버린 척하고 선물을 몰래 숨겨 놓곤 했다. 표면적으로는 아무런 연관이 없었지만 나는 그때와 똑같은 감정을 느꼈다.

어머니는 선물의 특별함과 어울리지 않는 지극히 일상적인 장소에 선물을 숨겨 놓고 우리 자매를 애타게 한 뒤 우리가 행복해하는 모습을 보면서 더 행복해했다.

그제야 나는 여행 가방 속에 든 물건들이 어머니의 것이 아니라 나를 위한 선물이었다는 것을 알아차렸다. 내가 보시 속옷가게 점원에게 꾸며 낸 거짓말이 실은 진실이었던 것이다. 침대에서 나를 기다리고 있는 파란 원피스도 분명 내 사이즈일 것이다. 몸에 걸친 가운이 직접 내게 이야기라도 해준 것처럼 나는 불현듯 그 사실을 깨달았다. 어머니의 축하카드가 있을 거라고 확신하면서 주머니에 손을 넣어 보니 정말로 어머니가 나를 놀라게 하기 위해 넣어둔 카드가 있었다. 나는 봉투를 열고 초등학교 아이가 쓴 것처럼 한껏 멋을 낸 어머니의 글씨를 읽었다. 요즘은 그런 식의 글씨를 쓰지 않았다.

'생일 축하한다, 델리아. 엄마가.'

순간 손가락 끝에 모래가 묻은 것을 발견하고 다시 주머니에 손을 넣어보니 모래가 살짝 깔려 있었다. 어머니는 물에 들어가기 전 그 가운을 입었던 것이다.

18

호텔방 문이 열리는지도 몰랐는데 열쇠로 문을 잠그는 소리가 들리더니 폴레드로가 의자 위로 재킷을 벗어던지면서 사투리로 말했다.

"돈을 한 푼도 못 주겠대!"

나는 어리둥절해서 그를 바라보았다. 은행 대출을 말하는 건지 고리대금으로 빌린 돈을 말하는 건지 아니면 뇌물에 대해서 말하는 건지 알 수 없었다. 아내에게 고민을 털어놓는 지친 남편 같은 말투였다. 재킷을 벗으니 벨트 위로 튀어나온 배와 축 처진 거대한 젖가슴이 드러났다. 나가달라고 하려던 참에 그가 말을 이었다.

"게다가 미리 받은 선금까지 돌려 달래."

열린 욕실문으로 변기에 오줌이 쪼르르 떨어지는 소리

와 함께 그의 독백이 계속해서 들려왔다.

"아버지가 내게 말도 안 하고 모파 씨에게 돈을 빌리러 갔다더군. 다 늙어빠진 양반이 무슨 속셈인지 잔투르코에 있는 할아버지 빵집을 되찾고 싶다고 한 모양이야. 그러면서 말도 안 되는 헛소리를 잔뜩 늘어놓는 바람에 모파 씨가 나까지 못 미더워하게 됐어. 노인네 하나 제대로 간수를 못 한다면서 말이야. 이러다 속옷가게까지 빼앗기게 생겼어."

"우리 같이 점심 먹기로 하지 않았었나?"

내가 물었다.

폴레드로는 그 말을 들은 체 만 체하고 내 앞을 지나쳐 창가로 가서 셔터를 내렸다. 어두운 객실에 욕실문 틈으로 새어나오는 희미한 불빛만이 남았다.

"네가 꾸물대는 바람에 점심은 물 건너갔어. 4시에 다시 가게 문을 열어야 하니 시간이 별로 없어."

폴레드로가 나를 원망하는 투로 말했다.

나도 모르게 시계의 야광침을 확인해보니 2시 50분이었다.

"옷부터 좀 입을게."

내가 말했다.

"지금 이대로도 예쁜걸."

폴레드로가 대답했다.

"그래도 지금 입고 있는 가운은 나에게 돌려줘야 해. 옷이며 가운이며 팬티까지 말이야."

심장이 두근거리기 시작했다. 폴레드로의 적의에 찬 사투리를 듣고 있기가 힘들었다. 게다가 그의 표정이 잘 보이지 않아서 어디까지가 남성성을 과시하기 위한 유치하기 짝이 없는 연극이고 어디까지가 정말로 폭력을 행사할 가능성이 있는 것인지 판단할 수 없었다. 넥타이를 푸는 폴레드로의 어두운 실루엣만 보일 뿐이었다.

"이것은 내 물건들이야."

나는 단어 하나하나에 힘을 주며 이의를 제기 했다.

"어머니가 내 생일 선물로 준 거야."

"아버지가 가게에서 훔쳐간 물건들이니 돌려줘야겠어."

폴레드로의 목소리에서 어린 시절 말투가 배어나왔다.

그가 거짓말하는 것 같지는 않았다. 카세르타가 내 몸에 맞는 옷의 색상과 모양과 사이즈를 고르는 장면을 상상하니 소름이 끼쳤다.

나는 결단을 내렸다.

"원피스만 빼고 다 돌려줄게."

나는 원피스를 가지고 욕실로 살며시 도망갈 요량으로 침대 쪽으로 손을 뻗었다. 하지만 너무 빨리 움직이는 바람에 허공을 허우적거리다 폼페이의 성모 마리아와 말린 올리브 나뭇가지가 달린 벽에 부딪히고 말았다. 조금 더 천천히 움직였어야 했다. 나는 불안감에 사로잡혀 방 전체가 요동치고 물건들이 혼자서 움직이는 것을 막기 위해 절제된 동작으로 팔을 움직였다. 그런 식으로 이성을 잃는 순간이 너무 싫었다.

나의 망설임을 눈치챈 폴레드로가 내 손목을 잡았다. 저항하는 기미가 보이면 폴레드로가 나를 억지로 자기 쪽으로 끌어당길까봐 나는 일부러 아무런 반응을 보이지 않았다. 내 스스로 내 몸의 속도를 조절할 수 있어야만 다가올 폭력에 대한 불안한 마음을 제어할 수 있을 것 같았다.

폴레드로는 여전히 내 손목을 꼭 잡은 채 포옹도 하지 않고 내게 키스했다. 내 입술에 자기 입술을 살짝 갖다 대더니 혀로 내 입을 열려고 했다. 그의 조심스러운 입맞춤은 내 마음을 안정시켰다.

'그래. 폴레드로가 이런 식으로 행동한 것은 남자라면 이런 상황에서 그렇게 해야 한다고 생각했기 때문일 거야. 정말로 공격적인 사람은 아닐 거야. 자기도 어떻게 행동해야 할지 잘 몰라서 그랬을 거야. 창문 셔터를 내린 것도 어둠의 도움을 받고 싶어서 그랬던 거야. 나 몰래 눈빛을 바꾸고 얼굴 근육에 들어간 힘을 빼기 위해서였을 거야.'

나는 입을 반쯤 벌렸다. 40년 전 나는 두려움과 매혹을 동시에 느끼면서 어린 안토니오가 카세르타와 똑같은 혀를 가지고 있을 거라고 상상했다. 하지만 그때는 그게 사실인지 확인할 수 없었다. 어린 시절 안토니오는 키스 따위에는 관심이 없었다. 그보다는 이따금 내 손을 자기 반바지에 갖다 대고 더러운 손가락으로 내 질의 입구를 더듬는 것을 더 좋아했다.

세월이 흐르면서 나는 카세르타의 혀가 내 환상 속에서만 존재했을 뿐이라는 사실을 깨달았다. 그 어떤 남자와의 입맞춤도 내 상상 속에서 카세르타가 어머니 아말리아에게 한 키스와 비교할 수 없었다. 그리고 지금 어른이 된 안토니오는 자신이 내 환상을 충족시킬 수 없다는 사실을 증명하고 있었다. 그의 키스는 자신감이 없었다. 내게 입을 벌릴 마음이 있다는 사실을 눈치챈 순간 그의 혀는 저돌적으로 내 이빨 사이를 파고들었다. 그는 여전히 내 손목을 꼭 쥔 채 내 손을 자기 바지 쪽으로 끌어당겼다.

나는 입술을 벌린 것을 후회했다.

"왜 방을 어둡게 했어?"

폴레드로의 입에 입술을 붙인 채 내가 낮은 소리로 물었다. 그가 내게 해를 끼치지 않을 거라는 사실을 확인하기 위해서라도 그의 목소리가 듣고 싶었다. 하지만 그는 내 물음에 대답하지 않았다. 대신 숨을 짧게 몰아쉬며 내 뺨에 키스를 하고 내 목을 핥았다. 그러는 동안에도 바지 위로 내 손을 누르는 힘을 풀지 않았다. 폴레드로는 그렇게 맥없이 손바닥만 펴고 있지 말라는 듯 집요하게 손에 힘을 줬다. 내가 그의 성기를 꽉 잡자 그제야 내 손목을 놓아주고 나를 꼭 껴안았다.

그는 알아들을 수 없는 말을 중얼거리면서 내 젖가슴을 찾아 살짝 허리를 구부리더니 내 상체를 뒤로 살짝 젖히면서 가운을 빨아 새틴 천을 침 범벅으로 만들었다.

그제야 나는 이번에도 똑같은 일이 반복될 거라는 사실을 알았다. 젊은 시절부터 이미 익숙해진 의식이 시작되려는 것이다. 나는 남자를 자주 바꾸다 보면 언젠가는 내 몸이 제대로 반응할 거라고 생각했지만 내 몸의 반응은 항상 똑같았다. 지금 이 순간도 다른 때와 다를 것이 하나도 없었다. 폴레드로가 내 가운을 풀어 헤치고 내 젖가슴을 빨기 시작했을 때는 약간의 쾌락을 느꼈다. 정확히 어느 부위에서 느껴지는지 알 수 없는, 얼어붙은 몸에 따스한 물이 흐르는 느낌이었다. 폴레드로는 바지 속에서 자신의 성기를 잡고 있는 내 손을 방해하지 않도록 조심하면서 한 손으로 내 성기를 격정적으로 쓰다듬었다. 내가 팬티를 입고 있지 않은 것을 알고 더 흥분한 듯했다. 하지만 나는 산만한 쾌락 외에는 아무런 감흥도 느끼지 못했다. 기분이 좋기는 했지만 갈급하지는 않았다.

나는 오래전부터 평생 그 이상의 감정은 느끼지 못할 거라는 사실을 알고 있었다. 그가 빨리 사정하기를 기다릴 수밖에 없었다. 그렇다고 그를 도와주고 싶은 마음은 추호도 없었다. 나는 원래 그랬다. 게다가 그 순간은 그를 돕기는커녕 움직이는 것조차 힘들었다. 나는 폴레드로가 그의 성기를 잡고 있지만 말고 바지를 내려서 꺼내주기를 바란다는 사실을 알고 있었다. 그가 머뭇거리면서 자신이 원하는 바를 내게 알리기 위해 골반을 흔들어대는데도 나는 그의 기대에 부응할 수 없었다. 안 그래도 느린 호흡이 완전히 멈춰버릴까봐 두려웠다. 게다가 온몸에서 체액이 나오는 바람에 너무 창피해서 몸이 마비되어 버렸다.

어렸을 때 자위를 할 때도 그랬다. 따스한 쾌락이 온몸에 퍼지면 쾌감이 채 고조되지 않았는데도 피부가 촉촉해졌다. 아무리 온몸을 애무해도 나오는 것이라고는 넘치는 체액밖에 없었다. 입안은 마르는 대신 차가운 침이 가득 고였고 이마와 코와 두 뺨에서 땀이 흘러내렸다. 겨드랑이는 깊은 우물이 되고 보송한 피부는 한군데도 없었다. 질에서 물이 얼마나 많이 나오는지 손가락이 마찰되는 느낌 없이 미끄러져 나중에는 내가 정말로 나의 은밀한 부분을 만지고 있는 것인지 아니면 그냥 상상만 하고 있는 것인지 구분이 안 될 지경이었다. 그 상태에서 긴장감은 더 이상 지속되지 않았고 나는 만족감 없이 지쳐 나가떨어졌다.

아무것도 눈치채지 못한 폴레드로는 나를 침대로 힘껏

밀었다. 나는 폴레드로의 몸무게 때문에 둘이 같이 침대로 쓰러질까봐 먼저 침대에 조심스레 앉았다가 얌전히 누웠다. 폴레드로의 그림자가 잠시 결심을 내리지 못하고 망설였다. 하지만 폴레드로는 이내 신발과 바지와 팬티를 벗고 무릎으로 침대에 올라와 내 위에 네 발로 엎드렸다. 내 몸을 완전히 덮지 않고 배에만 살짝 기댔다.

"이제 어쩌지?"

그가 속삭였다.

"내 안에 들어와."

말만 그렇게 했을 뿐 나는 꼼짝도 하지 않았다. 그는 발기한 채 신음소리를 냈다. 드디어 커다랗고 뭉툭한 자신의 성기가 자신의 욕망과 내가 품고 있을 거라고 생각하는 나의 욕망을 어둠 속에서 뒤섞을 수 있기를 바라고 있었다. 하지만 여전히 아무 일도 일어나지 않자 그는 길게 한숨을 내쉰 다음 한쪽 팔을 뻗어서 내 다리 사이를 헤집기 시작했다. 그렇게 해야 어떻게든 내 반응을 끌어낼 수 있을 거라 생각한 듯했다. 욕정이든 모성애든 상관없이 그는 오직 나를 자극해서 흥분시킬 방법을 찾는 데 집중했다. 하지만 동의는 하되 동참하지 않는 나의 태도에 그는 혼란스러워했다. 나는 그런 상황에 처할 때마다 언제나 그랬듯이 내 욕망을 통제할 수 없는 것처럼 연기하거나 아니면 아예 그를 밀어내야겠다고 생각했다.

하지만 생각만 그렇게 할 뿐 나는 이러지도 저러지도 못하고 있었다. 지진처럼 내 몸을 휩쓸고 간 진동 때문에 토하러 욕실로 뛰쳐나가게 될까봐 두려웠다. 게다가 그의 손놀림도 더는 느껴지지 않았다. 내가 혐오스러워 그가 뒤로 물러나버렸거나 그가 내 몸을 만지고 있는데도 내가 무감각해져서 아무것도 느끼지 못하게 된 것 같았다.

폴레드로는 실망해서 내 손을 붙잡더니 자기 성기로 가져갔다. 그제야 나는 내가 그를 원한다고 확신하기 전에는 그가 내 안에 들어오지 않을 거라는 사실을 알아챘다. 게다가 꼿꼿이 서 있던 그의 성기가 불량 네온사인처럼 조금씩 시들어가고 있었다. 그 역시 이를 알아채고 자신의 성기를 내 입가에 대기 위해 앞으로 기어왔다. 그런 그가 안쓰럽게 느껴졌다. 옛날부터 알고 있었던 어린 안토니오가 된 것 같았다. 그 말을 해주고 싶었지만 목소리가 나오지 않았다. 그는 자기 성기를 내 입술에 문지르고 있었고 나는 미세한 입술의 움직임만으로도 통제력을 상실하고 그의 성기를 갈기갈기 찢어버리게 될까봐 두려웠다.

"대체 왜 가게까지 찾아온 거야?"

땀에 젖은 내 몸에서 미끄러져 내려가며 폴레드로가 약이 올라 물었다.

"와달라고 하지도 않았는데."

"나는 네가 누군지도 몰랐어."

내가 대답했다.

"그럼 옷이니 팬티니 하는 이야기는 다 뭐야? 뭘 원했던 거야?"

"널 만나러 간 게 아니었어."

나는 적의 없이 말했다.

"네 아버지를 만나고 싶었던 것뿐이야. 어머니가 물에 빠지기 전에 무슨 일이 있었는지 알고 싶었어."

그는 내 말에 수긍하지 못하고 다시 내 몸을 쓰다듬었다. 나는 이제 그만두라는 의미로 고개를 가로저었다. 폴레드로는 잠시 내 몸 위로 무너지듯 쓰러졌다 내 온몸이 축축하게 젖어 있자 혐오스러운 듯 몸을 뗐다.

"너 어디 아픈 것 같아."

그가 불안해하며 말했다.

"난 괜찮아. 아프다 해도 치료하기에는 이미 늦었어."

폴레드로는 포기하고 내 곁에 드러누웠다. 어둠 속에서 그가 침대 시트로 손가락과 얼굴과 다리를 닦는 모습이 보였다. 그런 다음 그는 침대 머리맡 테이블의 스탠드를 켰다.

"너 유령 같아."

그가 나를 바라보며 진지한 어조로 말했다. 그는 걸치고 있던 셔츠 자락으로 내 얼굴을 닦아주었다.

"네 잘못이 아니야."

나는 폴레드로를 달래고 다시 불을 꺼달라고 했다. 그가 나를 보는 것도 싫었고 나도 그를 보고 싶지 않았다. 그가 그렇게 당황해하며 속상해하는 모습을 보니 내 상상 속 카세르타와 닮아보였다. 아니면 정말로 40년 전에 그런 카세르타의 모습을 봤던 것일 수도 있다. 그 느낌이 너무나 강렬해서 나는 그 순간 어둠 속에서 폴레드로에게 내 감정을 털어놓고 싶었다. 그날 오전 내내 내게 보여준 그의 살찐 마피아 같은 얼굴 이면에서 내가 무엇을 보았는지 털어놓고 싶었다. 침대에 누워 그런 이야기를 나누면서 어린 시절과는 달라져버린 우리의 모습을 지워버리고 싶었다. 우리의 유일한 공통점은 어린 시절 함께 목격했던 폭력밖에 없었다.

나는 폴레드로에게 천천히 이런 이야기를 들려주고 싶었다. 아버지는 어머니와 카세르타가 몰래 창고에서 만난다는 말을 듣는 순간 허투루 시간을 낭비하지 않았다. 아버지는 먼저 어머니를 찾기 위해 복도를 지나 계단을 내려가 길바닥으로 뛰쳐나갔다. 내 앞을 지나는 순간 아버지의 몸에서는 유화물감 냄새가 났다. 아버지의 몸이 온갖 색상의 물감을 칠해놓은 것처럼 보였다.

어머니는 철교 밑으로 도망치다 물웅덩이에 미끄러져 넘어지는 바람에 아버지에게 따라잡히고 말았다. 아버지는 어머니의 뺨을 때리고 주먹세례를 퍼붓고 옆구리를 발로 찼다. 어머니를 야무지게 손봐준 다음 아버지는 피를 뚝뚝 흘리는 어머니를 집으로 끌고 왔다. 어머니가 입을 열려 할 때마다 다시 주먹이 날아들었다. 아버지가 필리포 삼촌에게 자초지종을 설명하는 동안 나는 한참 동안 곤죽이 되어버린 더러운 어머니의 모습을 바라보았고 어머니는 그런 나를 한참 동안 바라보았다. 어안이 벙벙한 눈빛이었다. 눈으로는 나를 보고 있기는 했지만 이 상황을 도무지 이해하지 못하는 눈치였다. 나는 그런 어머니의 눈빛에 괜스레 심통이 나 아버지와 삼촌을 훔쳐보러 어머니 곁을 떠났다.

그새 아버지와 필리포 삼촌이 자리를 옮겼기 때문에 나는 창문 너머로만 그들의 모습을 볼 수 있었다. 안뜰에 서 있는 두 사람의 모습이 뭔가 중대한 결정을 내리고 있는 양철 장난감 병정들 같았다. 그 모습 그대로 오려서 앨범에 붙일 수 있는 종이 인형 장교들 같기도 했다. 둘은 자기들끼리 숙덕거리느라 서로 딱 달라붙어 있었다. 아버지는 사파리 재킷에 부츠를 신고 있었고 필리포 삼촌은 올리브색 제복 같은 것을 입고 있었다. 올리브색이 아니라 흰색이나 검은색이었을 수도 있다. 그뿐이 아니었다. 삼촌 손에는 권총이 들려 있었다.

어쩌면 그때 삼촌은 제복이 아니라 사복 차림이었을 수도 있다.

"오빠가 그이를 죽여버릴 거야. 권총을 가져갔어."

하지만 지금 이 순간 내가 있는 208호실에 어머니가 이렇게 외치는 소리가 들리는 듯했고 아마도 그 소리 때문에 나는 아버지는 부츠를 신고 있고 필리포 삼촌은 제복을 입고 있었다고 생각하게 된 것 같다.

그때까지만 해도 필리포 삼촌의 어깨에는 양팔이 온전히 달려 있었다. 삼촌은 오른손에 권총을 들고 있었다. 아버지와 삼촌은 그들만큼이나 젊은 카세르타와 추격전을 벌였다. 까무잡잡한 카세르타는 카멜 코트를 걸치고 자기 집을 향해 계단을 뛰어올랐다. 푸른 정장에 깃털 모자를 쓴 어머니가 아버지와 필리포 삼촌을 뒤쫓아왔다. 어머니는 또다시 두들겨 맞지 않기 위해서인지 아니면 지쳐서 빨리 뛸 수 없었기 때문인지 두 사람과 어느 정도 거리를 유지한 채 아까보다 더 당황스럽고 낮은 목소리로 말했다.

"그이를 죽이지 말아요! 그 사람은 아무 짓도 안 했어요."

카세르타의 집은 건물 꼭대기 층에 있었는데 그는 3층에서 아버지와 삼촌에게 붙잡혔다. 그곳에서 세 남자는 비밀 집회라도 하듯 걸음을 멈췄다. 셋이 사투리로 거칠게 욕설을 퍼부어대는 소리가 한 사람의 목소리처럼 들렸다. 세 사람이 다투는 소리가 모든 단어의 모음이 생략되고 자음만 발음하는 것처럼 거칠게 들렸다.

긴 욕설이 잦아든 순간 카세르타는 누군가에게 떠밀려 계단 아래로 데굴데굴 굴렀다. 하지만 그는 층계참에서 벌떡 일어나 다시 계단을 뛰어 올라갔다. 자신에게 보복하기 위해 달려드는 이들에게 용감히 맞서려는 것인지 아니면 가족들이 있는 5층으로 가려는 건지 알 수 없었다. 나는 그가 한 손으로 가볍게 난간을 짚고 한꺼번에 계단을 세 칸씩 오르면서 아버지와 삼촌 앞을 지나쳐 자기 집 문 바로 앞에 있는 층계까지 도달했던 것을 똑똑히 기억한다. 카세르타는 손으로 난간을 감싸 쥐고 방향을 바꿀 때도 속도를 늦추지 않았다. 그런 카세르타 뒤에서 아버지와 삼촌은 그를 향해 헛발질을 날리며 침을 뱉어댔다. 간혹 침이 유성처럼 카세르타를 향해 내리꽂혔다.

그러다 먼저 아버지가 카세르타를 따라잡아 그를 땅바닥에 쓰러뜨렸다. 아버지는 카세르타의 머리를 난간에 내리쳤다. 쿵하는 소리가 영원히 끝나지 않을 것처럼 건물 전체에 메아리쳤다. 바닥에 피가 흥건하게 흐르고 카세르타가 반죽음이 된 후에야 아버지는 그를 놓아주었다. 권총을 가지고 있긴 했지만 아버지보다는 현명했던 삼촌이 말렸기 때문이었다.

필리포 삼촌은 아버지가 카세르타의 숨통을 끊어놓는 것을 막기 위해 아버지의 한쪽 팔을 침착하게 잡아끌었다. 카세르타의 아내도 아버지의 다른 팔을 붙잡고 매달렸다. 그때 어머니가 어땠는지는 목소리밖에 기억나지 않는다. 어머니는 이렇게 말했다.

"죽이지 말아요. 그이는 아무 짓도 안 했어요."

내 소꿉친구인 안토니오는 머리를 바닥 쪽으로 향한 채 층계참 허공에 매달려 울고 있었다.

내 옆에서 폴레드로가 조용히 숨을 내쉬는 소리를 들으니 갑자기 어린 안토니오가 애처롭게 느껴졌다.

"그만 가볼게."

내가 말했다.

나는 자리에서 일어나 그의 시선을 피해 서둘러 파란색 원피스를 입었다. 사이즈가 딱 맞았다. 비닐봉지에서 새하얀 팬티를 찾아서 원피스 밑으로 미끄러지듯 끌어올려 입은 후 불을 켰다. 폴레드로의 공허한 시선을 보니 카세르타와 똑 닮았던 어린 안토니오와 동일인물처럼 느껴지지 않았다. 그는 허리 아래로 옷을 홀딱 벗고 침대 위에 무거운 몸뚱이를 눕히고 있었다. 내가 옆구리에 남겨 놓은 축축한 자국만 빼면 나의 과거나 현재와 전혀 관련이 없는 타인의 육체였다. 그런데도 나는 내게 최소한의 비참함과 고통만을 안겨준 그에게 고마움을 느꼈다. 나는 침대를 빙 돌아 그가 누운 쪽 침대 가장자리에 걸터앉아 그의 자위를 도와주었다. 그는 눈을 감고 내가 그렇게 하도록 내버려두었다. 폴레드로는 아무런 쾌락도 느껴지지 않는 듯 신음소리 한 번 내지 않고 사정을 했다.

19

그새 바다는 검푸른 반죽처럼 변해 있었다. 파도 소리와 도시의 소음이 뒤섞여 맹렬한 굉음을 냈다. 나는 자동차와 물웅덩이를 피해 도로를 가로질렀다. 비교적 무사히 길을 건넌 다음 나는 사나운 기세로 도로를 달리는 자동차 행렬 옆에 길게 늘어선 커다란 호텔 건물들을 정면에서 바라보기 위해 걸음을 멈췄다. 자동차 소음과 파도치는 소리를 막느라 문을 꼭꼭 걸어잠근 호텔 전경이 매정하게 느껴졌다.

나는 버스를 타고 플레이비시토 광장에 갔다. 상태가

엉망인 공중전화 박스와 전화기가 고장난 바를 순례자처럼 헤매다 겨우 제대로 작동하는 전화기를 찾아내 필리포 삼촌네 전화번호를 눌렀다. 하지만 아무도 전화를 받지 않았다. 톨레도가 쪽으로 걸어가는데 가게들이 셔터를 올리기 시작하고 거리를 지나는 행인도 늘었다. 사람들은 좁은 골목 초입에만 무리지어 모여 있었다. 가파른 골목이 어두운 하늘 아래 까맣게 보였다.

단테 광장 가까이에 이르러 나는 초콜릿을 조금 샀다. 먹으려고 산 것이 아니라 가게에서 나는 달콤한 냄새를 맡고 싶어서였다. 사실 나는 아무것도 먹고 싶지 않았다. 딴생각을 하다 초콜릿을 입에 넣는 것조차 잊어버리는 바람에 초콜릿이 손가락 사이에서 녹아내렸다. 나는 사내들의 집요한 시선을 무시했다.

날씨가 후덥지근했다. 알바항에 도착하니 바람 한 점 없고 햇빛도 비치지 않았다. 집 근처에서 살이 통통하게 오른 반짝이는 체리에 매혹되어 500그램을 산 뒤 마지못해 엘리베이터를 타고 데 리소 부인네 현관문을 두드렸다.

데 리소 부인은 평소처럼 조심스럽게 문을 열었다. 나

는 체리가 든 봉투를 흔들어 보이며 부인을 위해 샀다고 했다. 순간 부인의 눈이 휘둥그레졌다. 부인은 예상치 못한 내 붙임성 있는 태도에 기쁨을 감추지 않으며 현관문 걸쇠를 풀고 집으로 들어오라고 했다.

"아니에요."

내가 말했다.

"아주머니가 우리 집으로 오세요. 전화올 데가 있거든요."

그러고는 유령에 대해서 한마디 덧붙였다.

나는 유령은 죽은 지 몇 시간 후부터 서서히 힘을 잃는다는 말로 부인을 안심시켰다.

"나중에는 사람들이 시키는 일만 하고 하라는 말만 한대요. 우리가 유령들이 조용히 있어주기를 원하면 결국에는 침묵한대요."

'침묵한다'는 고급스런 표현에 데 리소 부인은 조금 주눅이 든 것 같았다. 내 초대를 받아들이겠다는 말을 하기 위해 부인은 내 수준에 걸맞는 표현을 찾느라 애썼다. 내가 우리 집 현관문을 여는 동안 부인은 자기 집 현관문을 잠갔다.

집 안에 들어서니 숨이 턱 막혔다. 나는 재빨리 창문을 열어젖히고 체리를 플라스틱 용기에 담았다. 데 리소 부인이 의심스런 눈초리로 집 안을 둘러보다 자연스레 부엌 식탁에 앉는 동안 나는 체리를 담은 그릇을 수도꼭지 아래 놓고 물을 틀었다. 부인은 변명하듯 내 어머니가 항상 자기에게 그 자리에 앉으라고 했다고 중얼거렸다.

나는 체리를 부인 앞으로 내밀었다. 부인은 내가 체리를 드시라고 권하기를 기다렸다가 체리 한 알을 입으로 가져갔다. 부인은 초록빛 체리 줄기를 잡아 체리를 입안에 넣고 바로 깨물어 먹지 않고 혀와 입천장 사이에 넣고 돌리면서 초록색 줄기를 창백한 입술 사이에서 춤추게 만들었다. 그런 다음 다시 줄기를 잡아 톡 소리를 내며 떼어냈다.

나는 부인의 어린아이 같은 행동이 좋았다.

"맛있구나."

부인이 말했다. 그새 마음이 편해졌는지 내 옷을 칭찬해주었다.

"네 어머니에게 네게는 그 푸른색 원피스가 가장 잘 어울릴 것 같다고 했지."

나는 원피스를 한 번 바라본 후 내가 입고 있는 옷을 두고 하는 말이 맞나 싶어 다시 한번 부인을 쳐다보았다. 부인은 단호하게 또다시 원피스가 내게 너무 잘 어울린다고 했다. 어머니가 내 생일 선물을 보여주었을 때 자기는 한눈에 그 원피스가 내게 잘 어울릴 거라는 사실을 알았다고 했다. 어머니도 자기 말에 동의하는 것 같았다고 했다. 데 리소 부인은 그때 어머니가 몹시 행복해했다고 했다. 그때도 둘이 함께 부엌에 있었는데 지금 우리가 앉아 있는 이 식탁 앞에서 어머니는 속옷과 겉옷을 자기 몸에 대보면서 몇 번이고 이렇게 말했다고 했다.

　"델리아한테 잘 어울릴 거야."

　부인은 어머니가 그 옷을 마련하고 매우 흡족해했다고 했다.

　"어떻게 마련하셨는데요?"

　내가 물었다.

　"네 어머니의 남자친구 말이야."

　데 리소 부인이 말을 이었다. 그가 새 옷과 새 속옷을 주는 대신 어머니의 낡은 속옷을 몽땅 달라고 했다는 것이다.

자기에게는 부담스럽지 않은 일이라며 물물교환을 하자고 했다는 것이다. 어머니의 남자친구는 보메로에서 고급 가게를 운영하고 있다고 했다. 젊은 시절부터 그를 알고 지낸 어머니는 그가 사업 수완이 뛰어나다는 사실을 잘 알고 있어서 오래된 속옷과 기운 팬티로 새로운 사업을 시작하려는 게 아닐까 생각했다는 것이다. 하지만 세상 물정에 밝은 데 리소 부인은 어머니에게 사내들을 항상 경계해야 한다고 조언했었다. 신사든 노인네든 젊은이든 부자든 가난뱅이든 다 조심해야 한다고 충고했지만 어머니는 너무나 들뜬 나머지 자기 말을 귀담아 듣지 않았다고 했다.

나는 데 리소 부인이 의도적으로 애매하게 말하는 것을 느끼고 애써 웃음을 참았다. 카세르타와 어머니가 그 집에서 매일 밤 어머니 나이보다 더 오래된 천 조각 사이를 돌아다니면서 50년대 스타일 속옷가게 개업을 준비하는 상상을 해보았다. 입담 좋은 카세르타와 그런 카세르타에게 설득당하는 어머니의 모습을 그려 보았다. 땡전 한 푼 없는 외로운 두 노인네가 초라한 부엌에서 함께 시간을 보내는 동안 그들만큼이나 늙고 그들만큼이나 외로운 과부는 바로 옆집에서 귀를 쫑긋 세우고 그들의 대화를 몰래 엿듣고 있었을 것이다. 충분히 있을 법한 광경이었다.

하지만 나는 부인에게 이렇게 말했다.

"진짜 물물교환이 아니었을 수도 있죠. 어머니 친구 분이 순수하게 어머니를 도와주고 싶은 마음에 그러겠다고 한 것일 수도 있잖아요. 그렇지 않나요?"

부인은 체리 한 알을 더 집어먹었다. 부인은 뱉은 씨를 어디에 둬야 할지 몰라 손바닥에 쌓아놓고 있었다.

"그럴 수도 있지."

말은 그렇게 했지만 부인은 자신 없는 말투였다.

"그 남자는 신사 같았어. 거의 매일 저녁 네 어머니를 찾아와 둘이 함께 외식을 하고 극장에 가고 산책도 갔어. 층계참에서 두 사람의 소리가 들리곤 했는데 쉬지 않고 떠드는 사람은 남자 쪽이었고 네 어머니는 언제나 웃기만 했지."

"그게 뭐가 어때서요. 웃는 건 좋은 거잖아요."

부인은 체리를 씹어 먹으며 망설였다.

"그랬는데 네 아버지 때문에 의구심이 생겼지."

"아버지요?"

아버지라니. 순간 아버지가 아까부터 그 부엌에 들어와 있는 것 같은 느낌이 들었다. 나는 그런 느낌을 애써 떨쳐냈다. 부인 말에 따르면 우리 아버지가 자기를 몰래 찾아와 어머니가 경솔한 짓을 하려는 기미가 보이면 알려달라고 했다는 것이다. 아버지가 그런 부탁을 한 것이 이번이 처음은 아니었지만 그때는 평소보다 더 집요하게 굴었다고 했다.

나는 대체 아버지 기준에 무엇이 경솔한 짓이고 무엇이 경솔하지 않은 짓인지 알고 싶었다. 데 리소 부인은 내 생각을 알아챘는지 자기 나름대로 부연 설명을 해주었다. 부인은 삶에 도사린 위험에 함부로 자기 자신을 노출시키는 것이야말로 경솔한 짓이라고 했다. 우리 아버지는 어머니와 헤어진 지 23년이나 됐는데 아직도 어머니 걱정을 하더라고 했다. 그 불쌍한 양반이 아직도 어머니를 좋아하고 있더라고 했다.

그러면서 우리 아버지가 너무나 상냥하고 너무나…

데 리소 부인은 올바른 표준어를 생각하느라 잠깐 말을 멈췄다.

상심해 있었다고 했다.

역시 아버지 다웠다. 항상 그렇듯이 아버지는 과부한테까지 잘 보이고 싶었던 것이다. 일부러 다정하게 굴면서 어머니가 걱정된다고 한 것이다. 아버지와 어머니 사이에 아무리 많은 건물이 들어서도 메아리처럼 울려 퍼지는 어머니의 웃음소리는 막을 수 없었다. 아버지는 어머니의 웃음소리를 못 견뎌 했다. 아버지는 어머니의 웃음소리가 상투적이고 가식적이라고 생각했다. 집에 모르는 사람이 올 때마다, 예컨대 거리의 부랑아들이나 집시 여인들 또는 베수비오 화산과 소나무가 그려진 풍경화 따위를 그려 달라고 정기적으로 아버지를 찾는 의뢰인들이 올 때마다 아버지는 어머니에게 그들 앞에서 웃지 말라고 신신당부했다.

아버지는 어머니가 자기에게 창피를 주려고 일부러 그렇게 달콤하게 웃는다고 생각했다. 사실 어머니는 사진이나 포스터나 40년대 잡지 속에 나오는 행복해 보이는 여인들이 낼 것 같은 목소리를 흉내 낸 것뿐이었다. 그 여인들은 언제나 립스틱을 두껍게 바르고 두 눈을 반짝이며 새하얀 치아를 드러내고 웃고 있었다. 어머니는 자기도 그렇게 보이기를 바라며 거기에 어울린다고 생각한 웃음을 만들어낸 것이다. 어머니로서는 어떤 웃음을 짓고 어떤 목소리로 말하고 어떤 몸짓으로 행동해야 아버지를 화나게 하지 않을지 알기 힘들었을 것이다. 뭐가 괜찮고 뭐가 괜찮지 않은지 도무지 알 수 없었다. 사람들은 길을 지날 때마다 어머니를 쳐다보았다. 어머니가 그들에게 별생각 없이 농담을 던지거나 무심히 맞장구만 쳐도 초인종이 울리고 어머니 앞으로 장미꽃이 배달되었다.

게다가 어머니는 거절할 줄 몰랐다. 거절하기는커녕 웃으면서 푸른 유리 꽃병을 찾아 물을 가득 채운 다음 꽃다발을 넣고 꽃이 풍성해 보이도록 매만졌다.

의문의 선물들과 이름 모를 이가 보내온 사랑의 징표가—그 모든 것이 카세르타의 선물이라는 사실을 어머니를 포함한 모두가 알고 있었다—정기적으로 배달될 때만 해도 아직 젊었을 때라 어머니는 악의 없이 순수하게 상황을 즐겼던 것 같다. 어머니는 검은 곱슬머리가 이마 위로 흘러내리게 내버려둔 채 눈꺼풀을 깜박이며 배달부에게 팁을 준 다음 천연덕스럽게 선물을 아무 데나 놓아두었다. 그러다 아버지 눈에 뜨이면 모든 것이 산산조각났다. 아버지는 어머니마저 부숴버리려다 대참사가 나기 바로 직전에 멈추곤 했다. 하지만 어머니가 쏟은 피는 아버지가 정말 어머니를 죽이려 했다는 사실을 의미했다.

데 리소 부인이 이야기하는 동안 나는 속으로 어머니가 흘린 피에 대해 생각했다. 세면대에 흐르던 피. 어머니의 코에 진한 핏방울이 맺혔고 시뻘건 피는 수돗물에 닿는 순간 희미해졌다. 팔에도 피가 묻어 팔꿈치까지 흘러내렸다. 어머니는 손으로 코피를 막으려 했지만 핏줄기는 손등을 타고 내려 손톱으로 긁은 상처처럼 빨간 흔적을 남겼다. 그것은 깨끗하지 않은 피였다. 아버지는 어머니와 관련된 그 무엇도 순결하지 않다고 생각했다.

아버지는 너무나 광폭하고 증오심으로 가득 찬 사람이었다. 쾌락을 갈망하고 싸움을 좋아하는데다 나르시시즘에 빠져 어머니가 가끔가다 다른 사람들과 가까워지는 것을 받아들이지 못했다. 어머니가 즐거워하는 것도 보기 힘들어했다. 그런 기미가 보이면 어머니가 자기를 배신했다고 의심했다. 육체적인 배신만을 의미하는 것이 아니었다. 이제는 나도 아버지가 자기 몰래 어머니가 다른 남자와 섹스를 할까봐 두려워했던 것만은 아니라는 사실을 안다. 아버지가 제일 두려워했던 것은 버림받는 것이었다.

어머니 혼자 적군의 주둔지로 넘어가 버리는 것이었다. 아버지는 어머니가 카세르타 같은 못 미더운 장사치들과 추잡한 제비 새끼 같은 인간들의 사고방식과 그들이 사용하는 말과 취향을 받아들이게 될까봐 두려워했다.

아버지는 어머니에게 사람들을 적대적으로 대하거나 그게 아니면 최소한의 거리를 두고 지내라고 강요했다. 그러다가 얼마 지나지 않아 자기 분에 못 이겨 욕설을 퍼부어댔다. 아버지가 보기에 어머니는 사람들에게 믿음을 주는 목소리 톤을 가지고 있었다. 어머니는 손동작이 느리고 나긋나긋했으며 뻔뻔하다고 느껴질 정도로 눈빛이 생생하고 활기차 보였다. 무엇보다도 어머니는 특별히 노력하지 않아도 쉽게 상대방의 마음을 얻었다. 어머니가 원치 않아도 항상 그렇게 됐다. 그렇다. 아버지는 어머니가 매력적이라는 이유만으로 어머니의 뺨을 때리고 주먹을 날렸다.

아버지는 어머니의 행동과 눈빛을 음흉한 비밀거래나 밀회의 증거로 해석했다. 어머니가 뭘 하든 상대방과 몰래 짜고 자신을 따돌리려 한다고 생각했다. 나는 번민에 차 괴로워하는 폭력적인 아버지의 모습을 떨쳐내기가 힘들었다. 아버지의 힘은 나를 얼어붙게 만들었다. 아버지가 장미꽃 잎사귀를 뜯어내고 처참하게 짓밟던 장면은 누가 내 귓가에 대고 큰 소리로 고함이라도 치는 것처럼 지난 수십 년 동안 내 머리를 짓눌렀다. 이제 아버지는 어머니가 돌려보내지 않고 몰래 입던 새 원피스를 불에 태우기 시작했다. 창문이란 창문은 죄다 열었는데도 천 타는 냄새를 참을 수 없었다.

"아버지가 어머니를 때리러 또 왔나요?"

내가 물었다.

부인은 망설이다 그렇다고 했다.

"네 아버지는 아침 일찍 찾아와서 네 어머니를 죽여버리겠다고 위협했지. 새벽 6시도 안 됐었을 거야. 어머니에게 정말로 끔찍한 말을 퍼부었어."

"그게 언제였나요?"

"5월 중순. 네 어머니가 떠나기 일주일 전이었어."

"어머니가 새 옷과 새 속옷을 받고 나서였나요?"

"그래."

"옷을 받고 어머니가 좋아하셨나요?"

"그래."

"아버지에게는 어떻게 반응했죠?"

"평상시와 똑같았어. 네 아버지가 나가자마자 바로 잊어버렸지. 네 아버지가 나가는 모습을 봤는데 밀가루를 입힌 물고기처럼 새하얗게 질렸더구나. 네 어머니는 아무렇지도 않았어. 네 어머니는 네 아버지가 원래 그런 인간이라며 늙어서도 변한 게 하나도 없다고 했어. 하지만 나는 그때도 뭔가 석연치 않았어. 그래서 네 어머니가 기차에 탈 때까지 조심하라고 했지. 그래도 네 어머니는 개의치 않았어. 오히려 마음이 편해 보였어. 하지만 말은 그렇게 하면서 제대로 걷지도 못하더구나. 힘들어서 걸음을 늦추곤 했지. 객차에 타서는 아무 이유 없이 웃음을 터뜨리더니 치맛자락을 펄럭이더구나."

"그게 어때서요?"

내가 말했다.

"정상적인 행동은 아니지."

나는 줄기로 이어져 있는 체리 두 알을 집어서 검지에 걸고 좌우로 흔들었다. 어머니도 살아 있을 때 다른 사람들처럼 합법적으로든 불법적으로든 할 수 있었던 많은 일을 포기했을 것이다. 사실 그런 척만 했을 수도 있다. 아니면 자신을 못 믿는 아버지를 괴롭히려고 일부러 하면 안 될 일을 하는 척했을 수도 있다. 그런 식으로 아버지에게 나름대로 대항한 것일 수도 있다.

하지만 어머니는 자기 딸들마저, 특히 내가 어머니가 정말로 그런 사람이라고 생각할 거라는 사실은 예상하지 못했다. 나는 어머니의 순진한 모습을 그릴 수 없었다. 그것은 지금도 마찬가지다. 카세르타가 나이 들어서 어머니와 가깝게 지내려 한 것은 그저 자신의 젊은 시절을 추억하기 위해서였을 것이다. 나는 어머니가 이마 위로 흘러내리는 곱슬머리를 눈썹 위로 넘기며 눈꺼풀을 깜박이면서 젊은 아가씨같이 깜찍하고 도발적인 태도로 카세르타에게 문을 열어주면서 그 상황을 혼자 즐겼을 거라고 확신한다.

카세르타는 아이디어 많은 부유한 사업가 이야기로 어머니에게 자신의 변태적인 성욕을 은근히 내비쳤을 것이다. 하지만 어머니는 그의 의도를 알면서도 물러서지 않았다. 어머니는 카세르타가 제안한 물물교환의 의미를 바로 알아채고서도 웃어넘기고 나와 내 생일을 이용해서 자기 자신과 카세르타의 노년의 충동을 충족하려 한 것이다.

물론 그럴 수도 있고 아닐 수도 있다. 어머니가 죽고 난 뒤에야 나는 두려움의 미덕을 모르는 조심성 없는 여인을 재발견하고 있었다. 사실 어머니는 정말 그런 사람이었다다. 아버지가 주먹을 치켜들고 돌이나 나뭇조각처럼 어머니를 자기가 원하는 모양으로 만들기 위해 두들겨 팰 때조차 어머니는 두려움이 아니라 놀라움 때문에 눈을 동그랗게 떴다. 카세르타가 물물교환을 제안했을 때도 어머니는 재미 반 놀라움 반으로 그렇게 눈을 동그랗게 떴을 것이다. 어머니와 카세르타 두 사람이 합의해서 만들어낸 그 폭력적인 광경을 바라보면서 나 역시 놀랐다. 그것은 무섭지 않은 허수아비와 희생당하지 않는 희생자의 놀이였다.

문득 어렸을 때부터 어머니에게는 손이 장갑처럼 느껴졌을 거라는 생각이 들었다. 장갑을 수도 없이 만들다 보니 손까지도 종이로 본떠서 가죽으로 만든 장갑처럼 보였을 것이다. 어머니는 나중에는 장갑 대신 장교의 과부, 치과의사의 부인, 검사 누이의 가슴과 허리 사이즈를 재기 시작했다. 어머니는 재단용 노란색 줄자로 다양한 연령의 여자들을 껴안아 사이즈를 잰 다음 그것으로 종이 패턴을 만들었다. 핀으로 종이 패턴을 옷감에 고정시키면 옷감에 가슴과 허리의 실루엣이 나타났다. 그런 다음 어머니는 천을 쫙 펼치고 정신을 집중해서 종이 패턴을 따라 옷감을 잘랐다. 평생 하루도 빠짐없이 타인의 불균형적인 육체를 종이 패턴과 옷감으로 만들다 보니 자기도 모르게 암묵적으로 불균형적인 것에 적절한 조치를 취한 것일 수도 있다.

전에는 그런 생각을 해본 적이 없어서 어머니에게 물어보지 못했지만 이제는 묻고 싶어도 물을 수 없게 되었다. 모든 가능성이 사라졌다. 하지만 데 리소 부인 앞에 앉아 그녀가 체리를 먹고 있는 모습을 바라보다 문득 어머니와 카세르타가 옷감 조각을 가지고 벌인 마지막 놀이가 그들이 평생 동안 했던 놀이의 얄궂은 결정판이라는 사실을 알았다. 어머니와 카세르타는 과거 그들이 창고에서 하던 놀이를 헌 옷과 새 옷을 교환하는 방식으로 끝맺은 것이었다.

순간 나는 기분이 변했다. 어머니의 경솔함이 사실은 심사숙고 끝에 내린 결정이었다는 생각에 갑자기 기분이 좋아졌다. 결국에는 어머니가 아무것도 그려져 있지 않은 옷감으로 장난을 치면서 자신의 이야기를 자기가 원하는 대로 끝맺었다고 생각하자 예기치 않게 기분이 좋아졌다. 어머니가 불행하게 죽은 것이 아니라는 생각에 의외의 만족감을 느끼며 한숨을 내쉬었다. 나는 그때까지 조물락거리고 있던 체리를 귀에 걸고 데 리소 부인에게 물었다.

"저 어때요?"

그새 부인의 손바닥 위에는 체리 씨가 열 개도 넘게 쌓여 있었다.

부인은 당황스러운 표정을 지었다.

"예쁘구나."

부인이 내 기이한 행동에 머뭇머뭇거리며 말했다.

"그렇죠?"

그런 부인과는 달리 나는 만족스럽게 말했다. 나는 줄기로 이어진 체리 두 알을 한 쌍 더 골라 반대편 귀에 걸려다 생각을 바꿔서 부인에게 내밀었다.

"나는 됐다."

부인이 사양하면서 뒤로 물러섰다.

나는 자리에서 일어나 부인 등 뒤로 갔다. 부인이 얼굴을 붉히고 킥킥거리며 머리를 흔들었다. 나는 부인의 오른쪽 귀에 흘러내린 백발을 쓸어올리고 체리를 건 다음 부인을 바라보았다.

"너무 고와요."

내가 외쳤다.

"곱긴."

부인이 민망해하면서 중얼거렸다.

나는 체리를 한 쌍 더 골라서 부인의 등 뒤로 가 반대편 귀에 걸었다. 그런 다음 부인의 커다란 가슴을 힘주어 껴안았다.

"엄마."

내가 말했다.

"엄마가 아버지에게 다 일러바친 거지? 그렇지?"

나는 그새 시뻘겋게 달아오른 부인의 주름 가득한 목에 입을 맞췄다. 불편해서인지 아니면 내게서 벗어나고 싶어서인지 부인은 내 품 안에서 움찔거렸다.

부인은 내 말을 부정했다. 자신은 그런 짓을 할 이유가 없다며 대체 어떻게 그런 생각을 할 수 있느냐고 물었다.

'아니. 그렇게 했잖아.'

나는 생각했다. 부인은 아버지가 고함을 지르고 문을 세게 닫고 접시 깨뜨리는 소리를 몰래 들으려고 그런 짓을 한 것이다. 자기만의 둥지 속에 틀어박혀 불안에 떨면서도 은근히 그 상황을 즐긴 것이다.

그때 전화벨이 울렸다. 나는 또 한 번 부인의 잿빛 머리에 세게 키스한 다음 전화기 쪽으로 향했다. 그새 전화벨이 세 번이나 울렸다.

내가 말했다.

"여보세요."

순간 침묵이 흘렀다.

"여보세요."

부인은 미심쩍은 눈초리로 나를 물끄러미 바라보며 의자에서 힘겹게 일어났고 나는 그런 부인을 살피면서 다시한번 침착하게 물었다.

"조금 더 계시지 않고요."

전화를 끊은 후 나는 다시 존댓말로 부인에게 권했다.

"체리 씨를 받아드릴까요? 좀더 드세요. 한 알만 더요. 아니면 가져가세요."

이번에는 내 목소리가 차분하게 나오지 않았다. 부인은

이미 일어나서 체리를 귀에 대롱대롱 매단 채 현관문으로 향하고 있었다.

"화나셨어요?"

내가 달래듯 물었다. 순간 부인은 놀란 눈으로 나를 바라보았다. 갑자기 뭔가가 생각난 것 같았다.

"그 옷 말이다."

부인이 의심스러운 목소리로 말했다.

"어떻게 네가 그 옷을 가지고 있는 거니? 말이 안 되는데. 네 어머니 여행 가방 속에 있던 물건인데 여행 가방은 못 찾았다고 들었다. 어디서 가져온 거냐? 누가 네게 그 옷을 준 거냐?"

이야기를 하는 동안 나는 그녀의 눈동자가 놀라움에서 두려움으로 바뀌는 것을 보았다. 기분이 좋지 않았다. 부인을 놀라게 할 생각은 없었다. 나는 다른 사람들을 겁주는 것을 좋아하지 않는다. 나는 원피스 길이를 늘이려는 것처럼 손바닥으로 원피스를 쓰다듬었다. 내 나이에 맞지 않게 너무 세련되고 짧고 몸에 딱 달라붙는 옷이 불편하게 느껴졌다.

"추억이 깃들지 않은 천 쪼가리일 뿐이에요."

내가 속삭였다. 그 옷이 내게도 부인에게도 해를 끼치지 못할 거라는 뜻이었다.

데 리소 부인은 내게 쏘아붙였다.

"더러운 물건이야."

부인은 현관문을 열고 황급히 나갔다.

바로 그때 다시 전화벨이 울렸다.

20

나는 전화벨이 두세 번 울릴 때까지 기다렸다 수화기를 들었다. 지글거리는 소리와 함께 멀리서 사람들의 목소리와 알 수 없는 소음이 들렸다.

"여보세요."

대답을 기대한 것은 아니었다. 그저 카세르타에게 내가 집에 있다는 사실을, 겁에 질리지 않았다는 사실을 알리고 싶을 뿐이었다. 나는 수화기를 내려놓고 다시 부엌 식탁에 앉아 귀에 걸고 있던 체리를 먹었다. 이제부터 계속 걸려올 전화는 나에게 전화 거는 사람의 존재를 환기시키는 것 이상의 의미가 없다는 것을 나는 이미 알고 있었다.

옛날에 남자들이 귀가 중이니 파스타를 삶아도 된다고 여자들에게 알리기 위해서 휘파람을 불던 것처럼 말이다.

시계를 보니 오후 6시 10분이었다. 나는 카세르타가 또다시 내게 자신의 침묵을 들으라고 강요하기 전에 수화기를 들어 필리포 삼촌의 전화번호를 눌렀다. 한참 동안 전화벨이 울릴 거라 생각했는데 필리포 삼촌은 예상 외로 바로 기운 없는 목소리로 전화를 받았다. 내가 전화를 걸어서 짜증이 난 것 같기도 했다. 필리포 삼촌은 방금 집에 들어왔다면서 춥고 피곤하다고 했다. 어서 누워야겠다면서 억지로 기침을 했다. 내가 먼저 말을 꺼내자 성가셔하면서 마지못해 카세르타 이야기를 들려주었다. 삼촌은 그와 오랫동안 이야기하긴 했지만 싸우지는 않았다고 했다. 둘 다 불현듯 이제는 싸울 이유가 없다는 사실을 깨달은 것이다. 내 어머니 아말리아는 죽었고 그새 세월이 흐르지 않았던가.

삼촌은 내가 그의 말에 대답할 거라 생각하고 잠시 이야기를 멈췄다 내가 아무런 반응을 보이지 않자 다시 노년의 외로운 삶에 대해 하소연했다. 삼촌은 카세르타가 아들 집에서 쫓겨나 오갈 데 없는 개만도 못한 신세가 됐다고 했다. 그의 아들이 카세르타가 모아놓은 돈을 몽땅 빼앗은 뒤 쫓아냈다는 것이었다. 카세르타를 찾아온 유일한 행운은 내 어머니 아말리아의 친절이었다. 삼촌은 카세르타가 오랜 시간이 지나고 나서 어머니와 다시 만나기 시작했다는 사실을 털어놓았다고 했다. 어머니는 카세르타를 도와주었고 그렇게 둘은 조심스레 상대방에 대한 예의를 지키면서 서로에게 힘이 되어주었다고 했다. 그랬던 그가 이제는 이곳저곳 떠돌며 걸인처럼 살게 됐다면서 아무리 카세르타라 하더라도 그런 험한 꼴을 당해서는 안된다고 했다.

"그러기엔 성품이 훌륭하신 분이죠."

내 비아냥에 필리포 삼촌의 말투가 더 냉랭해졌다.

"언젠가는 주변 사람들과 화해해야 하는 법이다."

"그가 케이블카에서 젊은 여자에게 한 짓은 어떻고요?"

내가 묻자 삼촌은 민망해했다.

"살다 보면 그럴 수도 있는 거란다."

삼촌이 말했다.

삼촌은 언젠가는 나도 늙는다는 것이 얼마나 흉악하고 끔찍한 짐승 같은 것인지 알게 될 거라고 했다.

"그것보다 더 더러운 짓도 얼마나 많이 하는데."

결국 삼촌은 끓어오르는 증오심을 참지 못하고 내게 말했다.

"카세르타와 네 어머니 사이에는 아무 일도 없었단다."

"그럴지도 모르죠."

내가 수긍했다.

삼촌은 언성을 높였다.

"그러면 대체 그때 왜 그런 이야기를 한 거냐?"

"그럼 삼촌과 아버지는 왜 그때 제 말을 믿으셨어요?"

내가 대꾸했다.

"그때 네 나이가 고작 다섯 살이었잖니."

"그러니까 하는 말이에요."

"그만 떠나거라. 카세르타는 내버려두고."

삼촌은 코를 훌쩍이며 속삭였다.

"몸조리 잘하세요."

나는 삼촌에게 충고한 뒤 전화를 끊었다.

잠시 전화기를 물끄러미 바라보았다. 나는 전화기가 다시 울릴 거라는 사실을 알고 있었다. 카세르타는 어디선가 내 통화가 끝나기만을 기다리고 있을 것이다. 정말로 얼마 지나지 않아 전화벨이 울렸다. 나는 결단을 내린 다음 현관문도 잠그지 않고 급히 집을 나섰다.

밖으로 나와 보니 구름이 걷히고 바람도 불지 않았다. 희미한 햇살 때문에 산타 마리아 델레 그라치에 대신심회 건물이 밋밋해 보였다. 투명한 유리로 된 외벽에 홍보 간판이 잔뜩 달린 건물들 때문에 대신심회 건물이 상대적으로 왜소해 보였다.

나는 택시를 타려다 생각을 바꿔서 노란 지하철역으로 들어갔다. 아이들을 즐겁게 해주기 위해 솜씨 있게 오려서 만든 종이인형처럼 행인들이 내 곁을 가볍게 스치고 지나갔다. 사람들이 사투리로 쏟아내는 외설적인 말이 갑자기 부드럽게 들렸다. 사람들의 목소리가 오래된 타자기의 자판을 힘차게 내려치는 소리처럼 들렸다. 그런 외설적인 말과 의미가 내 머릿속에서 희열에 찬 거칠고 끈적거리는 섹스 장면으로 형상화되는 것은 나폴리 사투리로 그런 말을 들을 때뿐이었다. 나폴리 사투리가 아니면 그 어떤 외설적인 욕설도 무의미해졌다. 때로는 명랑하게 느껴지기까지 해서 특별한 반감 없이 입에 담을 수 있었다.

카부르 광장 지하철역으로 내려가는데 바람이 훅 불어

왔다. 바람은 금속으로 만들어진 벽에서 아지랑이를 피워 내고 에스컬레이터의 붉은빛과 푸른빛을 뒤섞어버릴 정 도로 뜨거웠다. 순간 내가 나폴리 전통카드 속 인물 가운데 무장을 한 채 브리스콜라 게임*에 나설 만반의 준비를 갖추고 침착하게 전진하는 8번 스페이드에 그려진 여인이 된 것 같았다. 나는 아플 정도로 입술을 꽉 깨물었다.

가는 내내 뒤를 살폈지만 카세르타의 모습은 보이지 않았다. 지하철에서 나는 깜깜한 두 터널 사이에 있는 반쯤 빈 승강장이 잘 보이게 일부러 승객들이 가장 붐비는 쪽에 자리를 잡았다. 지하철은 만원이었지만 가리발디 광장의 흐릿한 네온사인이 비치는 어두운 정거장에 이르자 텅 비다시피 했다. 나는 종착역에서 내렸다. 짧은 계단을 오르자 어린 시절 내가 자란 동네 입구에 있던 오래된 담배 공장이 눈앞에 나타났다.

먼지가 폴폴 이는 들판 한복판에 지었던 4층짜리 하얀색 건물은 세월이 흐르면서 황달이라도 앓은 것처럼 누렇게 변해 있었다. 이제는 도심 외각 지역의 일부가 되어버

* 이탈리아의 유명한 카드 게임.

린 담배 공장은 고층건물 사이에 파묻힌 데다 교통 체증으로 꽉 막힌 도로와 느린 속도로 뱀처럼 구불구불 건물 사이를 기어가는 기차 때문에 과거의 전원적인 분위기를 잃고 숨 막힐 듯 답답해보였다.

나는 바로 왼쪽 길로 꺾어서 아래쪽에 터널이 세 개 뚫린 고가 철도로 향했다. 터널 세 개 중에서 중간 터널은 보수 공사 때문에 입구가 막혀 있었다. 내 기억으로는 그 터널을 지날 수 있는 통로는 하나밖에 없었다. 통로는 황량했고 머리 바로 위에서 선로를 바꾸는 기차 때문에 터널 전체가 진동했다. 어렸을 때는 그 통로가 영원히 끝나지 않을 것만 같았는데 실제로는 오줌 냄새가 진동하는 어두운 터널에서 굵은 물방울이 흘러내리는 벽과 복잡한 차도와 인도를 구분하는 가드레일 사이를 백 보쯤 걸으니 이미 밖이었다.

그 고가철도는 어머니가 열여섯 살 때부터 있었다. 어머니는 장갑을 배달하러 갈 때마다 선선하고 어두운 터널을 지나야 했다. 나는 어린 시절 어머니가 내가 방금 지나쳐온 타일 지붕의 오래된 담배 공장으로 장갑을 배달하러 간다고 상상하곤 했다. 지금 그 건물에는 푸조 자동차 간판이 걸려 있었다.

현실은 내 상상과 너무나도 달랐다. 나의 상상 가운데 실제 현실과 부합하는 것들이 얼마나 될까. 터널의 돌무더기와 그늘은 과거와 똑같았지만 내게 도움이 될 만한 움직임이나 흔적은 없었다. 터널을 지날 때면 마약상과 노점상과 철도원들이 어머니의 뒤를 따라왔다. 벽돌장이들이 브로콜리와 소시지를 가득 채운 샌드위치를 우적우적 씹어먹거나 포도주를 병째로 마시면서 따라오기도 했다.

어머니는 기분이 좋을 때면 그때 이야기를 들려주곤 했다. 어머니는 그 사내들이 자기 옆에 딱 달라붙어서 귓가에 숨을 내뱉었다고 했다. 그들은 어머니의 머리나 어깨나 팔을 만지려 했다. 그중에 어떤 사내는 사투리로 추잡한 말을 내뱉으며 어머니의 손을 잡으려 한 적도 있었다. 그럴 때면 어머니는 눈을 내리깔고 빠르게 걸었다. 가끔은 참지 못하고 웃음을 터뜨리기도 했다. 나중에는 뒤쫓아오는 사내들보다 더 빠른 속도로 뛰어갔다. 어머니는 정말 빨랐다. 어머니는 놀이라도 하는 것처럼 뛰어갔다. 적어도 내 상상 속에서는 그랬다.

나이에 맞지 않는 옷을 입고 터널을 지나고 있는 내 늙은 육체 안에 어머니가 들어와 있는 것은 아닐까. 지금 이 순간 집에서 만든 꽃무늬 원피스를 입은 열여섯 살 아말리아의 육체가 내 육체를 이용해서 물웅덩이를 능숙하게 피하며 모빌 주유소의 노란 간판이 환하게 켜진 아치 모양의 터널 출구를 향해 뛰어가고 있는 것은 아닐까.

　전쟁 같았던 지난 며칠 동안 겪은 일 중에서 가장 중요한 것은 어머니의 이야기가 내 안에 이식되었다는 사실뿐인지도 모른다. 그것은 어머니가 나를 사랑하는 마음에 남기고 떠난 건강한 신체 기관처럼 내 몸속에 이식되었다.

　갓 스물이 넘은 아버지가 어머니를 뒤쫓았던 것도 그 터널에서였다. 어머니는 뒤에서 아버지의 목소리가 들렸을 때 처음에는 겁이 났다고 했다. 아버지는 어머니의 기분을 띄우려고 어머니에 대한 칭찬을 늘어놓는 다른 사람들과 달랐다고 했다. 아버지는 자기 이야기를 했다. 자신의 그림 실력이 얼마나 뛰어난지 자랑을 늘어놓으면서 어머니에게 초상화를 그려주겠다고 했다는 것이다. 어머니가 얼마나 아름다운지 보여주고 싶어서일 수도 있었고 자기 실력이 얼마나 좋은지 보여주고 싶어서였을 수도 있었다. 그러면서 아버지는 어머니 주변에 색깔들이 보인다고 했다.

그 시절 아버지가 어머니에게 바쳤던 말은 다 어디로 사라져버렸을까. 평소에 치근대던 남자들에게 눈길조차 주지 않고 미소 한 번 보내지 않던 어머니인데 아버지가 말을 걸었을 때만은 슬쩍 한 번 쳐다봤고 그것으로 충분했다고 했다.

우리 세 자매는 아버지의 어떤 면이 어머니 마음에 들었는지 이해할 수 없었다. 우리가 보기에 아버지는 잘난 점이 하나도 없었다. 아버지는 지저분한데다 뚱뚱하고 대머리였다. 제대로 씻지도 않은 채 색 바랜 바지를 질질 끌고 다녔다. 아버지는 가난한 형편 때문에 매일 투덜거렸다. 돈을 버는 족족 어머니가 물 쓰듯 써 대서 우리가 가난한 거라며 고함을 질렀다.

그런데도 어머니는 당시 변변한 직장도 없는 아버지와 더 이야기를 나누고 싶어서 집으로 초대했다. 어머니는 몰래 사랑하는 법을 몰랐다. 그 대상이 누구건 어머니는 자신의 사랑을 숨긴 적이 없었다. 어머니가 "사랑한다"고 말할 때 나는 입을 벌린 채 어머니의 이야기에 귀를 기울였다. 나는 비극으로 치닫기 전까지의 이야기가 너무 좋아서 그 이미지와 목소리를 마음속에 간직해두었다.

지금 내가 그 터널을 지나는 이유도 돌덩이가 나뒹구는 어두운 터널 속에서 그 시절의 이미지를 다시 보고 그 소리를 다시 듣고 싶어서였다. 내 어머니가 되기 전의 어머니가 훗날 사랑을 나누게 될 남자에게 쫓기는 모습을 보고 싶었기 때문이다. 그 남자는 어머니의 이름 위에 자기 이름을 덮어씌우고 자기 이름의 철자로 어머니의 이름을 한 글자씩 지워버릴 것이다.

카세르타가 내 뒤를 쫓고 있는지 확인한 후 나는 걸음을 재촉했다. 세부적인 부분들이 많이 변하긴 했지만—예를 들어 어린 시절 자주 놀러가던 퀴퀴한 악취가 나는 녹색 연못 자리에 9층 건물이 솟아 있었다—그래도 나는 고향 동네를 알아볼 수 있었다. 어린아이들은 예전과 다름없이 여기저기 움푹 파인 길에서 소리를 지르며 놀고 있었다. 초여름에 흔히 볼 수 있는 광경이었다. 활짝 열린 창문으로 들려오는 사투리로 고함치는 소리도 여전했다. 상상력이라고는 전혀 없이 판에 박힌 도형처럼 보이는 건물들도 과거와 다름없었다.

수십 년이 흘렀는데 아직까지 문을 닫지 않고 버티고 있는 허름한 가게들도 있었다. 어린 시절 어머니 심부름으로 비누와 양잿물을 사러가던 반지하 가게도 다 쓰러져가는 건물에서 여전히 영업 중이었다. 작은 가게 문 앞에는 온갖 종류의 빗자루와 플라스틱통, 세제통 따위가 쌓여 있었다. 기억 속에 남아 있는 커다란 동굴 같은 가게의 내부를 확인하고 싶은 마음에 고개를 들이밀어보았지만 그 순간 고장 난 우산처럼 문이 눈앞에서 닫혀버렸다.

아버지는 그곳에서 멀지 않은 건물에 살고 있었다. 나는 그 집에서 태어났다. 나는 건물 입구 철문을 지나 익숙한 동작으로 낮고 헐벗은 건물 사이를 지나쳤다. 먼지 쌓인 현관문 안으로 들어가 보니 입구 쪽 벽돌들은 갈라져 있었고 엘리베이터조차 없었다. 대리석으로 만든 계단도 다 깨지고 누렇게 변색되어 있었다.

아버지의 집은 3층에 있었다. 지난 10년 동안 한 번도 그 집에 발을 디딘 적이 없었다. 계단을 오르는 동안 나는 공간에 압도당해 당황하지 않도록 먼저 머릿속으로 집의 도면을 그려 보았다.

그 집은 부엌이 딸린 방 두 칸짜리였다. 현관문은 창문이 없는 복도 쪽에 나 있었고 복도 맨 끝 왼쪽에 거실이 있었다. 반듯한 네모 모양이 아닌 거실에는 우리 집에 한 번도 들여놓은 적이 없는 은식기를 보관하기 위한 찬장과 집에 온 손님을 대접할 때만 가끔 쓰던 식탁과 우리 세 자매가 함께 자던 더블 침대가 있었다.

어린 시절 우리 자매는 가운데에서 잘 사람을 정하느라 다투곤 했다. 거실 옆에는 화장실이 있었다. 기다란 모양의 화장실에는 작은 창문과 변기 그리고 에나멜 칠을 한 이동 비데가 있었다. 화장실 옆에는 부엌이 있었는데 우리 세 자매는 아침마다 부엌 싱크대에서 차례대로 세수를 했다. 부엌에는 하얀색 마욜리카 타일을 붙인 난로도 있었다. 하지만 그 난로는 이사 온 지 얼마 지나지 않아 쓸모없는 물건으로 전락하고 말았다. 그 옆에는 어머니가 정성스럽게 광을 내던 구리 냄비들을 보관하는 장식장이 있었다. 마지막으로 부모님의 침실이 있었다. 그 방에는 쓸모없는 물건들을 보관하는 창고가 딸려 있었는데 그곳은 빛이 안 들고 질식할 듯 답답했다.

우리는 부모님 침실에 들어갈 수 없었다. 침실은 정말

비좁았다. 부모님의 침대 앞에는 가운데 문짝에 거울이 달린 장롱이 있었다. 오른쪽 벽에는 네모난 거울이 달린 화장대가 있었고 그 맞은편으로 침대 가장자리와 창문 사이에 아버지의 이젤이 있었다.

두꺼운 받침대가 달린 높다란 이젤은 거대해 보였다. 좀이 갉아먹어서 구멍이 숭숭 뚫린 나무 받침대에는 붓을 닦을 때 쓰는 더러운 수건이 걸려 있었다. 침대 모서리에서 얼마 떨어지지 않은 곳에 상자가 하나 있었는데 아버지는 거기에 물감을 아무렇게나 던져놓곤 했다. 그중에서 제일 큰 하얀색 물감 튜브가 제일 잘 보였다. 물감을 다 짜서 튜브를 구멍 바로 아래까지 돌돌 말아 올려도 눈에 띌 정도였다.

흰색 말고도 기억에 남는 물감이 많았다. 프러시안 블루처럼 동화 속 왕자님을 떠오르게 하는 이름 때문에 기억나는 물감도 있었고 시에나 적갈색처럼 모든 것을 파괴하며 활활 타오르는 불꽃을 생각나게 하는 색상 때문에 기억에 남는 물감도 있었다. 상자 덮개는 여닫을 수 있는 합판으로 되어 있었는데 아버지는 그 위에 붓통과 물감을 희석하는 데 사용하는 테레빈유와 다양한 색상의 물감을 뒤섞어 형형색색의 바다처럼 보이는 팔레트를 놓아두었다. 이젤 주변에 깔린 팔각형 모양의 벽돌 타일 무늬는 수십 년 동안 붓에서 흐른 물 때문에 생긴 회색 물때 아래 자취를 감추었다.

그 옆에는 아버지에게 일을 의뢰하는 사람들이 가져다준 캔버스 천이 둘둘 말려 있었다. 캔버스 천을 가져다준 사람들은 아버지에게 몇 푼 안 되는 돈을 쥐어주고 받은 그림을 떠돌이 노점상들에게 넘겼고 노점상들은 도심의 길바닥이나 시골 장터나 동네 축제를 돌아다니면서 그림을 팔았다. 온 집 안에 유화물감과 테레빈유 냄새가 진동했지만 우리 식구는 익숙해져서 냄새가 나는지도 몰랐다. 그 방에서 어머니는 거의 20년 동안 군말 없이 아버지와 잠자리를 함께했다.

어머니가 불만을 드러내기 시작한 것은 아버지가 미군 애인들의 초상화나 나폴리만 풍경을 그리는 대신 반라의 집시 무희 그림을 그렸을 때부터였다. 그 시절에 대한 기억은 명확하지 않다. 많아 봐야 네 살 정도밖에 안 되었을 때라 내 스스로 기억하는 것보다 어머니가 들려준 이야기에 의존하는 부분이 더 많다.

그 시절 부모님의 침실 벽은 화려한 색채의 이국적인 여인들로 가득했고 그 사이에는 피처럼 빨간 색연필로 그린 여인의 누드 스케치가 있었다. 아버지는 집시 여인들을 그릴 때면 장롱 속에 숨겨둔 상자에 들어 있는 사진 속 여자들이 취하고 있는 포즈를 따라 그리곤 했다. 나는 어렸을 때 아버지 몰래 상자 속에 들어 있는 사진을 훔쳐 본 적이 있어서 그 사실을 알고 있었다. 가끔 아버지는 새빨간 누드 파스텔화 스케치를 그대로 유화로 옮기기도 했다.

나는 아버지의 스케치화가 어머니의 몸을 그린 것이라고 확신했다. 저녁마다 부모님의 침실문이 닫히면 나는 어머니가 옷을 벗고 장롱 안 사진 속에 있는 여인들과 똑같은 포즈를 취하며 아버지에게 이렇게 말하는 상상을 했다.

"나를 그려봐."

그러면 아버지는 종이 뭉치에서 누런 종이를 한 장 떼어내 어머니의 모습을 그리기 시작할 것이었다. 아버지는 어머니의 머리를 그릴 때 발군의 실력을 발휘했다. 아버지의 여인들에게는 얼굴이 없었다. 하지만 텅 빈 계란형 얼굴을 감싼 머리만큼은 장엄한 느낌이 들 정도로 솜씨 있게 그려냈다. 아버지가 그린 여인들의 머리 모양은 맵시 있게 손질한 어머니의 긴 머리와 의심할 바 없이 똑같았다. 나는 그런 생각 때문에 잠을 이루지 못하고 침대에서 몸을 뒤척였다.

완성된 그림을 보고 나도 어머니도 집시 여인이 어머니라고 확신했다. 실물보다 덜 예쁘고 덜 조화롭고 색깔도 조잡했지만 그림 속 여인은 영락없는 어머니였다.

카세르타는 집시 여인의 얼굴에서 내 어머니 아말리아의 모습을 알아차리고 그림에 문제가 있다며 팔리지 않을 거라고 했다. 카세르타는 기분이 안 좋아보였다. 여기에 어머니도 끼어들어서 카세르타의 말이 옳다고 했다. 의견 차이는 곧 말다툼으로 번졌고 어머니와 카세르타는 함께 아버지에게 맞섰다. 세 사람이 싸우는 소리가 계단까지 들렸다. 카세르타가 돌아가자 아버지는 다짜고짜 오른손으로 어머니의 얼굴을 때렸다. 처음에는 손바닥으로 때렸지만 두 번째는 손등으로 쳤다. 아직도 파도처럼 내 눈앞을 스쳐갔다 다시 돌아오는 아버지의 동작을 똑똑히 기억한다.

그때 나는 처음으로 아버지가 어머니를 때리는 것을 보았다. 어머니는 침대 방 옆 창고로 도망가 문을 잠그려 했지만 아버지는 그런 어머니를 질질 끌고 나와 발길질을 했다. 아버지에게 엉덩이를 발로 차이는 바람에 어머니는 침실 장롱까지 날아갔다. 어머니는 일어서서 벽에 걸린 그림을 모조리 찢어버렸고 아버지는 어머니에게 거침없이 다가가 머리채를 붙잡고 장롱 거울에 머리를 박아 거울을 깨뜨렸다.

집시 그림은 인기가 많았다. 특히 시골 장터에서 잘 팔렸다. 그로부터 40년이 지났는데 아버지는 아직도 똑같은 그림을 그리고 있다. 세월이 지나면서 그림 그리는 속도가 빨라졌다. 아버지는 이젤 위에 놓인 새하얀 캔버스를 뚫어지게 바라보다 능숙한 솜씨로 윤곽을 잡았다. 불그스름한 색으로 명암을 주면 집시 여인의 몸이 구릿빛으로 변했다. 허리가 잘록해지고 유방이 부풀어 오르고 젖꼭지가 튀어나왔다. 그러는 동안 반짝이는 눈과 새빨간 입술과 아말리아와 똑같은 칠흑같이 검고 풍성한 머리가 완성됐다. 시간이 흘러 그런 머리 스타일은 유행이 지났지만 그래서 더 매력적으로 느껴졌다. 불과 몇 시간 만에 캔버스에 그림이 완성되면 아버지는 고정핀을 빼고 물감을 말리기 위해 그림을 벽에 붙였다. 그러고는 새하얀 캔버스를 이젤에 고정하고 다시 똑같은 작업을 시작했다.

사춘기 시절 나는 그 여인들이 모르는 사람들 손에 들려 집 밖으로 나가는 모습을 수도 없이 보았다. 그들 중 몇몇은 사투리로 외설적인 평을 서슴지 않았다. 나는 도무지 이해할 수 없었다. 아니, 특별히 이해할 것이 없었을 수도 있다.

어떻게 아버지는 평소에는 살인도 불사할 것 같은 기세로 지키려 했던 육체가 노골적이고 매혹적인 포즈를 취하고 있는 그림을 천박한 사내들 손에 넘길 수 있는 걸까. 실수로 미소 한 번, 눈빛 한 번만 잘못 보내도 미친 사람처럼 길길이 날뛰며 잔혹해지던 아버지가 어떻게 어머니에게 그렇게 야한 포즈를 취하게 할 수 있단 말인가. 원본에 대해서는 그렇게나 질투심이 많으면서 어떻게 수십 장, 아니 수백 장이 넘는 복사본이 길바닥에 깔리고 모르는 사람들의 집에 걸리게 내버려둘 수 있단 말인가.

나는 늦은 밤까지 재봉틀 앞에 고개를 숙이고 앉아 있는 어머니를 바라보았다. 벙어리처럼 입을 꾹 다물고 힘겹게 일하면서 어머니도 나와 똑같은 생각을 하고 있을 거라고 생각했다.

21

옛집의 현관문은 반쯤 열려 있었다. 나는 망설임을 이겨내려고 오히려 문을 더 세게 밀었다. 문이 벽에 부딪히며 요란한 소리를 내는데도 집 안에서는 아무런 인기척이 없었다. 진한 물감 냄새와 담배 냄새만 훅 밀려올 뿐이었다. 나는 곧바로 침실로 향했다. 침실 이외의 나머지 공간은 세월 속에 완전히 망가져버렸을 것 같았지만 나는 굳이 확인하지 않아도 침실만은 과거 모습 그대로일 것이라고 확신했다. 그곳에는 여전히 더블 침대와 장롱과 네모난 거울이 달린 화장대가 있을 것이다. 창가에는 이젤이 놓여 있고, 방구석마다 캔버스 두루마리가 쌓여 있을 것이다. 벽에는 파도가 몰아치는 바다와 집시와 전원을 그린 풍경화들이 걸려 있을 것이다.

침실에 이르니 보지 않는 동안 살이 찐 아버지가 러닝셔츠만 입고 구부정한 자세로 등을 보이고 앉아 있었다.

머리카락이 다 빠져서 뾰족한 두개골 모양이 적나라하게 드러난 민머리에 검버섯이 피어 있었고 부스스한 백발이 목 뒤를 수북이 덮고 있었다.

나는 아버지가 그리고 있는 그림을 밝은 불빛 아래서 보기 위해 살짝 오른쪽으로 비켜섰다. 아버지는 코끝에 돋보기안경을 걸치고 입을 벌린 채 작업 중이었다. 오른손에 붓을 들고 있던 아버지는 붓에 물감을 살짝 묻힌 후 캔버스에 대고 거침없이 손을 놀렸다. 왼손 검지와 중지 사이에는 반쯤 타서 재가 떨어지기 직전인 담배가 끼워져 있었다.

아버지는 붓질을 몇 번 한 다음 잠시 몸을 뒤로 빼고 한참 동안 꼼짝하지 않고 그림을 바라보다 '휴' 하고 가볍고 낭랑한 탄식을 내뱉은 후 담배를 한 모금 빨아들이더니 다시 물감을 섞기 시작했다. 그림이 완성되려면 아직 멀어 보였다. 만의 전경이 아직은 볼품없는 파란색 얼룩에 불과했다. 불타는 하늘 아래 솟은 베수비오 화산은 그보다는 나아 보였다.

"하늘이 불타오르는데 바다가 푸른색일 수는 없어요."

내가 말했다.

아버지는 고개를 돌려 안경 위로 눈을 빼꼼히 뜨고 나를 바라보았다.

"넌 누구냐?"

아버지가 사투리로 물었다. 말투와 표현에서 적의가 느껴졌다. 눈 밑은 주머니가 달린 것처럼 시퍼렇게 부풀어 있었다. 제대로 배출되지 않은 체액이 차올라 숨이 막혀서 누렇게 뜬 것처럼 보이는 아버지의 얼굴과 마지막으로 본 아버지의 모습을 일치시키기가 힘들었다.

"저예요. 델리아."

내가 말했다.

아버지는 물병에 붓을 꽂은 후 목에서 길게 그르렁거리는 신음을 내면서 자리에서 일어나 다리를 쩍 벌리고 내 앞에 섰다. 아버지는 구부정하게 서서 물감으로 더러워진 손을 흘러내리는 바지에 닦았다. 시간이 지날수록 아버지의 얼굴 위로 당혹스러운 표정이 점점 더 또렷해졌다. 아버지는 진심으로 놀라워하면서 말했다.

"너도 늙었구나."

나는 아버지가 나를 껴안고 키스한 뒤 자리에 앉으라고 권해야 할지 아니면 고함을 지르며 집 밖으로 쫓아내야 할지 고민하고 있다는 것을 알아차렸다.

아버지는 나를 보고 놀라긴 했지만 그렇다고 기쁜 것 같지는 않았다. 아버지는 나를 그곳에 있으면 안 되는 사람으로 생각하는 것 같았다. 내가 정말 자기 큰딸인지조차 확신하지 못하는 것 같았다. 아버지가 어머니와 헤어진 후 우리는 거의 만난 적이 없었다. 몇 번 본 적이 있기는 했지만 그마저도 싸움으로 끝났다.

아버지 머릿속에 있는 진짜 딸은 아직도 말수가 적고 순종적이었던 사춘기 시절 모습 그대로일 것이다.

"바로 갈 거예요."

내가 아버지를 안심시켰다.

"어머니에 대해 물어볼 게 있어서 들른 것뿐이에요."

"네 어머니는 죽었다."

아버지가 말했다.

"감히 어떻게 나보다 먼저 죽어버릴 수 있는지 생각하고 있었다."

"어머니는 자살하셨어요."

내가 담담하지만 똑 부러지는 말투로 말했다.

아버지가 인상을 찌푸렸다. 그제야 아버지의 윗니가 없

다는 사실을 알았다. 윗니가 빠지는 바람에 누런 아랫니
가 길게 자라나 있었다.

"다 큰 어른이 야밤에 스파카벤토까지 수영이나 하러
가다니."

아버지가 투덜거렸다.

"장례식에는 왜 안 오셨어요?"

"사람은 죽으면 그걸로 끝이야."

"그래도 오셨어야죠."

"너는 내 장례식에 올 테냐?"

나는 잠시 생각한 후 대답했다.

"아니요."

아버지 눈 밑에 달린 거대한 주머니가 시뻘겋게 달아올
랐다.

"나보다 네가 먼저 뒈질 테니 오고 싶어도 못 오겠지."

아버지는 이렇게 내뱉고는 갑자기 주먹을 날렸다.

주먹은 내 오른쪽 어깨를 세게 내리쳤다. 육체적인 고
통은 별것 아니었지만 아버지의 폭력 앞에 내 자아가 사
라져버릴 것 같아서 힘들었다.

"너도 네 어미 같은 창녀로구나."

아버지가 쓰러지지 않기 위해 의자를 붙잡고 숨을 헐떡이며 말했다.

"네년들은 나를 짐승처럼 이곳에 버려두었어."

나는 내 목소리가 나올 때까지 기다렸다. 제대로 말할 수 있을 거라는 확신이 든 후에야 아버지에게 물었다.

"어머니는 왜 찾아간 거죠? 아버지는 어머니를 마지막까지 괴롭혔어요."

아버지는 또다시 나를 때리려 했지만 이번에는 나도 당하지 않을 준비가 되어 있었다. 나를 때리지 못하자 아버지는 더 화를 냈다.

"네 어미가 나를 어떻게 생각했는지 아니?"

아버지가 고함을 쳤다.

"나는 네 어미가 대체 무슨 생각을 하는지 알 수 없었다. 네 어미는 거짓말쟁이였어. 너희들 모두 거짓말쟁이였다고."

나는 침착하게 질문을 다시 던졌다.

"왜 어머니를 찾아가셨나요?"

"죽여버리려고 갔다. 네 어미는 나 혼자 이 방구석에서 썩어 문드러지게 내버려두고 자기만 노년을 즐기려 했어.

내 꼴이 어떤지 좀 봐라. 이걸 좀 봐."

아버지는 오른팔을 들고 겨드랑이를 보여주었다. 땀에 젖어 곱슬곱슬한 겨드랑이 털 사이로 보라색 고름이 보였다.

"그 정도로 죽지는 않아요."

내가 말했다.

아버지는 신경을 너무 많이 써서 지쳤는지 팔을 내렸다. 가슴을 펴보려 했지만 몸이 말을 듣지 않는 것 같았다. 아버지는 다리를 쩍 벌리고 서서 한 손으로 의자를 잡고 가래 끓는 숨을 내쉬면서 씩씩거렸다. 그 순간에는 아마 아버지도 이제 세상에서 자기가 의지할 수 있는 거라고는 발밑의 마룻바닥과 의자밖에 없다는 생각을 하고 있었을 것이다.

"나는 일주일 동안이나 그 둘의 뒤를 쫓아다녔다."

아버지가 낮은 목소리로 말했다.

"그 자식은 매일 저녁 여섯 시 정각에 옷을 쫙 빼입고 네 어미를 찾아왔지. 재킷과 넥타이를 맨 모습이 마네킹처럼 보였어. 둘은 30분쯤 후에 함께 외출을 했어. 네 어미는 마르고 닳도록 입은 누더기마저 맵시 있게 고쳐서 젊어 보이게 입을 줄 알았지. 그년은 철없는 거짓말쟁이였어. 둘은 나란히 걸으며 대화를 나누다 식당이나 영화관으로 들어가곤 했는데 항상 팔짱을 끼고 나오더구나. 네어미 얼굴에 애교가 넘쳤지. 남자만 보면 항상 그런 표정을 지었어. 사내 앞에만 있으면 네 어미는 특유의 목소리를 내지. 사내가 있으면 네 어미는 고개를 이렇게 하고 손짓을 이렇게 하고 엉덩이를 이렇게 흔들어."

아버지는 그러면서 덜렁거리는 손을 가슴께에서 흔들었다. 고개를 살래살래 저으며 눈을 깜빡이고 입술을 쭉내밀면서 엉덩이를 씰룩거렸다. 아버지는 작전을 바꾸었다. 내게 겁을 주려다 이제는 어머니를 우스꽝스럽게 흉내 내면서 나를 웃기려 했다. 하지만 아버지는 어머니와 닮은 구석이 하나도 없었다. 각자가 만들어낸 수많은 상상 속의 아말리아 중 그 누구와도 닮지 않았다. 어머니가 최악일 때조차 지금 아버지가 흉내 내고 있는 모습과는 달랐다.

아버지는 우습지도 않았다. 조금의 인간성도 남아 있지 않은 불만 가득하고 흉악한 노인일 뿐이었다. 아버지는 내게 약간의 공감과 미소를 기대했을지 모르지만 나는 그마저도 허락하지 않았다. 그때 나는 밀려드는 혐오스러운 감정을 참기 위해 안간힘을 쏟고 있었다. 아버지는 그런 내 마음을 눈치채고 민망해했다. 내 혐오의 대상은 아버지가 그리고 있는 그림이었다. 아버지의 그림 속 불타는 하늘이 발기를 상징한다는 것을 깨달았기 때문이다.

"아버지는 이번에도 어머니를 모욕했어요."

내가 말했다.

아버지는 당황해하면서 고개를 가로젓더니 긴 신음을 내며 다시 자리에 앉았다.

"내가 네 어미를 찾은 것은 이제는 혼자 살고 싶지 않다는 말을 하기 위해서였다."

아버지는 중얼거리면서 앙심에 차 자기 옆에 있는 침대를 바라보았다.

"어머니가 돌아오기를 바라신 거예요?"

아버지는 대답하지 않았다.

창문으로 쏟아져 들어온 주황색 햇살이 장롱 거울에 반사되어 지저분하고 황량한 방의 민낯을 적나라하게 드러내며 방 안에 퍼졌다.

"나는 모아놓은 돈이 많다."

아버지가 말했다.

"네 어미에게 그렇게 말했어. 나는 돈이 많다고 말이야."

아버지는 그 뒤로도 몇 마디 덧붙였지만 내 귀에 들어오지 않았다. 아버지가 이야기하는 동안 창문 아래 어린 시절 내가 좋아하던 보시 속옷가게 진열장에 걸려 있던 액자가 흘낏 보였기 때문이다. 고함을 지르면서 오른쪽에서 왼쪽을 향해 달려가는 두 여자의 옆모습이 거의 겹쳐져 보일 정도로 가까이 있는 그림 말이다. 그리려던 대상을 화폭에 미처 다 담지 못했거나 캔버스보다 더 큰 그림을 아무렇게나 잘라버린 것처럼 그림 속 여인들의 손과 발과 머리의 일부분이 잘려나가 있었다. 어린 시절 보았던 그림 속 여인들이 결국은 고향집 침실 벽에 붙어 있는 바다 풍경과 집시 여인들과 여자 목동 사이에 자리 잡게 된 것이다. 나는 너무 지쳐 한숨을 길게 내쉬었다.

"카세르타가 주었나보네요."

내가 그림을 가리키면서 말했다. 순간 나는 내 판단이 틀렸다는 사실을 알아차렸다. 카세르타와 아말리아 사이를 아버지에게 일러바친 것은 데 리소 부인이 아니었다.

카세르타 자신이었다. 카세르타는 그곳을 찾아가 아버지
가 몇 십 년 전부터 마음에 두고 있던 액자를 선물하고 자
기 이야기를 늘어놓은 것이다. 그는 늙는 것은 끔찍한 것
이라며 아들이 자기를 길바닥으로 쫓아냈다고 했을 것이
다. 자신과 아말리아는 서로에 대한 존경심을 기반으로
한 깊은 우정 관계라고 했을 것이다. 아버지는 그런 카세
르타의 말에 넘어가 그에게 자기 속마음까지 털어놓았을
것이다. 두 노인네는 분명 자신들의 비참한 상황을 애통
해하며 연대감을 느꼈을 것이다. 순간 방 한가운데 서서
나는 묘한 안정감을 느꼈다.

아버지는 의자에 앉은 채 동요했다.

"네 어미는 거짓말쟁이였어."

아버지가 분통을 터뜨렸다.

"실은 네가 아무것도 보지 못하고 아무것도 듣지 못했
다는 사실을 말해주지 않았어."

"어차피 아버지는 카세르타를 못 잡아먹어서 안달이었
잖아요. 집시 그림으로 돈을 벌 수 있겠다 싶으니까 카세
르타를 처리하고 싶어 했잖아요. 그전부터 아버지는 이미
어머니가 카세르타를 마음에 두고 있다고 생각했어요. 내

가 카세르타와 어머니가 가게 창고에 함께 있는 것을 봤다고 하니까 아버지는 내가 한 말보다 더 극단적인 상상을 한 거잖아요. 내 말은 구실에 불과했어요."

아버지는 놀란 표정으로 나를 물끄러미 바라보았다.

"그걸 다 기억하고 있었던 거냐? 나는 다 잊었는데."

"저는 거의 모든 것을 기억해요. 그때 정확히 어떤 표현을 사용했는지는 기억나지 않지만요. 하지만 저는 아직도 그때의 공포를 간직하고 있어요. 나폴리에 올 때마다 누군가 입만 열면 그때의 공포가 다시 살아나요."

"나는 네가 다 잊은 줄 알았다."

아버지가 중얼거렸다.

"넌 그때 어렸으니까. 어린애가 그럴 줄은 상상조차…"

"상상하고도 남았죠. 아버지는 어머니를 괴롭히는 데는 상상력이 뛰어났으니까요. 아버지는 어머니가 괴로워하는 모습을 보려고 일부러 어머니에게 간 거예요. 카세르타가 그와 어머니의 관계를 들려주러 일부러 아버지를 찾아왔다고 말했겠죠. 아버지는 카세르타가 내 이야기를 한 것도 어머니에게 말했어요. 내가 40년 전 어떤 거짓말을 했는지 말이에요. 아버지는 그것마저 어머니 탓이라고 했죠. 나를 미친 거짓말쟁이 아이로 만들었다면서요."

아버지는 다시 의자에서 일어나려 했다.

"더러운 년 같으니라고. 네년은 어렸을 때부터 그랬다."

아버지가 외쳤다.

"네 어미와 헤어진 것도 다 너 때문이야. 너희 모녀는
나를 실컷 이용해 먹고서는 헌신짝처럼 내다버렸지."

"아버지는 어머니를 망쳐 놓았어요."

내가 대들었다.

"한 번도 어머니를 행복하게 해준 적이 없어요."

"행복? 평생 단 한순간도 행복했던 적이 없었던 것은
나도 마찬가지다."

"그러시겠죠."

"네 어미한테는 카세르타가 나보다 나아보였겠지. 네
어미 앞으로 배달오던 선물들을 기억하냐? 네 어미는 카
세르타가 일부러 선물을 보낸다는 것을 알고 있었다. 내
게 앙갚음을 하려고 말이다. 그 자식은 하루는 과일을 보
내고 다음 날은 책을 보내고 다음은 옷을 보내고 또 다음
날은 꽃다발을 보냈지. 네 어미는 그 자식이 일부러 내 의
처증을 자극해서 네 어미를 짓밟게 하려고 그런 짓을 한

다는 사실을 잘 알고 있었어. 그냥 선물을 받지 않으면 될 일인데 네 어미는 그러지 않았지. 꽃다발을 받아 꽃병에 꽂아놓고 보란 듯이 그 자식이 보낸 책을 읽고 선물받은 옷을 입고 외출했어. 피터지게 얻어맞을 거라는 걸 뻔히 알면서 말이야. 나는 네 엄마를 믿을 수 없었다. 그 머릿속에 무엇을 숨기고 있는지 이해할 수 없었어. 대체 무슨 생각인지 알 수 없었단 말이야."

나는 아버지 뒤에 있는 액자를 가리키며 말했다.

"카세르타의 선물을 거절하지 못한 건 아버지도 마찬가지네요."

아버지는 불편한 표정으로 그림을 돌아보았다.

"내가 그린 거다."

아버지가 말했다.

"선물이 아니라 원래부터 내 것이었어."

"아버지는 저 그림을 그릴 만한 실력이 없어요."

내가 조그맣게 말했다.

"젊었을 때 내가 그린 그림이야."

아버지가 우겼다. 자기를 믿어달라고 애원하고 있는 것 같았다.

"1948년도에 보시 자매에게 팔았지."

나는 아버지가 권하지도 않았는데 의자 옆 침대에 앉아 부드럽게 말했다.

"그만 가볼게요."

아버지가 흠칫 놀랐다.

"기다려!"

"싫어요."

내가 말했다.

"너를 귀찮게 하지 않으마. 우리라면 함께 잘 살 수 있을 게다. 직업이 뭐냐?"

"만화를 그려요."

"돈은 잘 버니?"

"전 별로 필요한 게 없어요."

"내겐 모아놓은 돈이 있다."

아버지가 말했다.

"전 없이 사는 데 익숙해요."

내가 말했다.

나는 지금 이 순간 이곳에서 아버지를 안아줄까 생각해보았다. 그렇게 해서 이제는 아버지를 어린 시절의 추억에서 내쫓을까 생각도 해보았다. 그러면 그동안 있었던 수많은 일에도 불구하고 어쩌면 아버지가 원래부터 지니고 있었을지도 모르는 인간적인 면을 되돌려놓을 수 있을 것 같았다. 하지만 그럴 겨를도 없이 아버지는 다시 내 가슴을 향해 주먹을 날렸다. 나는 아프지 않은 척 아버지를 밀쳐낸 후 자리에서 일어나 뒤도 돌아보지 않고 방에서 나왔다.

"너도 늙은 주제에!"

아버지가 뒤에서 내게 외쳤다.

"못 봐주겠으니 그 옷이나 벗어버려!"

현관으로 걸어가는데 균형을 잡기가 힘들었다. 40년 전 과거의 마룻바닥 위를 걷고 있는 것 같았다. 아버지와 아버지의 이젤과 침실을 겨우겨우 받치고 있던 마룻바닥이 내 무게를 지탱하지 못하고 무너져 내릴까봐 두려웠다. 나는 서둘러 층계참으로 나가 조심스레 현관문을 닫았다. 밖으로 나온 후 옷을 살펴보았다. 그제야 나는 음부 높이에 가장자리가 허옇게 변한 커다란 얼룩이 생겼다는 것을 깨닫고 혐오감을 느꼈다. 딱 그 부분에 진한 얼룩이 진 것이다. 얼룩을 만져보니 풀을 먹인 것처럼 빳빳했다.

22

도로를 건너 길모퉁이를 지나니 정면에 카세르타의 아버지가 운영했던 콜로니알리가 보였다. 가게 셔터는 책 페이지가 접힌 것처럼 한쪽으로 말려 올라가 있었고 그 위로 나무판자 두 개가 가위표 모양으로 문을 막고 있었다. 문 위에는 간판이 걸려 있었는데 흙이 잔뜩 묻어서 '오락실'이라고 쓰인 글씨를 겨우 알아볼 수 있었다. 다 떨어져가는 셔터 틈새로 난 세모 모양의 어두운 구멍에서 눈동자가 노란 고양이가 튀어나왔다. 고양이 입술 사이로 흘러나온 쥐꼬리가 꿈틀거렸다. 고양이는 경계심이 가득한 눈초리로 나를 바라보다 나무판자와 셔터 사이로 조심스레 기어 들어가 모습을 감췄다.

건물 벽을 따라 걷다보니 창고 통풍구가 나왔다. 내가 기억하던 그대로였다. 보도블록에서 50센티미터쯤 위에 뚫린 사각형 창을 가로지르고 있는 나무 막대기 아홉 개와 조밀한 그물망도 내 기억과 똑같았다. 창고 안에서 시원한 바람과 함께 습한 공기와 먼지 냄새가 났다. 나는 어둠에 익숙해지려 애쓰며 손으로 눈 주변을 감싸고 창고 안을 들여다보았지만 아무것도 보이지 않았다.

　나는 가게 입구 쪽으로 돌아와 주위를 살폈다. 골목에서 걱정근심 없는 해맑은 어린아이들의 목소리가 들려왔다. 해질 녘의 황량하고 위험한 골목과는 어울리지 않는 소리였다. 공기가 텁텁했고 정유소의 독한 가스 냄새가 진동했다. 바닥에 고인 물웅덩이에는 벌레가 가득했다. 가게 앞 인도에는 네다섯 살 정도 되어 보이는 아이들이 플라스틱으로 만든 세발자전거를 타고 누가 더 빨리 달리는지 경주를 하고 있었고 쉰 살 정도 되어 보이는 남자가 그런 아이들을 건성으로 지켜보고 있었다. 남자는 커다랗게 부풀어 오른 누런 러닝셔츠 차림이었고 바지는 배에 겨우 걸쳐 있었다. 그는 팔이 두꺼웠고 털북숭이 상체는 긴 데 비해 다리는 짧았다. 그는 벽에 기대어 있었는데 옆에는 그의 것으로 보이지 않는 기다란 철봉이 있었다. 70센티미터쯤 되어 보이는 철봉은 끝이 뾰족했다. 누군가 위험한 놀이를 하려고 망가진 철책의 잔해 틈에서 주워왔다 버리고 간 것 같았다. 남자는 토스카나 시가를 피우면서 나를 물끄러미 바라보았다.

　나는 길을 건너가 사투리로 남자에게 성냥 몇 개만 달

라고 했다. 남자는 피곤한 기색으로 주머니에서 주방용 성냥갑을 꺼내 내게 내밀었다. 그러는 내내 내 옷에 묻은 얼룩을 대놓고 빤히 바라보았다. 나는 그런 그의 시선이 민망하지 않다는 것을 보여주기 위해 성냥 다섯 개비를 일부러 하나씩 꺼냈다. 남자는 담담한 목소리로 시가도 원하느냐고 물었다. 나는 그에게 고맙지만 담배도 시가도 피우지 않는다고 했다. 그러자 남자는 내게 이렇게 혼자 돌아다니다가는 험한 일을 당할 수도 있다고 했다. 이곳은 안전하지 않으며 아이들까지 서슴없이 해하는 못된 놈들이 있다고 했다. 그러면서 남자는 아이들을 향해 몸을 돌리며 철봉으로 아이들을 슬쩍 가리켜 보였다. 아이들은 사투리로 신나게 욕지거리를 주고받고 있었다.

"자녀분들인가요? 아니면 손자?"

내가 물었다.

"내 아이들도 있고 손주도 있죠."

남자가 차분히 말했다.

"누구라도 아이들을 건드리면 죽은 목숨이오."

나는 남자에게 다시 한번 고맙다고 한 뒤 길을 건넜다. 입구를 가위표 모양으로 막아놓은 나무판자를 타 넘은 뒤

몸을 굽히고 셔터의 세모난 틈새 너머 어둠 속으로 들어
갔다.

23

　나는 아직도 가게 안에 아버지가 예전에 그린 이국적
인 그림이 있는 진열장이 있을 거라고 생각하면서 움직였
다. 내 상상 속의 진열장은 거대했다. 내 머리 위로 5센티
미터는 더 높이 솟아 있는 것 같았다. 하지만 나는 어린 시
절 감초 사탕이며 설탕 입힌 아몬드 따위가 잔뜩 쌓여 있
던 진열장 앞에 마지막으로 섰을 때보다 내 키가 최소한
70센티미터는 더 컸다는 사실을 잊고 있었다. 그 사실을
깨닫는 순간 높이가 2미터는 될 거라고 생각했던 나무와
금속으로 만든 진열장의 벽은 아래로 쑥 내려와 내 허리
높이에서 멈췄다.
　나는 진열장 주변을 조심스럽게 걸었다. 진열장 뒤에
있던 나무발판을 딛고 올라가려고 나도 모르게 발을 올리
기까지 했지만 소용없는 일이었다. 진열장도 발판도 사라
진 지 오래였다. 나는 발을 질질 끌면서 더듬더듬 앞으로

나아갔지만 바닥에는 파편과 못밖에 없었다.

나는 성냥을 켜기로 마음먹었다. 가게 안은 텅 비어 있었고 내겐 그 빈 공간을 채울 만한 기억이 남아 있지 않았다. 카세르타의 아버지가 달콤한 빵과 아이스크림을 만드는 기계들을 보관하던 곳으로 이어지는 공간과 내가 서 있는 곳을 가로막고 있는 것은 쓰러진 의자뿐이었다. 나는 손을 데일까봐 성냥을 바닥에 버리고 예전에 제빵 시설이 구비되어 있던 공간으로 들어갔다. 꽉 막힌 오른쪽 벽은 어두웠지만 왼쪽 벽 위쪽으로는 그물망이 달린 사각형 창이 세 개 있었다. 그 창으로 새어들어온 빛 덕에 작은 간이침대 하나와 그 위에 잠든 듯 누워 있는 어두운 형체가 뚜렷이 보였다.

내 존재를 알리기 위해 헛기침을 했지만 아무런 반응이 없었다. 나는 성냥 한 개비를 더 켜서 침대 가까이 다가가 침대에 누워 있는 어두운 형체를 향해 손을 뻗었다. 그러던 도중 빈 과일 상자에 허리를 부딪치는 바람에 뭔가가 땅바닥에 굴러떨어졌지만 형체는 꼼짝도 하지 않았다. 나는 불꽃을 널름거리며 손끝을 핥는 성냥을 쥔 채 무릎을 굽혀 바닥에 굴러떨어진 물건을 찾아 네 발로 기었다.

떨어진 것은 금속으로 만든 전기 손전등이었다. 손전등을 집는 순간 성냥불이 꺼졌다. 손전등 불빛 덕에 나는 침대 위에 자고 있는 사람처럼 놓인 것은 검은 비닐봉지라는 것을 알게 되었다. 침대 시트도 없는 매트리스 위에는 어머니의 속치마와 낡은 팬티가 널려 있었다.

"계세요?"

감정을 가다듬지 못해 높고 날카로운 목소리가 튀어나왔다.

아무런 대답이 없자 나는 손전등으로 방 안을 훑었다. 두 개의 벽 사이로 밧줄이 하나 이어져 있는 것이 보였다. 밧줄에는 셔츠 두 장과 회색 재킷과 얌전히 갠 바지와 레인코트가 걸린 플라스틱 옷걸이들이 매달려 있었다. 셔츠는 어머니 집에서 찾은 셔츠와 브랜드가 같았다. 재킷 주머니를 뒤져보니 동전 몇 개와 공중전화 토큰 일곱 개 그리고 로마 포르미아가행 나폴리 기차표 한 장이 나왔다. 발행일이 5월 21일인 이등석 기차표였다. 이외에도 이미 사용한 버스표 석 장과 과일맛 사탕이 두 개 있었다. 포르미아에 있는 여관 숙박 영수증도 있었는데 싱글룸 두 개를 한꺼번에 계산한 영수증이었다. 또 각기 다른 바 세 곳에서 음료를 마신 영수증 석 장과 민투르노에 있는 레스토랑 영수증도 있었다. 기차표 날짜가 어머니가 나폴리를 떠난 날짜와 똑같았다. 여관 영수증과 레스토랑 영수증은 그다음 날인 5월 22일자였다. 영수증을 보니 카세르타와 어머니는 성대한 만찬을 즐긴 듯했다. 영수증에는 2인용 테이블 비용 6,000리라, 해산물 모둠 전채 요리 2인분 30,000리라, 새우가 들어간 뇨케티 파스타 2인분 20,000리라, 그릴 해산물 모둠 2인분 40,000리라, 사이드 요리 2인분 8,000리라, 아이스크림 2인분 12,000리라, 포도주 2병 30,000리라의 내역이 찍혀 있었다.

음식도 와인도 양이 많았다. 평소 어머니는 식사량이 적었고 와인은 한 모금만 마셔도 어지럽다고 했다. 어머니와의 마지막 통화를 다시 떠올려보았다. 그때 어머니가 내뱉었던 음란한 말을 되짚어보니 어머니는 그 당시 무서웠던 게 아니라 그저 기분이 좋았던 것일 수도 있다는 생각이 들었다. 아니면 즐거움과 두려움을 동시에 느꼈을 수도 있었다. 어머니는 아차 하는 순간 산산조각 나는 파편처럼 예측이 불가능한 사람이었다. 그런 어머니를 묘사할 때 하나의 형용사 안에 가두는 것은 불가능한 일이다.

어머니는 아버지만큼이나 평생 자기를 괴롭혔고 그때까지도 자신을 교묘하게 괴롭히고 있는 사내와 함께 여행을 했다. 그와 함께 나폴리에서 로마로 향하는 기차에서 내려 여관방에 몰래 숨어들었다가 한밤중에 해변으로 향했다. 카세르타가 적나라하게 자신의 변태적인 도착증을 드러냈을 때도 어머니는 별로 놀라지 않았을 것이다.

그 순간 어머니가 어둠 속에 함께 있는 것처럼 느껴졌다. 어쩌면 어머니는 한껏 몸을 움츠린 채 의아해하면서 침대 위에 놓인 비닐봉지 안에 들어가 있을지도 모른다. 하지만 어머니가 괴로워하고 있을 것 같지는 않았다. 그보다는 과거에 선물 공세를 퍼부으면서 어머니를 일부러 아버지의 야만적인 폭력에 노출시켰던 카세르타가 아직까지도 변태적인 도착증을 버리지 못하고 자신을 끈질기게 괴롭히고 있다는 사실에 더 큰 고통을 느꼈을 것이다.

카세르타가 아버지를 찾아가 어머니와 함께 보낸 시간에 대해 이야기했다는 사실을 알고 어머니는 몹시 당황했을 것이다. 아버지가 평소 떠벌리던 대로 자신의 유력한 라이벌을 죽이는 대신 오히려 침착하게 그의 말을 끝까지 다 듣고 난 뒤 어머니를 몰래 염탐하고 학대하고 위협하며 다시 자기 곁으로 돌아오기를 강요하려 했다는 사실에 놀랐을 것이다. 어머니는 아버지에게 붙잡힐까봐 다급히 나폴리를 떠났을 것이다. 데 리소 부인과 기차역까지 가는 길에도 어머니는 아버지가 자기를 쫓아올 것이라고 확신했을 것이다. 기차에 탄 후 어머니는 안도의 한숨을 내쉬었을 것이다. 카세르타의 설명을 듣고 상황을 이해하기 위해 그를 기다렸을 수도 있다. 어머니는 혼란스러운 가운데 내 선물이 든 가방만을 의지하면서 마음을 굳게 먹었을 것이다.

생각이 거기까지 이르자 나는 정신을 가다듬고 카세르타의 주머니 속에 두 사람의 여정이 담긴 흔적들을 다시 집어넣었다. 주머니 안쪽 바느질 마감이 된 부분 사이에서 모래가 잡혔다.

정신을 차리는 순간 숨이 멎을 뻔했다. 손전등으로 주변을 비춰보다 침대 앞 벽에 서 있는 여인의 형상을 목격한 것이다. 스치듯 지나친 형상을 자세히 보기 위해 동그란 손전등 빛을 비추어 보니 벽에 박아놓은 못에 걸린 옷걸이에 어머니가 나폴리를 떠난 날 입고 있었던 푸른색 정장이 단정히 걸려 있었다. 재킷과 치마로 된 투피스 정장은 원단이 아주 튼튼했다. 중간에 살짝 손을 보기는 했지만 지난 수십 년 동안 어머니는 중요한 행사가 있을 때마다 그 정장만 입었다.

재킷과 치마는 옷을 입고 있던 사람이 곧 돌아올 것을 전제로 잠시 빠져나간 것처럼 옷걸이에 걸려 있었다. 재킷 속에는 눈에 익은 오래된 파란색 블라우스가 있었다. 머뭇거리면서 목이 파인 부분에 손을 넣어보니 어머니의 낡아빠진 브래지어가 기저귀 핀으로 블라우스에 고정되어 있었다. 치마 밑을 뒤적여보니 여기저기 기운 흔적이 있는 어머니의 팬티가 나왔다. 마룻바닥에는 몇 번이나 굽을 갈아 끼운 유행 지난 어머니의 낡은 구두가 있었고 신발 위에는 팬티스타킹이 면사포처럼 버려져 있었다.

나는 침대 가장자리에 걸터앉아 어머니의 정장이 벽에서 떨어져나올 것 같은 느낌을 애써 떨쳐냈다. 나는 어머니의 옷가지가 그 상태 그대로 남아 어머니가 남기고 간 기운을 다 없애버리기를 바랐다.

나는 자리에 앉아서 옷 솔기가 한 올 한 올 풀려 푸른 천이 재단하기 전의 원단 상태로 되돌아가기를 기다렸다. 빨갛고 푸른 꽃무늬가 있는 미국식 원피스를 입고 천 넘새가 가득한 상점에서 돌돌 말아놓은 천 두루마리들을 둘러보면서 원단을 고르는 젊은 아말리아의 손길이 아직 닿기 전의 새 천 냄새를 간직한 상태로 되돌아가기를 기다렸다. 젊은 아말리아는 명랑하게 상점 주인과 이야기를 나누고 있었다. 아말리아는 천 가장자리를 쓰다듬기도 하고 바이어스를 살피기 위해 한쪽 자락을 들춰보기도 하면서 자기가 입을 옷을 어떻게 만들지 생각하고 있었다.

그런 아말리아의 모습을 더 붙잡아둘 새도 없이 어느새 그녀는 작업에 몰두하고 있었다. 그녀는 자기 몸을 그린 종이를 원단 위에 펼쳐놓고 종이 본을 핀으로 하나씩 고정시켰다. 그런 다음 왼손 엄지와 중지로 옷감을 잡고 가위로 잘랐다. 옷을 가봉한 뒤 성기게 꿰맨 후 다시 사이즈를 재보더니 실을 풀어 다시 바느질을 하고 안감을 댔다. 어린 시절 나는 자신의 분신을 만들어내는 어머니의 솜씨에 완전히 매료되었었다.

나는 어머니의 또 다른 몸처럼 옷의 형체가 갖추어지는 모습을 지켜보곤 했다. 그 몸은 어머니의 진짜 몸보다 접근하기가 더 쉬웠다. 어린 시절 얼마나 자주 어두운 옷장 안에 몰래 기어들어가 문을 닫고 어머니의 옷 사이에서 머무르곤 했던가. 나는 향기로운 어머니의 정장 치마 아래서 어머니의 체취를 들이마시며 어머니의 옷으로 몸을 감쌌다.

나는 어머니가 직물의 씨실과 날실로 사람의 형상을 뽑아낼 수 있다는 사실에 매료되었다. 어머니는 직물에서 사람의 체온과 체취를 자양분으로 삼는 가면을 뽑아낼 수 있었다. 그 가면은 하나의 인물이자 연극이자 이야기 그 자체였다. 어머니는 내게 자기가 만든 옷에 손도 대지 못하게 했지만 어머니가 만들어낸 그 형상은 내 사춘기가 시작될 때까지 온갖 암시와 상상과 즐거움의 풍요로운 원천이었다. 내게 어머니의 정장은 살아 있는 생명체였다.

카세르타도 나와 같은 생각이었을 것이다. 어머니가 죽기 전 마지막 일 년 동안 카세르타와 어머니 사이에 나로서는 그 감정의 밀도를 측정할 수 없고 의미를 이해할 수 없는 노년의 공감대가 형성되었을 때 그 역시 어머니의 옷에 몸을 기댔을 것이다. 아버지가 카세르타가 자기를 찾아왔었다는 사실을 폭로한 뒤 계속 감시당하고 있을지도 모른다는 의구심 속에 불안해하며 도망치듯 나폴리를 떠났을 때도 어머니는 그 옷을 입고 있었다.

기차에서 느닷없이 옆자리에 앉은 카세르타의 몸도 그 푸른 정장에 스쳤을 것이다. 둘은 만나기로 약속했었던 걸까. 데 리소 부인의 시선에서 벗어나자마자 기차에서 만나는 카세르타와 어머니의 모습이 떠올랐다. 머리를 옛날 스타일로 손질한 어머니는 나이에 비해 아직 날씬하고 가냘파 보였다. 맵시 있게 차려입은 카세르타는 키가 훤칠하고 호리호리했다. 둘이 함께 있으니 멋쟁이 노부부처럼 보였다.

하지만 실은 둘 사이에 아무런 합의가 없었을 수도 있다. 카세르타가 자기 마음대로 어머니를 따라 기차에 오른 뒤 옆에 앉아서 예의 그 호소력 있는 목소리로 이야기를 늘어놓기 시작했을 수도 있다. 어떤 경우든 어머니가 카세르타를 내가 사는 집에 데리고 올 생각을 하지는 않았을 것이다. 아마 카세르타는 로마에 도착할 때까지만 여행 동무를 해주겠다고 자청했을 것이다. 그러던 중 어머니가 먼저 과거 우리 가족이 휴가를 보냈던 곳에 대해서 이야기했을 것이다. 어머니는 죽기 몇 달 전부터 가끔 판단력을 상실하곤 했다. 그 순간 어머니는 아버지를 잊어버리고 옆 좌석에 앉아 있는 사내가 자신의 자아와 육체와 존재방식에 비정상적으로 집착하고 있다는 사실조차 잊어버렸을 것이다. 뿐만 아니라 나이가 들수록 실현 가능성이 낮고 추상적인 노년의 수많은 망상 중 하나뿐인 복수에 집착하고 있다는 사실을 잊었을 것이다.

아니다. 어쩌면 어머니는 그 모든 것을 잘 알고도 옷에 잡을 주름을 미리 디자인하듯 인생의 마지막 반전을 계획했던 것일 수도 있다. 이유야 어찌 됐든 확실한 것은 어머니의 목적지가 갑작스레 변경됐다는 사실이다. 카세르타가 그랬을 리는 없다. 그를 포르미아에서 내리게 한 것은 분명 어머니였을 것이다. 카세르타가 아버지와 어머니와 나와 내 동생들이 50년대에 해수욕을 하던 장소에 관심을 가졌을 리 없다. 하지만 어머니라면 아버지가 몰래 숨어서 자신을 훔쳐보고 있다고 확신하고 일부러 아버지가 경악할 만한 목적지를 선택했을 법하다.

어머니와 카세르타는 바에 들어가서 함께 먹고 마셨을 것이다. 그러던 중에 새로운 놀이가 시작됐고 어머니는 예기치 않게 그 놀이에 매료되었을 것이다. 어머니와의 첫 번째 통화는 당시 어머니가 흥분과 혼란 상태였다는 사실을 증명한다. 어머니와 카세르타는 여관에서 방을 따로 잡았다. 하지만 두 번째로 내게 전화를 걸었을 때 어머니가 자기 방에 혼자 있었을 것 같지는 않았다.

나는 어머니가 중요한 일이 있을 때마다 입던 오래된 정장이 어머니를 집에서 떠나게 하는 힘이 있다고 생각했다. 내 곁에서 멀리 떠나 다시는 돌아오지 못하게 하는 힘이 있는 것 같았다. 정장의 푸른 원단을 바라보고 있으니 어린 시절 어머니의 침실 옆에 딸린 창고 안에 틀어박혀 어머니를 영원히 잃어버릴 것 같은 두려움을 이겨내려 애쓰던 내 모습이 아른거렸다. 그렇다. 그날 밤 어머니는 자기 여관방에 머무르지 않았다.

다음 날 어머니는 카세르타와 함께 민투르노로 갔다. 기차를 탔을 수도 있고 버스를 탔을 수도 있다. 저녁에 둘은 돈에 신경 쓰지 않고 마음껏 먹고 마셨다. 그들은 와인을 두 병이나 마실 정도로 기분이 좋았다. 그런 다음 어머니와 카세르타는 한밤의 해변을 헤매고 다녔을 것이다. 나는 그때 어머니가 원래 내게 선물하려고 했던 옷을 입고 있었다는 것을 안다. 걸치고 있던 옷을 벗고 자기가 어머니를 위해 속옷가게에서 훔쳐온 옷과 속옷과 가운을 입으라고 부추긴 것은 카세르타였을 것이다. 그게 아니라면 어머니가 와인 때문에 통제력을 잃은 데다 신경쇠약증에 걸릴 정도로 집착이 심한 전남편에 대한 경계심 때문에 자발적으로 그렇게 했을 수도 있다. 그 과정에서 폭력이 있었을 확률은 높지 않다. 부검에서 검증 가능한 폭력의 흔적은 발견되지 않았다.

어머니가 허물 벗듯 낡은 정장에서 빠져나오는 모습이 보였다. 왠지 어머니의 옷이 벽에 매달려 있는 정장처럼 빳빳해진 채 차가운 모래 위에 처량하게 펼쳐져 있었을 것 같았다. 어머니가 술에 취해 몸을 비틀거리며 고급스런 속옷과 나이에 맞지 않는 젊은 스타일의 옷에 낑낑거리면서 몸을 집어넣는 모습이 보였다.

나는 어머니가 지쳐서 새틴 가운을 몸에 두르는 모습을 지켜보았다. 목적지를 변경하는 순간부터 어머니는 아버지와의 관계에서도 카세르타와의 관계에서도 그리고 아마 나와의 관계에서도 무엇인가 영원히 바스러져버렸다는 것을 감지했을 것이다. 어머니 자신도 그렇게 바스러져버렸다. 아마도 어머니는 카세르타와 함께 시간을 보내고 있을 때 내게 했던 전화 두 통으로 자신이 처한 상황에 대한 혼란스러운 마음을 내게 알리려고 했을 것이다. 어

머니는 언뜻 들으면 즐겁게 느껴지기까지 하던 절망감을
드러내며 자신이 얼마나 당황했는지 내게 말해주고 싶었
던 것이다.

하지만 나체로 물속에 들어갔을 때 어머니는 이미 결단
을 내린 상태였을 것이다. 어머니는 자신이 네 개의 눈동
자 사이에 꽉 끼어 옴짝달싹 못 하는 것처럼 느꼈을 것이
다. 자신의 육체가 두 사람의 시선에 노출되어 있다고 생
각했을 것이다. 하지만 결국에는 어머니도 애당초 아버
지는 그곳에 없었고 카세르타는 노망난 머릿속에서 만들
어낸 환상을 좇고 있을 뿐이라는 사실을, 무대 앞 관객석
이 텅 비어 있다는 사실을 알았을 것이다. 그 순간 어머니
는 너무나 지쳐 온몸의 힘이 풀렸을 것이다. 어머니는 보
시 속옷가게에서 가져온 브래지어만 몸에 걸치고 새틴 가
운마저 벗어버렸다. 그 자리에는 아마 카세르타도 있었을
것이다. 그는 눈뜬장님처럼 어머니를 바라보고 있었을 것
이다.

그렇지만 그가 그 자리에 있었다고 완전히 확신할 수는
없었다. 어머니의 옷을 챙겨서 먼저 자리를 떴을 수도 있
다. 아니면 어머니가 그에게 먼저 가라고 했을지도 모른

다. 카세르타가 자신의 의지로 어머니의 옷과 속옷을 챙겨 갔으리라 생각하지는 않는다. 내게 선물을 전해달라는 어머니의 명령에 카세르타가 그러겠노라 약속했을 거라고 나는 확신했다. 그렇게 해서 어머니의 낡은 속옷을 얻기 위한 물물교환이 성사되었을 것이다. 아마도 둘은 나에 대해서, 내가 어린 시절에 저지른 짓에 대해서 이야기했을 것이다.

어쩌면 나는 이미 오래전부터 카세르타의 시시한 놀이에 합류했는지도 모른다. 분명 나는 그의 노년 판타지의 일부분이었다. 카세르타는 나를 아직 40년 전 어린아이로 생각하고 내게 복수하고 싶어 했을 것이다. 카세르타는 파도 소리와 습한 바다 공기에 넋을 놓고 모래사장에 서 있었을 것이다. 그 역시 아말리아만큼이나 당황하고 아말리아만큼이나 술에 취해서 게임이 어떤 상황에 이르렀는지 제대로 판단하지 못했을 것이다. 나는 그 순간 그가 거의 일평생 가지고 놀았던 실험쥐가 자신의 품에서 도망쳐 나와 물에 빠져 죽으러 가는 것조차 깨닫지 못했을까봐 두려웠다.

　나는 침대에서 일어났다. 무엇보다도 벽에 걸린 푸른 형상을 보고 싶지 않아서였다. 건물 안뜰로 이어지는 문 쪽으로 향하는 계단이 눈에 들어왔다. 기억하던 대로 층계가 다섯 개였다. 어린 시절 나는 안토니오의 할아버지가 빵을 만드는 동안 어린 안토니오와 계단을 뛰어다니며 놀곤 했다. 나는 하나, 둘 숫자를 세며 계단을 올라갔다. 놀랍게도 문이 잠겨 있지 않고 반쯤 열려 있기에 살펴보니 자물쇠가 고장 나 있었다. 카세르타는 그 문으로 가게에 드나들었던 것이다. 문을 열고 내다보니 한쪽에는 안뜰로 이어지는 대문이 있었고 다른 한쪽에는 한때 카세르타가 살던 집으로 연결되는 계단이 있었다. 필리포 삼촌과 아버지가 카세르타를 죽일 생각으로 그를 추격할 때 올라갔던 바로 그 계단이었다. 처음에 카세르타는 두 사람의 공격을 막아보려 했지만 나중에는 그마저도 포기했다.

　계단 아래서 고개를 들어 위쪽을 올려다보니 뒷목이 아팠다. 나는 수십 년 전 어린아이의 시선으로 층계를 바라보았다. 그 아이는 지금 이 순간 내 눈에 보이는 것보다 더 많은 것을 보여주고 싶어 했다. 앞뒤가 안 맞는 수많은 이미지로 산산조각 난 이야기의 파편들은 돌멩이와 고철 덩어리 사이에 흩어져 아귀가 잘 들어맞지 않았다. 그에 비해 과거의 폭력은 마침내 막을 내리려 했다. 그것은 충계 난간을 감싸 안고 지난 40년 동안 비명을 내지르며 과거가 아니라 지금 바로 이곳에 머무르고 있었다.

카세르타가 방어를 포기한 것은 힘이 없어서도, 자기 잘못을 인정해서도, 비겁해서도 아니었다. 그가 무력해진 이유는 필리포 삼촌이 5층에서 안토니오를 붙잡았기 때문이었다. 삼촌은 안토니오의 발목을 잡고 허공에 대롱대롱 매단 채 어머니의 언어인 사투리로 험한 욕설을 쏟아붓고 있었기 때문이었다. 그때까지만 해도 두 팔이 멀쩡했던 젊은 삼촌은 카세르타에게 조금이라도 움직이면 아이를 떨어뜨리겠다고 위협했다. 그 상태에서 아버지는 손쉽게 목적을 달성할 수 있었던 것이다.

나는 문을 열어둔 채 창고로 돌아가 손전등을 비춰 지하창고로 연결되는 작은 문을 찾았다. 갈색 페인트를 칠한 철문으로 기억하고 있었는데 실제로는 높이가 겨우

50센티미터 정도밖에 안 되는 나무문이었다. 문이라기보다는 창문에 가까웠다. 문짝과 문틀에 작은 구멍이 나 있었는데 문틀에 난 구멍에는 잠기지 않은 자물쇠가 달려 있었다.

나는 어린 시절 카세르타와 어머니가 각각 카멜 코트와 정장 차림으로 등을 꼿꼿이 세운 채 환한 표정으로 지하창고에서 함께 나오는 모습을 보았다. 둘은 때로는 팔짱을 끼고 있었고 때로는 손을 잡고 있었다. 하지만 창고로 연결되는 그 작은 문을 보는 순간 내 기억이 잘못되었음을 깨달았다. 문은 어린 나와 안토니오조차 허리를 굽혀야 겨우 지나갈 수 있을 정도로 낮았다. 유년 시절은 과거시제로 영원히 머물러 있는 거짓말의 공장이다. 적어도 내 유년 시절은 그랬다. 하지만 거리에서 들려오는 아이들 목소리에 귀를 기울이다 보니 내 어린 시절과 별반 다르지 않게 느껴졌다.

아이들은 어린 시절 내가 쓰던 사투리로 소리를 지르며 각자의 상상에 빠져 있었다. 황량한 저녁 골목에서 러닝셔츠를 입은 사내의 감시를 받으면서 만들어낸 상상이었다. 아이들은 세발자전거를 타고 놀면서 욕설을 주고받으며 간간이 재밌어 죽겠다는 듯 날카로운 비명을 내질렀다. 아이들이 내뱉는 욕설은 대부분 성적인 내용이었다. 아이들의 외설적인 은어 사이로 이따금 그보다 수위가 더 높은 철봉을 든 남자의 욕설이 튀어나왔다.

나는 가벼운 신음을 내뱉었다. 나 역시 지금 이 순간 어두운 창고로 이어지는 작은 문 너머로 들려오는 욕설과 별반 다르지 않은 말을 어린 안토니오에게 했었다. 그때 당시 내 목소리가 들리는 듯했다. 내가 음란한 말을 하면 안토니오는 내가 한 말을 그대로 따라했다. 하지만 나는 그때 거짓말을 했다. 나는 내가 아닌 척하고 있었다. 나는 아말리아가 아닌 '내'가 되고 싶지 않았다. 나는 어머니가 남몰래 할 것 같은 행동을 상상해서 똑같이 따라 했다. 하지만 실제로 어머니의 모든 일에 함께하지는 못했기 때문에 나는 상상 속에서 내 어머니 아말리아를 카세르타 아버지의 가게로 보냈다.

아말리아는 집에서 나와 모퉁이를 돌아 유리로 만든 가게 문을 열고 들어가 크림을 찍어 먹으며 친구를 기다렸다. 그녀는 나이기도 했고 아말리아이기도 했다. 나 자신이면서 아말리아인 인격체는 그 가게에서 카세르타와 만

났다. 실제 안토니오가 안뜰로 이어지는 문 앞에 나타났을 때 내게는 어린 안토니오의 얼굴에서 성인인 그의 아버지의 얼굴과 닮은 부분만 눈에 들어왔다.

나는 카세르타가 어머니를 사랑했을 거라 생각했고 나역시 딱 그만큼 그를 사랑했다. 동시에 나는 카세르타를 증오했다. 그 은밀한 사랑에 대한 상상이 너무나 생생하고 구체적이어서 나는 평생토록 그런 사랑을 받지 못할거라고 느꼈기 때문이다. 카세르타가 아니라 내 어머니아말리아에게서 말이다. 카세르타는 응당 내 것이 되었어야 할 모든 것을 가로채버렸다. 그림이 그려진 진열대 주변을 맴돌면서 나는 아말리아처럼 행동하고 아말리아의목소리를 흉내 내고 아말리아처럼 눈꺼풀을 깜빡이고 아말리아처럼 웃었다. 아버지가 싫어하는 그 웃음 말이다. 그러고는 나무발판에 올라가 원숙한 여인의 자태로 제빵실로 들어갔다. 안토니오의 할아버지는 천주머니로 파도모양의 크림 장식을 만들면서 오븐 열기 때문에 뿌옇게된 눈으로 나를 그윽하게 바라보았다.

나는 문을 열고 손전등으로 지하 저장고를 비춰보았다. 그런 다음 무릎을 가슴 쪽으로 끌어당기고 고개를 숙인 채 네 발로 엎드렸다. 나는 그 자세로 미끄러운 계단을 세 개 기어 내려갔다. 지하창고로 기어 내려가면서 나는 내 스스로에게 모든 것을 털어놓기로 마음먹었다. 거짓 속에 감춰져 있던 진실을 모두 털어놓기로 마음먹었다.

제빵실에는 아무도 없었고 지하창고도 열려 있던 그날 나는 분명 아말리아였다. 여러 날 동안 온갖 욕설과 저주 와 위협의 중심에 있었던 아버지의 집시 여인처럼 홀딱 발가벗고 카세르타와 함께 어두운 지하 저장고로 기어 들 어갔을 때 나는 아말리아였다. 그 순간 나는 미완의 존재 였다. 나는 내가 아말리아라고 생각하고 아말리아처럼 생 각하고 있었다. 나는 아말리아처럼 재봉틀과 장갑과 실과 바늘과 아버지와 아버지의 그림과 피처럼 빨간 스케치화 가 그려진 누런 종이에서 벗어나 자유롭고 행복해지고 싶 었다. 나는 아말리아와 똑같았지만 완전히 같을 수 없다 는 사실이 나를 괴롭게 했다. 나와 아말리아가 온전히 하 나가 되는 것은 놀이를 할 때뿐이었다. 나는 이미 그 사실 을 알고 있었다.

그런 내 마음을 아는지 모르는지 카세르타는 작은 문 너머 세 계단 아래에서 허리를 굽힌 채 나를 흘낏 바라보더니 말했다.

"이리 와."

이리 오라는 말을 내뱉는 카세르타의 목소리를 상상하는 동안 나를 '아말리아'라고 부르는 소리가 들렸다. 그는 크림이 묻어서 끈적거리는 울퉁불퉁한 손가락으로 내 다리를 부드럽게 쓰다듬으면서 어머니가 만들어준 원피스 아래로 손가락을 집어넣었다.

나는 그 감촉에 쾌감을 느꼈다. 그 사내가 내 몸을 만지면서 쉰 목소리로 지껄이는 음란한 말이 내 머릿속에서 세세한 부분까지 그대로 현실로 이루어지고 있었다. 나는 그가 내뱉는 말을 빠짐없이 기억해두었다. 그 음란하기이를 데 없는 말이 사내의 입이 아니라 바지 속에 있는 길고 빨간 혀에서 나오는 것 같았다.

나는 숨을 쉴 수 없었다. 나는 쾌락과 공포를 동시에 느꼈다. 상반된 두 감정을 모두 감내해보려 했지만 안타깝게도 그럴 수 없었다. 쾌락은 오롯이 아말리아의 몫이었다. 내 몫으로 남은 것은 공포뿐이었다. 행위가 계속될수록 짜증이 났다. 아말리아의 쾌락 속에서 완전한 내가 되고 싶은데 그럴 수 없기 때문이었다. 그저 두려움에 몸이 떨릴 뿐이었다.

게다가 카세르타에 대해서도 확신이 안 섰다. 카세르타
처럼 보이다가도 어느 순간 그의 윤곽이 사라져버리는 바
람에 경계심이 커져갔다. 안토니오와 함께 있을 때와 똑
같은 상황이 벌어졌다. 안토니오와 놀 때 나는 완벽한 아
말리아였지만 안토니오는 상상력이 부족해서인지 완전
한 카세르타가 되지 못했다. 그럴 때면 나는 안토니오가
싫어졌다.

카세르타가 아니라 안토니오로 느껴지는 순간 나는 지
하실에 처박혀서 어린애 성기나 조몰락거리고 있는 비참
한 델리아로 전락했다. 내가 그러고 있는 동안 아말리아
는 안뜰에서 나를 따돌리고 자기들끼리만 놀던 다른 여자
아이들처럼 나만 쏙 빼놓고 어디선가 진짜 아말리아 놀이
를 하고 있을 것이었다.

나는 결국 지하 저장고로 이어지는 세 개의 계단 아래
서 내게 '이리 와'라고 말했던 사내가 콜로니알리 가게의
주인이라는 사실을 인정할 수밖에 없었다. 구부정한 자세
로 아이스크림과 달콤한 빵을 만들던 어린 안토니오의 할
아버지이자 카세르타의 아버지인 늙은 가게 주인 말이다.

271

그는 카세르타가 아니었다. 카세르타는 분명 어머니와 함께 다른 곳에 있었을 것이다. 그 사실을 깨닫는 순간 나는 노인을 밀쳐내고 울면서 도망쳤다.

아버지와 아버지의 이젤과 침실이 있는 우리 집 마룻바닥의 파편을 밟으며 뛰어 들어가 나는 아버지에게 안뜰에서 놀 때처럼 험한 사투리로 그 노인이 내게 한 추잡한 말과 내게 행한 음란한 행위를 일러바쳤다. 그러면서 나는 울음을 터뜨렸다. 두려움과 몸에서 분출되는 열기로 일그러진 노인의 얼굴이 똑똑히 떠올랐다.

"카세르타 아저씨가 그랬어요."

나는 아버지에게 그렇게 말했다.

나는 안토니오의 할아버지가 내게 한 말을 카세르타가 가게 지하창고에서 어머니에게 했다고 말했다. 확실하지는 않지만 안토니오의 할아버지가 내게 한 것과 똑같은 짓을 카세르타가 아말리아의 동의하에 그녀에게 했다고 했다. 아버지는 작업을 멈추고 어머니가 돌아오기를 기다렸다.

말은 잃어버린 시간과 공간을 이어준다. 나는 과거처럼 지하창고 맨 위 계단에 앉아서 카세르타의 아버지가 40년 전 고조되는 흥분을 주체하지 못하고 내게 주저리주저리 내뱉었던 음란한 말을 하나하나 작은 목소리로 중얼거렸다. 그러다 그 말이 어머니가 물에 몸을 던지러 가기 전에 내게 전화를 걸어 키득거리면서 했던 말과 똑같다는 사실을 알아차렸다. 어머니가 그런 말을 한 것은 정신을 놓고 싶어서였을까 아니면 정신을 차리려고 했던 것일까.

아마도 어머니는 내가 40년 전에 저지른 일 때문에 나를 미워한다는 말을 하고 싶었을 것이다. 아마도 자기가 누구와 함께 있는지 알리고 싶었을 것이다. 아마도 노망난 카세르타의 분노를 조심하라고 내게 경고하고 싶었을 것이다. 아니면 그저 단순히 이제는 그런 음란한 말을 해도 상관없다고 말하고 싶었던 것일지도 모른다. 평생 믿었던 것과는 달리 그런 말이 실제로 내게 아무런 해를 입힐 수는 없다는 말을 하고 싶었던 것일지도 모른다.

나는 이 마지막 가정을 붙잡고 매달리기로 했다. 내가 고통스러운 환상의 문턱 앞에 이렇게 웅크리고 앉아 있는 것은 카세르타를 만나 그때 내가 그를 해하려 했던 것이 아니었다고 말하기 위해서다. 이제는 그와 어머니 사이에 무슨 일이 있었는지 궁금하지 않았다. 다만 큰 소리로 그

때도 지금도 그를 증오하지 않는다는 말을 하고 싶을 뿐
이다. 나는 카세르타의 아버지조차 증오하지 않았을지도
모른다. 내가 증오한 사람은 오직 한 사람, 내 어머니 아말
리아뿐이었다. 내가 해하고 싶었던 사람도 어머니뿐이었
다. 진실도 한계도 없는 거짓된 언어를 가지고 놀게 나만
홀로 이 세상에 내버려두었기 때문이다.

25

하지만 카세르타는 끝내 모습을 드러내지 않았다. 지하
창고에는 빈 종이상자와 오래된 탄산수와 맥주병밖에 없
었다. 나는 먼지를 뒤집어쓴 채 바깥으로 기어 나왔다. 거
미줄이 몸에 스치는 바람에 짜증이 났다. 침대에 돌아가
니 바닥에 피 묻은 내 팬티가 떨어져 있는 것이 보였다. 나
는 팬티를 침대 밑으로 걷어 찼다. 이제는 카세르타가 그
속옷으로 무슨 짓을 했는지 상상하는 것보다 팬티가 도둑
맞은 내 신체 일부처럼 그곳에 버려져 있다는 사실 자체
가 신경 쓰였다.

나는 어머니의 옷이 걸려 있는 벽으로 돌아와 벽에 걸

려 있는 옷걸이를 떼어내 옷을 조심스레 침대 위에 펼친 후 재킷을 벗겨 냈다. 안감이 뜯어지고 주머니는 비어 있었다. 나는 마치 옷이 내게 어울리는지 확인하려는 것처럼 재킷을 내 몸에 대본 후 결단을 내렸다. 나는 손전등을 침대 위에 내려놓고 입고 있던 원피스를 바닥에 벗어버리고 느리고 세심한 동작으로 어머니의 옷을 입었다. 카세르타가 블라우스에 브래지어를 고정시키기 위해 사용했던 옷핀으로 허리를 조였다. 그냥 입기에는 너무 컸다. 조금 컸지만 옷매무새를 정돈하니 괜찮아 보였다.

그 낡은 옷이야말로 어머니가 내게 남겨준 마지막 이야기처럼 느껴졌다. 이제 이야기의 모든 세밀한 부분이 퍼즐처럼 완벽히 들어맞았다.

물론 내가 서술한 것보다 더 재미없거나 더 흥미진진한 이야기를 만들어낼 수도 있다. 실 가닥 뽑듯 하나의 주제를 선택해서 단순화한 선형적인 줄거리를 따라가면 그만이다. 예컨대 그 이야기 속에서 어머니가 자신의 오랜 연인과 마지막 밀회를 떠난 것으로 설정할 수 있다. 두 노인은 시끄럽게 웃고 떠들면서 먹고 마시다 해변에서 옷을 벗기에 이르렀다. 어머니는 내게 선물하려던 옷을 입었다

다시 벗었다. 늙은 여인이 늙은 남자를 즐겁게 해주기 위해 아가씨 놀음을 하던 중에 알몸으로 해수욕까지 한 것이다. 하지만 술에 취해 해변에서 너무 멀리 헤엄쳐 나가는 바람에 어머니는 익사하고 그 광경을 지켜보던 카세르타는 겁이 나서 모래사장에 널려 있던 물건을 모두 챙겨서 달아난 것이다.

물론 일이 그런 식으로 전개되지 않았을 수도 있다. 순간 내 눈앞에 발가벗고 해안을 달리는 어머니와 그 뒤를 쫓는 카세르타의 모습이 보였다. 둘 다 두려움에 사로잡혀 숨을 헐떡이며 달리고 있었다. 그녀는 그의 욕망을 알게 된 충격 때문에, 그는 자신에 대한 그녀의 혐오감에 놀라 서로의 뒤를 쫓았다. 아말리아는 카세르타를 피해 바다로 들어간 것이다.

그렇다. 어떤 실 가닥을 뽑느냐에 따라 내 어머니라는 신비한 인간을 더 풍성하게 만들거나 더 비참하게 묘사할 수 있다. 하지만 나는 이제 그럴 필요를 느끼지 못했다. 나는 상상 속 어머니처럼 빛을 향해 움직였다.

손전등을 끈 후 나는 세모 난 셔터 틈 아래로 몸을 굽혀 골목을 향해 고개를 내밀었다. 그새 가로등이 켜졌지만 아직은 햇살이 남아 있었다. 아이들은 뛰어놀거나 고함을 지르는 대신 한 남자 주변에 모여 있었다. 남자는 손을 무릎에 대고 아이들과 눈높이를 맞춰서 쭈그리고 앉아 있었다. 카세르타였다. 하얗게 센 머리는 숱이 풍성했고 표정이 매력적이었다. 카세르타는 아이들과 반짝이는 물웅덩이에 발을 담그고 있었다. 아이들은 방금 카세르타에게서 받은 사탕의 껍질을 벗기고 있었다.

호리호리한 몸매에 면도를 깔끔하게 하고 옷을 단정하게 차려 입은 노인의 창백하고 긴장감 서린 얼굴을 바라보니 더 이상 그와 이야기할 필요성을 느낄 수 없었다. 그에게 알려주고 싶은 것도 그에게서 알아내고 싶은 것도 없었다. 몰래 인도를 지나 건물 모퉁이를 돌아 사라지려고 마음먹은 순간 카세르타가 고개를 들어 나를 발견했다. 그는 나를 보고 너무 놀라서 자기 등 뒤에서 무슨 일이 벌어지고 있는지 전혀 눈치채지 못했다.

러닝 셔츠 차림의 사내는 철봉을 조심스레 벽에 기대어 놓고 시가를 내던졌다. 그는 시선을 앞으로 고정시킨 채 가슴을 활짝 펴고 일부러 짧은 다리를 조용히 움직이며 카세르타에게 다가갔다. 아이들은 슬금슬금 뒷걸음질 쳐서 물웅덩이에서 빠져나가고 카세르타만이 그 보랏빛이 감도는 거울 같은 물속에 홀로 남았다. 그는 입을 멍하게 벌리고 나를 바라보았다. 그의 눈빛에서 불안감은 느껴지지 않았다.

카세르타의 침착한 태도 덕분에 안정을 되찾은 나는 다시 40년 전의 콜로니알리 가게로 돌아갔다. 야자나무와 낙타가 그려진 진열장에 부딪히지 않게 조심하면서 나무 발판을 딛고 올라가 제빵실에 있는 오븐과 기계들과 진열장과 오븐틀을 능숙하게 피해 안뜰로 이어지는 문으로 가게에서 나왔다. 바깥으로 나온 다음 나는 서두르지 않고 어른스러운 발걸음으로 걸으려고 했다.

26

그날 밤 정유소 첨탑 위로 가스가 불타올랐다. 나는 속 터지게 느린 로마행 직행열차에 몸을 실었다. 나는 일부러 잠든 승객이 없는 조명이 환한 객실을 골랐다. 기차 전체는 아니어도 적어도 내가 몸을 기대고 있는 좌석만큼은 견고하게 내 몸을 받쳐주기를 바랐다.

내가 탄 객차에는 짧은 휴가를 마치고 군대로 복귀하는 스무 살 남짓 되어 보이는 청년들이 있었다. 청년들은 말 끝마다 알아들을 수 없을 정도로 심한 사투리로 험한 말을 내뱉었다. 하지만 사실 그들의 공격적인 태도는 두려움에서 나온 것이었다. 원래 타려고 했던 기차를 놓치는 바람에 제 시간에 복귀하지 못하게 된 모양이었다. 그에 대한 대가를 치를 생각에 모두 겁에 질려 있었다. 하지만 아무도 그런 감정을 솔직하게 털어놓지 않았다.

오히려 자기네들끼리 큰 소리로 떠들고 빈정거리면서 자신들을 벌할 장교들을 대상으로 온갖 종류의 성적인 농담을 주고받았다. 청년들은 확실하지 않은 미래의 이야기를 하면서 상사들에 대해 적나라하게 저질스런 욕을 했다. 그들은 내 쪽을 흘끔거리며 자기들은 아무도 두렵지 않다고 했다. 시간이 갈수록 나를 노골적으로 바라보다 급기야는 그들 중 한 명이 내게 말을 걸면서 자기가 마시던 맥주 캔을 내밀기까지 했다. 맥주 캔을 받아 몇 모금 들이키자 다른 청년들은 못 참겠다는 듯 몸을 움츠리고 낄낄댔다. 그러다 자기들끼리 몸이 닿자 얼굴이 시뻘게져서 서로를 밀쳐냈다.

나는 민투르노에서 청년들과 헤어졌다. 나는 기차에서 내려 조잡하고 텅 빈 작은 집들을 지나 황량한 길을 따라 아피아까지 걸어갔다. 그러다 날이 밝기 전에 과거 피서철에 우리 가족이 묶었던 집 앞에 도착했다. 밤이슬이 송골송골 맺혀 있고 정적에 잠긴 2층짜리 건물은 지붕에 빗물이 줄줄 샐 것처럼 상태가 엉망인데다 문에는 빗장이 걸려 있었다. 새벽 햇살이 떠오르자마자 나는 모래사장 쪽으로 향했다. 주변에는 아침 햇살의 온기를 기다리느라 꼼짝하지 않고 있는 풍뎅이와 도마뱀밖에 없었다. 갈잎을 스치고 지나갈 때마다 몸에 걸치고 있던 어머니의 옷이 축축해졌다. 어린 시절 나는 갈대를 꺾어 나와 내 동생들이 가지고 놀 연틀을 만들곤 했다.

나는 신발을 벗어 아픈 발을 가는 모래 속에 집어넣었다. 모래는 서늘하고 더러웠다. 주변에는 잡다한 쓰레기가 널려 있었다. 나는 해안 가까이에 있는 나무기둥에 가서 앉았다. 햇살에 몸이 따스해지기를 기다리기 위해서였지만 모래보다는 대지에 더 단단히 뿌리를 박고 있는 나무의 잔해를 붙잡고 매달리고 싶기 때문이기도 했다. 그새 잔잔해진 바다가 태양 아래 푸르게 반짝였다. 하지만 바다와 해안의 경계선에 멈춰선 햇살 때문에 모래사장 위로는 잿빛 그늘이 드리워졌다.

나무 그루터기가 드문드문 보이는 들판과 언덕과 산의 전경이 곧 사라지기 직전의 옅은 안개 뒤에 숨어 있었다. 어머니가 죽은 후 이곳에 한 번 와본 적이 있었다. 그때는 바다도 해변도 눈에 들어오지 않았다. 조밀하게 줄무늬가 그려진 소라고둥의 하얀 껍질과 울퉁불퉁한 배를 햇살에 드러낸 바닷개, 녹색 플라스틱 세제통과 지금 내가 앉아 있는 나무그루터기 같은 부분적인 것만 보였다.

그때 나는 왜 어머니가 여기까지 와서 죽기로 결심했는지 이해할 수 없었다. 나는 영원히 그 이유를 알지 못할 것이다. 나는 이 이야기의 유일한 원천이었다. 나 말고 다른 출처는 있을 수 없었고 찾고 싶지도 않았다.

햇살이 내 몸을 감싸자 젊은 어머니가 처음 비키니를 보고 놀라워하던 소리가 들려왔다.

"수영복 한 벌이 한 손에 쏙 들어오네!"

말은 그렇게 했지만 정작 어머니는 자기가 직접 만든 수영복을 입고 다녔다. 가슴선이 높이 올라오는 튼튼해 보이는 녹색 수영복은 일부러 몸매를 예쁘지 않게 보이도록 만든 것 같았다. 어머니는 수년 동안 그 수영복만 입고 다녔다. 어머니는 수영복이 허벅지나 골반 위로 말려 올라갈까봐 항상 조심했다. 일요일이면 어머니는 누가 시키지도 않았는데 수건으로 온몸을 감싼 채 아버지 옆의 파라솔 밑 선배드에 자리를 잡았다. 추워서 그러는 게 아니었다.

휴가철이면 내륙 지방에서 곱슬머리 소년들이 무리지어 해변에 놀러오곤 했다. 그애들은 보기 민망한 수영 팬티를 입고 있었다. 얼굴과 목과 팔은 새까맣게 탔지만 나머지 신체 부위는 새하얬다. 그들은 시끄러운데다 걸핏하면 서로 시비를 걸면서 때로는 장난으로 때로는 심각하게 바다와 모래사장을 뒹굴며 싸웠다. 평소에 모래에서 조개를 파먹으면서 빈둥대던 아버지는 이들만 나타나면 분위기와 태도를 바꿨다.

아버지는 어머니에게 파라솔에서 나가지 말라고 주의를 준 뒤 어머니가 젊은이들을 흘낏거리지는 않는지 감시했다. 청년들이 머리에 모래를 잔뜩 묻힌 채 자기들끼리 웃고 놀다가 우리 파라솔 쪽으로 가까이 다가오면 아버지는 재빨리 어머니와 우리 세 자매가 있는 곳으로 달려와 자기 옆에 붙어 있으라고 했다. 아버지는 사나운 눈빛으로 청년들에게 전쟁을 선포했고 그럴 때마다 우리는 두려움에 떨었다.

피서지에서 일어난 일 가운데 가장 떠올리기 싫은 추억은 야외극장에 얽힌 기억이다. 우리 가족은 야외극장에 자주 가곤 했는데 아버지는 우리를 불한당들에게서 보호하기 위해 막내를 중앙 복도 쪽 좌석에 앉히고 그 옆으로 둘째와 나, 어머니를 차례로 앉혔다. 마지막으로 아버지는 어머니 옆에 자리를 잡았다. 어머니는 그런 상황을 은근히 즐기기도 하고 아버지에게 감탄하는 것 같기도 했다.

어머니와는 달리 나는 아버지식 자리 배치를 일종의 위험 신호로 받아들였고 시간이 갈수록 마음이 불편해졌다. 아버지는 자리에 앉아서 어머니의 어깨를 감싸 안았는데 내게는 그런 아버지의 행동이 곧 모습을 드러낼 사악하고 위협적인 존재에 대비해 최후의 방어막을 치는 것 같았다.

영화가 시작되고 나서도 아버지는 불편해했고 그런 아버지의 불안감이 고스란히 내게 전해져왔다. 행여나 어머니가 뒤를 돌아보기라도 하면 아버지도 바로 어머니를 따라 뒤를 돌아보았다. 아버지는 주기적으로 어머니에게 "무슨 일이야?"라고 묻곤 했다. 어머니는 아버지를 안심시켰지만 아버지는 어머니를 믿지 않았다. 나는 아버지의 불안감에 너무 신경이 쓰여서 내게 아무리 끔찍한 일이 일어나도 아버지에게는 말하지 않겠다고 다짐했다.

이유는 알 수 없지만 어머니도 그럴 거라고 생각했다. 하지만 그런 생각은 나를 더 두렵게 만들었다. 어머니가 모르는 사람이 자기에게 접근하려 했다는 사실을 숨겼다는 것을 아버지가 알게 되면 그 사람이 누구든 상관없이 지금까지 품고 있던 어머니에 대한 셀 수 없이 많은 공모 혐의가 설득력을 얻게 되기 때문이었다.

나는 어머니의 공모 혐의에 대한 증거를 이미 확보하고 있었다. 아버지 없이 우리끼리 영화관에 가면 어머니는 아버지가 강요하는 규칙을 하나도 지키지 않았다. 어머니는 자유롭게 주변을 두리번거렸고 아버지가 싫어하는 방식으로 웃었으며 모르는 사람과 수다를 떨었다.

사탕 장수만 봐도 그렇다. 그는 영화관 조명이 꺼지고 머리 위로 별이 빛나는 하늘이 나타나면 바로 어머니 곁에 자리를 잡았다. 그래서 아버지가 없을 때면 나는 영화 줄거리를 제대로 따라갈 수 없었다. 아버지 대신 어머니를 통제하기 위해 어둠 속에서 몰래 어머니를 훔쳐보았다. 어머니의 비밀을 먼저 알아내서 아버지가 알아채지 못하게 막기 위해서였다. 영사기에서 출력되는 빛줄기가 깜박이고 담배 연기가 자욱한 극장에서 나는 두려움에 떨면서 개구리 형상을 한 남자들이 갈퀴 대신 사람 손 모양의 다리와 끈적끈적한 혀를 길게 내빼고 좌석 아래를 능숙하게 뛰어다니는 상상을 했다. 그런 생각을 하다보면 무더운 날씨에도 온몸에 식은땀이 흘렀다.

하지만 아버지가 있을 때면 어머니는 호기심과 불안감이 가득한 시선으로 옆을 흘낏 바라본 후 이내 행복해 보이는 표정으로 아버지의 어깨에 머리를 기댔다. 어머니의 이런 이중적인 행동은 나를 괴롭게 했다.

나는 도망치는 어머니를 어떻게 쫓아가야 할지 몰랐다. 나는 어머니의 시선을 쫓아야 할지 아니면 포물선을 그리면서 아버지의 어깨에 살포시 기대고 있는 어머니의 머리를 쫓아야 할지 갈피를 못 잡고 그저 어머니 곁에 앉아 두려움에 떨고만 있었다. 밤하늘을 가득 메운 별들마저 내

황망한 마음에서 쏟아져 나오는 광채처럼 느껴졌다. 그때 나는 어머니처럼 되지 않겠다고 마음먹었다. 그 결심이 너무나 확고해서 그때까지 어머니를 닮고 싶다고 생각했던 이유가 하나둘씩 사라져갔다.

햇살에 몸이 따스해졌다. 나는 핸드백을 뒤져 내 신분증을 꺼내들고 사진을 한참 동안 바라보면서 그 속에서 어머니의 모습을 찾았다. 유효 기간이 지난 신분증을 재발행하기 위해 최근에 찍은 사진이었다.

햇살이 목 위로 뜨겁게 내리쬐는 동안 나는 사인펜으로 내 얼굴선을 따라 어머니의 머리 모양을 그려 넣었다. 짧게 자른 머리를 귀 밑으로 연장하고 두 갈래로 가르마를 탄 검은 머리가 풍성하게 물결치게 만들었다. 그러고는 오른쪽 눈 위로 머리선과 눈썹 사이에 가까스로 매달려 있는 것처럼 보이는 곱슬머리를 한 가닥 그려 넣었다.

나는 사진 속의 내 모습을 바라보다 홀로 미소를 지었다. 40년대에 유행하다 50년대부터 사라진 한물간 머리 모양은 내게 어울렸다. 사진 속에는 어머니의 흔적이 있었다. 내가 바로 아말리아였다.

악몽 같은 현실에서 자아를 찾는 페란테의 여인들

• 옮긴이의 말

'나쁜 사랑 3부작'은 '나폴리 4부작'으로 세계적인 작가가 되기 전 엘레나 페란테가 써낸 소설들이다. 이 책은 1999년 출간된 그녀의 첫 소설 『성가신 사랑』과 2002년의 『버려진 사랑』, 2006년의 『잃어버린 사랑』으로 구성되어 있다. 중단편이라기에는 길고, 장편이라기에는 짧은 이 세 작품에서도 페란테는 여전히 '여성'의 이야기를 다룬다.

『성가신 사랑』과 『버려진 사랑』과 『잃어버린 사랑』의 주인공들은 각각 델리아와 올가와 레다라는 여성이다. 델리아는 로마에서 활동하는 40대 초반의 만화작가다. 이성과 깊은 관계를 맺지 못하는 미혼녀 델리아는 자신의 삶에 큰 영향을 미쳤던 어머니의 갑작스러운 죽음을 접하고 어머니의 마지막 행적을 찾아 나폴리로 떠난다.

올가는 30대의 평범한 전업주부다. 대학 교수인 남편과 함께 두 남매를 키우면서 남부럽지 않게 살아가던 올가의 삶은 어느 날 갑자기 중년의 위기를 빌미로 이별을 통보한 남편에 의해 산산조각이 난다. 남편이 수년간 자기 몰래 친구의 딸과 관계를 가져왔다는 사실을 알게 된 올가는 남편과 아이들을 중심으로 살아가던 삶의 의미를 잃고 방황한다.

레다는 남편과 헤어진 이혼녀다. 대학교 영어강사로 재직하면서 십 수 년을 오직 두 딸을 키우는 데 바친 레다는 딸들이 캐나다에 있는 남편에게 떠나버린 후 오랜 중압감에서 벗어나 해변으로 휴가를 떠난다. 하지만 그녀가 찾은 해변은 평온과는 거리가 멀다. 그곳에서 레다는 나폴리에서 온 소란스러운 대가족을 만나고 가부장적인 남편과 육아의 고통으로 힘겨워하는 젊은 아이 엄마 리나에게 감정을 이입한다.

델리아와 올가와 레다는 나이도 직업도 사는 곳도 다르지만 세 작품을 읽고 나면 동일인물처럼 느껴진다. 꽤나긴 터울을 두고 발표된 이 세 권의 소설이 원래부터 연작 개념으로 구상되었는지는 확실치 않지만 서로 맞닿아 있는 부분이 상당히 많다. 우선 설정 면에서 세 주인공이 모두 나폴리 태생이고 거칠고 가부장적인 환경이 싫어서 고향을 떠나 살고 있다. 또 주제 면에서도 세 작품은 각기 다른 시점에서 여성의 정체성 찾기를 다룬다. 『성가신 사랑』의 델리아가 딸의 입장에서 어머니와의 관계 속에서 자신의 정체성을 찾아가는 과정이라면 『버려진 사랑』은 아내의 입장에서, 『잃어버린 사랑』은 어머니의 입장에서 자아를 되돌아본다. 세 작품은 독립적인 이야기면서도 여성의 생애를 중심으로 한 '연대기'적 특성을 가진다.

『성가신 사랑』: 뒤틀린 오이디푸스 콤플렉스

페란테의 데뷔작 『성가신 사랑』은 그녀의 소설 가운데 유일하게 장르적인 요소가 있다. 어머니의 갑작스러운 죽음과 의미를 알 수 없는 전화, 사라진 여행 가방과 어울리지 않는 속옷 등 소설의 전반부는 미스터리한 요소들로 가득하다. 어린 시절부터 매력적인 어머니 아말리아에게 동경심과 열등감을 동시에 느껴왔고 그런 어머니에게 버림받을지도 모른다는 두려움 속에 살아왔던 델리아는 과거의 파편적인 기억에 의존해 어머니가 극단적인 선택을

하게 된 원인을 찾으려 한다. 그녀는 어머니의 애인이었던 카세르타가 젊은 시절 어머니와 바람을 피웠다는 이유로 델리아의 아버지와 삼촌에게 처절하게 짓밟혔던 일에 앙심을 품고 어머니를 죽음으로 몰고 갔다고 생각하지만 소설의 결말부에 이르러서는 기억 속에 묻혀 있던 충격적인 진실을 마주한다.

어린 시절 델리아가 목격했다고 생각했던 카세르타와 아말리아의 외도 장면은 사실 카세르타의 아버지에게 성추행을 당한 자신의 경험이었다. 어머니를 너무나도 사랑한 나머지 자신과 어머니를 동일시하던 어린 델리아는 혼란 속에서 혹은 고의로 아버지에게 자신이 당한 일을 카세르타와 아말리아가 저지른 일로 일러바친 것이다. 이렇게 가해자와 피해자가 전복이 되고 델리아는 자신의 자아를 버리면서까지 어머니와 똑같아지고 싶어 했던 과거의 기억을 되찾는다.

『성가신 사랑』의 주제는 '나쁜 사랑 3부작' 중에서 가장 낯설게 느껴지기도 한다. 버림받은 아내나 어머니로서 여성이 겪어야 하는 고충은 익숙한 주제이지만 어머니에 대한 딸의 집착에 가까운, 그렇기 때문에 괴롭고 성가신 사랑을 다룬 문학 작품은 상대적으로 많지 않기 때문일 것이다.

소설 속의 어머니에 대한 딸의 사랑은 버림받을지도 모른다는 두려움과 모성애에 대한 불신과 어머니의 죽음에 대한 죄책감으로 점철된 복합적인 감정이다. 델리아는 아버지의 폭력에 시달리는 어머니에게 동정심을 느끼지만 다른 한편으로는 아버지처럼 어머니의 부정을 의심하고 어머니가 관심을 보이는 모든 남자를 질투한다.

아버지와 어머니에 대한 델리아의 감정은 다분히 이중적이다. 델리아는 아버지를 증오하면서도 어머니에 대한 감정에 대해서는 아버지와 동일한 감정을 느끼고 어머니를 한없이 동경하면서도 그런 어머니를 의심하고 거부한다.

델리아가 묘사하는 아말리아의 이미지 역시 양면적이다. 아말리아는 늙은 노인과 젊은 여인의 이미지를 모두 가지고 있다. 아말리아는 딸 앞에서 다 늘어진 커다란 분홍색 팬티를 입고 물렁한 살과 축 처진 뱃살을 드러내는 예순세 살의 노인이지만 나이에 비해서 믿기 힘들 정도로 젊게 보이는 올리브빛이 감도는 늘씬한 다리에 야한 브래지어를 입고 다닌다. 집에서는 누더기 같은 옷을 걸친 채 재봉질에 몰두하지만 밖에서는 주변 사내들과 웃고 떠들고 농담을 하면서 온 몸으로 주체할 수 없는 매력을 발산한다. 아말리아의 매력은 의도한 것이 아니다. 그녀의 매력은 일종의 '원죄'처럼 평생 그녀를 쫓아다닌다.

내 어머니의 몸은 절제를 몰랐다. 어머니의 엉덩이는 주변 사내들의 엉덩이 쪽으로 벌어졌고 다리와 배는 어머니 앞에 앉아 있는 사내의 무릎이나 어깨를 향해 기울어졌다. 아니면 그 반대였는지도 모른다. 정육점이나 햄 가게 진열장 위에 매달아놓은 죽은 벌레가 잔뜩 달린 누렇고 끈적끈적한 종이에 파리가 꼬이듯 사내들이 어머니의 몸에 달라붙었던 것인지도 모른다. 내가 아무리 발로 차고 팔꿈치로 밀어내 보아도 사내들을 밀어낼 수 없었다.(『성가신 사랑』, 98쪽)

델리아는 평생을 그런 매력적인 어머니에게 버림받을지도 모른다는 불안감에 시달린다. 어린 시절 그녀는 어머니가 자신을 떠날 거라는 두려움을 두려움으로 이기기 위해 일부러 어두운 창고에 틀어박혀서 어머니를 기다린다. 성인이 된 후에도 자신을 찾아오는 길에 어머니에게 무슨 일이 생길까봐 두려워한다. 결국 그녀의 두려움은 현실이 된다.

『성가신 사랑』에서의 모녀 관계는 뒤틀린 오이디푸스 콤플렉스를 연상시킨다. 아들이 동성인 아버지에게는 적대적이지만 이성인 어머니에게는 무의식적인 성적 애착을 보이는 오이디푸스 콤플렉스와는 달리 델리아는 동성인 어머니에 대한 사랑이 너무 큰 나머지 이성인 아버지를 적대시한다.

『성가신 사랑』에서의 델리아와 아말리아의 관계는 심리학적 분석의 대상으로 삼을 정도로 흥미롭다. 델리아는 남근기를 극복하지 못한 것처럼 어머니에 대한 집착을 버리지 못한다. 실제 어린 시절 그녀는 어머니를 너무나 사랑해서 분리장애를 겪는 것처럼 어머니와 자신을 동일시하고 이로 인해 비극적인 결과를 낳는다.

페란테는 그런 델리아의 감정을 격정적으로 묘사한다. 아말리아와 완벽하게 닮고 싶은 욕구를 충족하지 못한 채 성인이 된 델리아는 그 '미완의 유사성'이 힘들어 차라리 어머니와 관련된 모든 것을 지워버리기를 원한다.

나는 어머니와 관련된 것이라면 내 내면 가장 깊은 곳에 뿌리내린 것까지 모두 지워내고 싶었다. 나는 내게서 어머니의 몸짓과 말투를 지워내려 했다. (⋯) 어머니의 호흡마저 닮고 싶지 않았다. 어머니에게서 떨어져 나와 온전히 내가 되기 위해 그 모든 것을 새로 만들고 싶었다.

게다가 나는 누군가 내 안에 깊이 뿌리내리는 것을 바라지 않았다. 그렇게 할 의지도 능력도 없었다. 얼마 후면 나는 아이를 가지지 못하게 될 터였다. 그렇게 되면 평생 단 한 번도 어머니와 완전히 한 몸이 되지 못했기 때문에 오히려 어머니에게서 분리되기가 힘들었던 나처럼 누군가가 내게서 분리되는 것이 힘들어 괴로워할 일도 없게 될 것이다. 이 세상에 나 같은 사람은 오직 나밖에 없을 것이다. 나는 어머니의 몸에서 몰래 취한 것에 만족하지 못하고 결국 평생을 홀로 불행하게 살 것이다.(『성가신 사랑』, 122~123쪽)

카세르타의 은신처이자 과거 그의 아버지에게 성추행을 당했던 가게를 찾은 델리아는 그곳에 걸려 있던 아말리아의 푸른 정장을 입고 어머니의 생애 마지막 날의 행적을 그대로 따라 그녀가 자살했던 해안으로 간다. 그곳에서 델리아는 자신의 신분증 사진을 변형시켜 아말리아와 유사하게 만들어놓고 사진 속 여인이 아말리아라고, 자신이 곧 아말리아라고 한다.

이 장면은 무엇을 의미하는 것일까. 자아의 해방을 의미하는 것일까 아니면 와해를 의미하는 것일까. 소설 내내 델리아는 어머니에 대한 끊임없는 죄책감과 열등감에 시달린다. 어린 시절 겪었던 끔찍한 일에 대한 망각은 아마도 델리아에게는 일종의 방어막 역할을 했을 것이다. 나폴리에서 보낸 이틀간의 여정 끝에 델리아는 스스로 그 방어막을 무너뜨리고 어머니를 있는 그대로 받아들이게 된 것일 수도 있다. 아니면 반대로 자신의 자아를 밀어내고 아말리아의 자아를 선택함으로써 어머니의 흔적을 영원히 간직하려는 것인지도 모른다.

『성가신 사랑』은 읽기 쉬운 작품이 아닐 수도 있다. 과거와 현재, 상상과 현실, 거짓과 진실, 의도된 망각과 기억이 뒤섞여 있기 때문에 독자의 집중이 필요한 작품이다. 하지만 흡입력이 떨어지는 것은 아니다. 『성가신 사랑』에는 엘레나 페란테의 다른 작품들과는 다른 날것의 매력이 있다. 아마도 이 소설은 무엇보다도 현존하는 가장 잔혹한 또는 유일한 어머니와 딸의 사랑 이야기일 것이다.

『버려진 사랑』: 버림받은 여인의 한여름 밤의 악몽

『버려진 사랑』은 엘레나 페란테가 『성가신 사랑』으로 등단한 후 발표한 두 번째 작품이다. 어머니를 향한 딸의 집착에 가까운 사랑을 다뤘던 전작에 이어 엘레나 페란테는 여전히 '여성'의 이야기에 주목한다. 『버려진 사랑』은 30대 후반의 평범한 가정주부였던 올가가 자아를 찾는 과정을 보여준다.

평온한 봄날 올가는 남편 마리오에게 버림받는다. 느닷없이 이별을 통보한 남편은 무책임하게 떠나버리고 어린 남매 잔니와 일라리아, 몸집만 커다란 순둥이 셰퍼드 오토를 돌보는 일은 오롯이 올가의 몫이 된다.

올가는 남편이 자신을 떠난 이유를 끊임없이 자문하고 자책하며 서서히 시들어간다. 상실의 트라우마는 올가의 성격을 날카롭게 만들고 그녀의 외모마저 흉측하게 변형시킨다. 그녀는 남편이 자신의 모든 것을 앗아가 버렸다고 생각한다. 기본적인 품위와 여성으로서 자존감마저 가져갔다고 생각한다. 올가는 상스러운 말을 서슴없이 내뱉고 이유 없이 공격적인 태도를 보이며 주변사람들에게서 고립되어간다.

올가는 또한 자기 자신을 어린 시절 기억에 각인되어 있던 인물과 동일시하기 시작한다. 남편에게 버림받고 스스로 목숨을 끊었던 여인은 이름마저 잊혀 동네사람들에게서 '불쌍한 여자'라 불리던 인물이다. 남편을 잃고 소금에 절인 멸치처럼 삐쩍 말라가다 결국은 바다에 몸을 던진 여인의 환영이 절망적인 순간마다 올가의 눈앞에 나타난다.

올가는 어떻게 해서든 '불쌍한 여자'를 멀리하려고 애쓴다. 자신은 '불쌍한 여자'처럼 미치지도 않았고 그녀처럼 한 남자에게 목매지도 않았고 그녀만큼 절망하지도 않았다고 되뇐다. 그런데도 '불쌍한 여자'의 환영은 좀처럼 사라지지 않는다.

남편이 떠난 후에 엉망이 된 것은 올가의 정신 상태뿐만이 아니다. 그녀의 일상생활도 엉망이 된다. 남편에게 버림받은 충격이 너무나 커서 올가는 가스 불을 끄거나 고지서를 납부하는 등의 가장 평범한 일조차 제대로 해내지 못하고 아이들을 방치한다. 무더위가 기승을 부리던 8월의 어느 날 올가는 최악의 하루를 맞는다. 전날 밤 올가는 남편 때문에 잃어버린 자존감과 여성성을 되찾고 싶은 마음에 충동적으로 아랫집에 사는 음악가 카라노를 유혹하지만 별 볼일 없는 사내마저 사정에 이르지 못하게 했다는 패배감만 맛본 채 잠이 들고 만다. 그리고 찾아온 다음 날 그녀는 악몽 같은 하루를 경험한다.

잔니는 아프고 오토는 죽어가고 현관문 자물쇠는 열리지 않는 데다 설상가상으로 전화까지 고장나는 바람에 올가는 사실상 자신의 집에 감금되는 지경에 이른다. 정상적인 판단이 불가능해진 상태에서 올가의 일상은 지옥이 된다. 그 지옥을 묘사하는 페란테의 필력은 가히 폭발적이다.

일라리아가 멍하게 바라보는 앞에서 나는 열쇠를 입에 대어 보았다. 그러고 나서 입술로 맛을 보고 플라스틱과 금속으로 된 열쇠 냄새를 맡았다. 그런 다음 이빨로 열쇠를 꽉 물고 돌려 보았다. 무방비 상태인 열쇠를 기습 공격이라도 하는 것처럼 갑자기 고개를 홱 돌려 억지로 열쇠 위치를 바꿔보려 했다.

'어디 누가 이기나 한번 해보자.'

나는 늘큰하고 짭조름한 맛이 입안에 퍼지는 것을 느끼며 생각했다. 하지만 아무런 효과가 없었다. 아무리 돌려도 꿈쩍하지 않는 열쇠 때문에 얼굴이 변을 당하는 느낌이었다. 얼굴이 통조림 따개로 따듯 찢겨져 머리와 목구멍의 끈적거리는 내부가 적나라하게 드러나면서 이빨이 코뼈와 눈썹 하나와 눈 한쪽을 줄줄이 매달고 통째로 머리에서 쏟아져 내리는 느낌이었다.

나는 얼른 열쇠를 입에서 빼냈다. 얼굴이 칼로 껍질을 벗기다 만 오렌지 껍질처럼 한쪽에 대롱대롱 매달린 것 같았다. 이제 무엇을 더 할 수 있을까. 나는 마룻바닥의 차가움을 느끼려고 뒤로 벌러덩 누워 맨다리를 자물쇠판에 갖다 댄 다음 발바닥으로 열쇠를 감쌌다. 나는 사나워 보이는 주둥이처럼 튀어나온 열쇠를 발꿈치 사이에 넣고 다시 돌려보았다. 열쇠는 살짝 돌아가는 듯하다 또다시 나를 절망의 늪으로 빠뜨렸다.(『버려진 사랑』, 279~280쪽)

일관성을 유지하면서 인간으로서의 품위를 지키며 어떻게든 일상을 살아가려던 노력이 한계에 달한 순간에 폭발하는 올가의 분노와 격렬한 감정을 페란테는 가차 없이 그린다.

절망과 좌절의 순간 아이들의 존재는 올가에게 전혀 도움이 되지 않는다. 아이들은 사악한 요정처럼—실제 올가는 자신의 화장을 따라 한 일라리아의 모습에서 어린 시절 어머니에게 들었던 늙은 난쟁이 노파들을 떠올리기도 한다—집 안을 어지럽히고 올가의 말에 사사건건 말대꾸를 하면서 올가의 마음을 헤집어놓는다. 올가는 익숙하지 않은 적나라한 수사법으로 모성에 대한 절망감과 혐오감을 표현한다.

나는 내 아이들이 쉴 새 없이 씹어대는 음식물에 지나지 않았다.

'나는 살아 있는 물질로 만든 음식물이다. 살아 숨 쉬는 재료를 끊임없이 뒤섞어 부드럽게 만들어놓은 음식에 지나지 않는다. 내가 낳은 두 흡혈귀는 위액 냄새를 풍기면서 그런 내 몸을 게걸스럽게 먹어치우고 있다.'

수유는 혐오스러운 짐승 같은 행위다. 이유식에서 나는 미지근하고 들큼한 냄새는 또 어떤가. 아무리 씻어도 찌든 엄마 냄새는 지워지지 않았다.

가끔 마리오는 내게 몸을 딱 붙이고 잠결에 내 몸을 취하곤 했다. 그 역시 일에 지쳐 아무런 감정 없이 나를 안았다. 그는 우유와 쿠키와 시리얼 맛이 나는, 거의 의식을 잃은 내 몸을 집요하게 파고들었다. 그럴 때면 미처 눈치챌 틈도 없이 남편의 절망이 내 절망과 겹쳐졌다. 내 몸뚱이는 근친상간의 대상이었다. 나는 잔니가 토한 냄새 때문에 머리가 멍해져서 생각했다. 그에게 나는 범할 수 있는 어머니의 몸뚱어리일 뿐 연인이 아니었다.

마리오가 사랑하기에 적합한 대상을 다른 곳에서 찾기 시작한 것도 그때부터였을 것이다. 그는 죄책감을 피하고 싶어서 그렇게 했을 것이다. 그래서 그렇게 우울해하며 한숨을 내쉬었을 것이다.(『버려진 사랑』, 176~177쪽)

하지만 올가는 '불쌍한 여자'로 상징되는 운명 순응적인 인물과는 다르다. 올가는 끔찍한 현실에 대한 부정과 분노, 자기 비애와 타협, 우울함과 수긍 단계를 거쳐 결국에는 평온함을 되찾는다. 서면 인터뷰와 수필 등을 모은 『라 프란투말리아』에서 페란테는 올가에 대해서 이렇게 말한다.

"올가는 버림받았다는 상처 때문에 부서지지 않고 대응할 줄 아는 현대 여성입니다. 저는 제 소설의 등장인물들이 자신이 처한 상황에 대해서 어떻게 반응하고 어떻게 견뎌내는지에 주목합니다. 그들이 어떻게 죽음에 대항하고 어떻게 고통을 감내하는 법을 배우는지, 이들이 역경 끝에 다시 삶을 영위하기 위해 어떤 전략을 짜고 무엇을 가장하는지가 제 관심사입니다."

실제로 서서히 나락을 향해 추락하는 중에도 올가는 자신의 감정 변화를 명확하게 인지하는 모습을 보인다. 격정적인 감정을 주체하지 못하면서도 타자화된 시선으로 자신을 바라보고 자신의 증상을 인지하면서 자신의 퇴행적인 모습에 맞서고자 한다.

고통스러울지언정 문제의 본질을 파헤치려는 올가의 태도는 마리오의 피상적인 태도와는 확연히 구분된다. 자신을 왜 더 이상 사랑하지 않는지 묻는 남편에게 올가는 이렇게 대답한다.

"정말로 나를 사랑하지 않아?"

"응."

"왜? 내가 당신을 속여서? 당신 곁을 떠나서? 당신에게 모욕을 줘서?"

"아니. 당신이 나를 속이고 모욕했을 때도, 당신에게서 버림받았을 때도 나는 당신을 너무나 사랑했어. 함께했던 그 어느 때보다 당신을 원했어."

"그런데?"

"내가 당신을 사랑하지 않는 건 당신이 나를 배신한 이유가 공허함 때문이라고 해서야. 당신은 공허함 속에 떨어졌다고 했지. 모든 것이 무의미한 공허함 속에 빠졌다고. 하지만 그건 사실이 아니었어."

"사실이었어."

"아니. 이제 나는 공허함이 뭔지 알아. 그곳에서 다시 표면으로 떠오르는 것이 무슨 의미인지도 알고. 당신은 아니야. 당신은 몰라. 당신은 고작 공허함의 심연 속을 들여다봤을 뿐이야. 그러고는 겁이 나서 그 구멍을 카를라의 몸으로 막은 거야."(『버려진 사랑』, 364~365쪽)

그녀는 마리오와는 달리 심연의 중심으로 몸을 내던져

절박한 몸부림 끝에 수면 위로 다시 떠올랐기 때문에 이별 전의 평온함을 되찾을 수 있었던 것이다. 올가는 괴로움을 이겨내고 아내나 어머니로서가 아닌 독립적인 여성으로서의 자아를 되찾는다. 그녀는 아랫집 카라노의 수줍지만 헌신적인 구애를 받아들이고 둘은 오랫동안 평온한 사랑을 나눈다.

『잃어버린 사랑』: 모성애의 어두운 그림자

'나쁜 사랑 3부작'의 마지막 작품 『잃어버린 사랑』은 어머니가 된다는 것이 얼마나 어려운지, 자식과의 관계가 얼마나 복잡한 것인지를 다룬다. 주인공 레다는 마흔여덟 번째 생일을 앞두고 있는 대학교 영어강사다. 그녀는 나폴리 출신이지만 대학교 진학을 위해 고향을 떠나 피렌체에서 살았다. 젊은 나이에 결혼해서 마르타와 비앙카라는 두 딸을 낳지만 남편과 이혼한다. 레다는 딸들이 아직 어릴 때 자기 자신을 찾고 싶다는 명분하에 가족을 떠났다가 3년 만에 아이들 곁으로 돌아와 딸들을 키우는 데 최선을 다한다. 그런데도 두 딸은 어머니 곁이 아닌 아버지가 있는 캐나다를 삶의 터전으로 선택한다.

『잃어버린 사랑』은 구조적으로 흥미롭다. 독자는 소설을 끝까지 읽어야만 소설의 시작을 이해할 수 있다. 즉 소설의 시작이 실질적으로는 소설의 결말이 되는 구조다. 소설은 여름휴가를 마치고 집으로 돌아오던 레다의 자동차 사고로 시작한다. 다행히 크게 다치지는 않았지만 그녀의 옆구리에는 사고와는 관련이 없는 것으로 보이는 의문의 상처가 발견되고 그 상처의 원인은 소설의 결말 부분에서 밝혀진다.

　소설은 레다가 사고나기 전 여름휴가 동안 있었던 일을 회상하는 방식으로 진행된다. 이미 플래시백 시점으로 진행되는 레다의 서술 사이에 그보다 더 먼 과거에 대한 기억이 중간중간 삽입되는 형식이다. 레다는 소란스러운 나폴리 가족을 보면서 그만큼 요란했던 자신의 가족을 연상한다. 니나가 딸 엘레나와 인형 나니와 놀아주는 모습을 보면서 자신의 어머니와 딸들에 얽힌 기억들을 떠올린다. 레다는 틈만 나면 자기를 버리고 도망쳐버리겠다고 위협하던 어머니와 어느 때부터인가 자신의 관심을 탐탁지 않게 생각하는 딸들과의 관계를 해변에서 만난 모녀의 평화로운 모습과 비교하며 질투심에 가까운 부러움을 느낀다.

하지만 레다가 자신의 처지나 과거에 대해 깊은 사유를 하는 것은 아니다. 예컨대 레다는 『버려진 사랑』의 올가처럼 자신이 처한 상황과 심리를 잔혹하다 싶을 정도로 해부하지는 않는다. 페란테는 담담한 어조로 레다의 눈에 비치는 광경과 그녀의 기억을 들려줌으로써 자신이 원하는 주제에 대해 생각해보도록 독자를 자연스럽게 유도한다.

『잃어버린 사랑』의 중심에는 인형 나니의 실종 또는 도난 사건이 있다. 레다는 충동적으로 해변에 버려진 나니를 훔친다. 페란테는 그 이유를 명확하게 설명하지 않는다. 레다 스스로 자신이 왜 그런 짓을 했는지 모르겠다고 한다. 단지 인형 안에 누구에게도 보이고 싶지 않았던 자신의 가장 어두운 면이 숨겨져 있는 것 같은 막연한 느낌만을 가질 뿐이다.

애초에 레다가 나니에게 관심을 가지게 된 것은 23세의 젊은 엄마 니나와 그녀의 세 살배기 딸 엘레나 때문이다. 레다는 니나와 엘레나의 관계에서 자신이 딸로서도 경험하지 못하고 엄마로서도 해주지 못했던 이상적인 모녀상을 보고 부러움과 질투를 느낀다.

젊은 여인은 원래도 아름다웠지만 어머니로서 뭔가 특별한 면이 있었다. 오직 딸만 바라보고 사는 것 같았다.(『잃어버린 사랑』, 25쪽)

인형을 훔친 레다의 심리 이면에는 너무나도 완벽하게 보이는 모녀 관계를 시험해보고 싶은 욕망도 있었을 것이다. 실제 인형이 사라진 후 엘레나는 퇴행적인 모습을 보인다. 좀처럼 찾지 않던 고무젖꼭지를 입에서 떼지 않고 갓난아이처럼 엄마 품에만 안겨 있으려고 한다. 인형이 없어진 후로 잠시도 쉬지 않고 울고 떼쓰는 엘레나 때문에 지친 니나 역시 그동안 숨겨왔던 감정을 드러낸다. 그제야 니나는 가부장적인 가족들과의 관계에서 오는 스트레스와 어머니 역할에 대한 피로감, 억압적인 남편과 사사건건 자신과 엘레나 사이에 끼어들어서 착한 엄마 노릇을 하려 드는 시누이에 대한 거부감을 드러내며 현실에서 도피하고 싶어 한다.

이 과정에서 레다는 니나에게서 과거의 자신과 똑같은 의구심과 나약함을 보고 동질감을 느낀다. 니나 역시 레다에게서 자신이 이루지 못한 모든 것을 이루어낸 이상적인 여성상을 보고 그녀를 동경하고 의지하게 된다. 과거에 왜 아이들을 떠났느냐는 니나의 물음에 레다는 아이들을 너무나 사랑한 나머지 자기 자신의 자아를 잃어버리는 것 같았기 때문이라고 한다. 그러면 왜 다시 아이들에게 돌아갔느냐는 물음에 그녀는 지금껏 자신이 이루어낸 그 무엇도 딸들과 비교할 수 없다는 사실을 깨달았기 때문이라고 한다.

니나는 그런 레다의 대답을 딸 곁에 머무르라는 것으로 해석하고 안심하지만 레다는 니나에게 자신이 딸들에게 돌아간 것은 결국 자신을 위해서였다고 한다. 혼자일 때보다는 딸들 곁에서 존재의 이유를 느꼈기 때문에 돌아갈 수밖에 없었다는 것이다.

"그렇게 잘 지냈으면서 왜 돌아갔어?"

나는 어휘 선택에 신중을 기울였다.

"내가 창조할 수 있는 것 가운데 딸들과 견줄 만한 것은 아무것도 없다는 사실을 깨달았기 때문이야."

니나는 갑자기 만족스럽게 웃었다.

"그럼 딸들을 사랑해서 돌아간 거네."

"아니. 내가 딸들에게 돌아간 이유는 내가 딸들을 떠났던 이유와 똑같아. 나 자신을 사랑했기 때문이야."

니나의 표정이 다시 어두워졌다.

"그게 무슨 뜻이야?"

"아이들과 함께할 때보다 아이들이 없을 때 내 자신이 더 쓸모없게 느껴지고 더 절망적이었다는 뜻이지."(『잃어버린 사랑』, 215쪽)

『잃어버린 사랑』은 모두가 당연히 따뜻하고 아름다워야 한다고 생각하는 모성애의 어두운 면을 다룬다. 어머니라면 누구나 모성애를 느껴야 하는 것일까. 그것은 예외를 허용할 수 없는 보편적인 진리일까. 엘레나 페란테가 묘사하는 모성애는 결코 아름답기만 한 감정이 아니다. 레다는 자신이 아끼던 인형을 딸 비앙카가 사인펜으로 지저분하게 칠해놓은 것을 보고 딸이 보는 앞에서 인형을 도로에 내던져 버리고 그 인형이 자동차 바퀴 아래 무참히 짓밟히는 광경을 딸과 함께 바라본다. 레다는 스트레스를 이기지 못하고 아이에게 폭력성을 드러내고 아이 면전에서 유리창이 부서질 정도로 세게 문을 닫아버리기도 하는데 그런 그녀의 모습에서 우리는 잔혹하고 폭력적인 모성애의 단면을 본다.

임신도 마찬가지다. 페란테가 묘사하는 임신의 경험은 공포영화를 연상시킬 정도로 너무나 끔찍하다.

나는 다시 마르타를 낳았다. 마르타는 내 몸을 공격해 통제 불가능한 상태로 만들어놓았다. 마르타는 비앙카와는 달리 처음부터 마르타가 아니었다. 뱃속에 살아 있는 철 조각이 들어 있는 것 같았다. 임신 기간 내내 몸 전체가 피로만 구성된 액체 덩어리가 된 것 같았다. 그 안에 끈적끈적한 침전물이 있고 그 침전물 속에 난폭한 강장동물 같은 것이 자라나고 있는 것 같았다.

인간과는 거리가 먼 그 물질은 자기가 영양분을 취하고 팽창하기 위해서라면 나를 생명 없는 썩은 시체로 만들어놓을 기세였다. 시꺼먼 침을 뱉어내는 나니의 모습은 둘째를 임신했을 때의 내 모습 같았다.(『잃어버린 사랑』, 225쪽)

어머니의 생명을 갉아먹는 끔찍한 강장동물… 레다는 임신이 여자의 육체를 기형적으로 만드는 끔찍한 경험이라고 한다. 실제 레다는 나니의 뱃속에서 엘레나가 억지로 집어넣은 벌레를 꺼내준다.

여기서 한 가지 주목할 점은 엘레나가 인형 나니를 대하는 태도다. 엘레나와 나니는 유사 모녀관계를 형성하고 있지만 아이가 인형을 가지고 노는 모습은 섬뜩함과 에로틱함이 혼재된 그로테스크한 느낌을 준다. 게다가 엘레나는 나니의 뱃속에 벌레를 집어넣음으로써 인형을 '임신'시킨다. 욕조에서 엘레나가 집어넣은 진흙을 게워내는 나니의 모습에서 어린 엘레나의 잔혹함과 여성에게 임신과 출산과 양육을 강요하는 사회 제도가 겹쳐지는 듯하다.

『잃어버린 사랑』에서 다루는 또 하나의 주제는 레다와 딸들 사이의 소통의 부재다. 레다는 딸들이 자기를 이해하지 못한다고 생각한다. 딸들이 자기 이야기를 듣고 싶어 하지도 않고 이해하고 싶어 하지도 않기 때문에 자신의 감정을 제대로 전하지 못한다. 레다는 어린 시절 왜 자신이 어린아이들을 두고 떠날 수밖에 없었는지 진심을 담은 편지를 두 딸에게 전하지만 아이들은 엄마의 편지에 아무런 반응을 보이지 않는다. 비앙카와 마르타는 자신들의 일상에 방해가 될까봐 어머니와의 깊은 대화를 회피

311

한다. 딸들은 대화할 준비가 되어 있지 않다. 딸들은 자신들 역시 미래에 겪게 될 수도 있는 여성의 문제를 함께 고민함으로써 이를 해결해나갈 수 있는 기회를 잃어버리고 '건설적인 여성 공동체'를 형성하는 데 실패한다.

레다가 니나와의 관계에 더 깊이 빠져 들게 된 것은 이러한 딸들과의 소통의 부재, 여성들간의 연대감에 대한 공감의 부재 때문일 것이다.

딸들에게 속내를 털어놓을 생각을 한 내가 어리석었다. 딸들이 적어도 오십은 될 때까지 기다렸어야 했다. 나를 엄마라는 역할이 아닌 하나의 인격체로 봐달라고 요구하기에는 너무 일렀다.

나는 너희들의 역사이자 기원이라고, 그러니 내 말을 들으면 도움이 될 거라고 말하기에는 때가 너무 일렀다. 하지만 니나에게만큼은 나는 이미 흘러가버린 역사가 아니었다. 니나라면 내게서 과거가 아닌 미래를 볼 수 있을 것 같았다. 나는 타인인 니나를 딸처럼 대하며 외로움을 달래고 싶었다. 니나를 찾고 싶었다. 니나와 가까워지고 싶었다.(『잃어버린 사랑』, 144쪽)

『잃어버린 사랑』의 결말부에 니나는 레다에게 애인인 지노와의 밀회를 즐길 수 있게 아파트 열쇠를 빌려달라고 부탁한다.

여기서 레다의 열쇠는 니나의 인생에 있어서 중요한 변곡점을 의미한다. 열쇠를 받는 순간 니나는 기존 체재에 대한 반항을 선택하게 되는 것이고 받지 않는다면 순응하는 것이기 때문이다.

레다는 니나에게 열쇠를 주고 훔쳐갔던 인형을 되돌려준다. 하지만 인형은 니나에게 예상치 못한 반응을 불러일으킨다. 니나는 사라진 인형 때문에 고통받았던 자기 딸과 그 때문에 힘들었던 기억이 떠올라 분노를 이기지 못하고 레다가 선물로 준 브로치 핀으로 그녀의 옆구리를 찌른다. 결과적으로 니나는 자신을 각성시키려 한 레다를 거부하고 가부장적인 시스템으로 돌아가는 것을 택한 것이다. 이것은 니나에게는 과거 레다와 같은 결단력이 없었기 때문에 일어난 결과다. 레다가 자아를 찾기 위해 아이들을 떠나야 한다는 목표를 분명히 가지고 있던 것에 비해 니나는 그저 현재 상황에서 도피하고 싶었을 뿐이다.

유사 모녀관계를 형성했던 니나에게 공격당하고 버림

받은 레다는 마침 안부 전화를 걸어온 딸들에게 이렇게 말한다.

"엄마는 죽었지만 잘 지낸단다."(『잃어버린 사랑』, 258쪽)

언뜻 보면 모순적인 이 문장의 의미를 '나쁜 사랑 3부작' 관련 서면 인터뷰에서 페란테는 다음과 같이 설명한다.

"제게 죽음이란 내면의 무엇인가를 지우는 행위를 의미합니다. 이러한 행위는 두 가지 결과를 초래하는데 회복이 불가능할 정도로 망가지거나 병든 부분을 완전히 근절시켜서 궁극적으로는 치유되는 것입니다."

'나쁜 사람 3부작' 주인공 중에서 레다만 이 과정을 겪는 것은 아니다. 델리아와 올가도 이 과정을 거친다.

레다는 스스로 자신이 '비뚤어진 어머니'라는 사실을 인정한다. 그녀는 어머니라는 역할을 자연스럽게 받아들이지 못하고 끊임없이 여성과 어머니의 정체성 사이에서 갈등한다. 그녀는 여성으로서의 자신의 삶을 희생하거나 포기하지 않고도 딸들을 사랑하고 딸들에게서 사랑받는 것이 가능한지 자문한다. 어쩌면 한여름의 소동 끝에 그에 대한 답을 얻었을 수도 있다.

『잃어버린 사랑』에 대한 이야기를 '나폴리 4부작'에 대한 언급 없이 끝낼 수는 없을 것 같다. '나쁜 사랑 3부작'을 구성하는 세 작품 중에서 가장 마지막에 쓰인 이 소설은 어떤 면에서는 '나폴리 4부작'의 습작이 아닌가 싶을 정도로 '나폴리 4부작'과 겹치는 부분이 많다.

우선 캐릭터 부분에서 니나는 여러모로 릴라를 연상시킨다. 둘은 똑같이 어린 나이에 가부장적인 나폴리 남자와 결혼한다. 키가 작고 다부진 니나의 남편 토니노와 호리호리하고 지적인 지노는 '나폴리 4부작'에 등장하는 릴라의 남편 스테파노와 그녀의 연인 니노와 외모도 성격도 유사하다.

설정 면에서도 비슷한 면이 많다. 리노와 사랑에 빠져 어린 데데와 엘사를 버리고 여행을 떠나고 아이들이 듣고 있는데도 수치심을 버리고 전화로 니노와 사랑을 속삭이던 '나폴리 4부작'의 주인공 레누 역시 비앙카와 마르타가 빤히 듣고 있는데도 하디 교수와 통화를 하는 레다의 모습에 겹쳐진다.

무엇보다 사라진 인형이 있다. '나폴리 4부작' 전체를 아우르며 결말을 장식한 사라진 인형의 테마는 『잃어버린 사랑』에서도 결정적인 의미를 가진다.

'나폴리 4부작'을 사랑하는 독자라면 밑그림과 완성작을 비교하듯 해변을 중심으로 펼쳐지는 『잃어버린 사랑』의 세계가 어떻게 60년을 아우르는 두 여인의 이야기로 확장됐는지 확인하는 재미를 맛볼 수 있을 것이다.

맺는말

'나폴리 4부작'의 번역을 마치고 그녀의 전작인 '나쁜 사랑 3부작'을 번역한 것은 페란테의 세계관의 근원을 찾아가는 흥미로운 경험이었다. 페란테의 데뷔작 『성가신 사랑』이 발표된 지 근 30년이 지나는 동안 그녀가 쓴 소설이 '나쁜 사랑 3부작' 세 작품과 '나폴리 4부작'이라는 사실을 생각하면 페란테가 과작의 작가라는 사실은 분명하다. 뿐만 아니라 페란테는 주제와 소재 면에서도 일관적이다. 그녀는 장르와 주제를 넘나들며 다양한 작품 세계를 보여주는 작가는 분명히 아니다. 그보다는 여성과 자아 탐구라는 주제를 심도 있게 파헤치면서 독자의 공감대를 이끌어낸다.

페란테의 여성들은 강인하다. 이는 그녀들이 두려움이 없거나 감각이 무디다는 뜻이 아니다. 페란테의 여성들은 누구보다 섬세하고 자기 자신과 타인에 대해서 민감하며 자존감이 높다. 그녀들의 강인함은 그 어떠한 상황에서도 피상적으로 현상을 바라보는 데 그치지 않고 본질을 이해하려는 노력에서 기인한다. 페란테는 자신의 모든 행동에 대한 도덕적인 모호성에 대해 자각하고 자신과 타인에게 진정으로 이롭고 해로운 것이 무엇인지 이해하기 위해 최선을 다해 노력하는 인물에게 이끌린다고 했다. 우리가 올가와 델리아와 레다 그리고 더 나아가 릴라와 레누에게 이끌리고 공감하는 것은 그녀들이 바로 그런 사람들이기 때문일 것이다.

2019년 6월
김지우

엘레나 페란테 Elena Ferrante

이탈리아 나폴리에서 출생한 작가로, 나폴리를 떠나 고전 문학을 전공하고 오랜 세월을 외국에서 보냈다는 사실 외에 알려진 바가 없다. '엘레나 페란테'라는 이름조차도 필명이다. 작품만이 작가를 보여준다고 주장하는 페란테는 어떤 미디어에도 모습을 드러내지 않고 서면으로만 인터뷰를 허락한다. 이탈리아에서는 여전히 작가의 정체와 관련된 여러 가지 소문이 떠돌지만 아직도 베일에 싸여 있다.

1999년 첫 작품 『성가신 사랑』을 출간해 이탈리아 평단을 놀라게 한 페란테는 2002년 『버려진 사랑』을 출간한다. 에세이집 『라 프란투말리아』(2003)와 소설 『잃어버린 사랑』(2006), 『밤의 바다』(2007)를 출간한 뒤 2011년 '페란테 열병'(#FerranteFever)을 일으킨 '나폴리 4부작' 제 1권 『나의 눈부신 친구』를 출간한다. 이어서 『새로운 이름의 이야기』 『떠나간 자와 머무른 자』 『잃어버린 아이 이야기』까지 총 네 권을 출간해 세계의 베스트셀러 작가가 된다.

『타임』지는 '세계에서 가장 영향력 있는 100인' 가운데 한 명으로 엘레나 페란테를 선정했다.

김지우 金志祐, 1978 –

이탈리아에서 어린 시절을 보냈고 한국외국어대학교 이탈리아어과를 졸업했다. 동 대학교 국제지역대학원에서 유럽연합지역학으로 석사 학위를 받은 후 현재 이탈리아대사관에서 근무하고 있다. 주요 번역 작품으로는 엘레나 페란테의 '나폴리 4부작' 『나의 눈부신 친구』 『새로운 이름의 이야기』 『떠나간 자와 머무른 자』 『잃어버린 아이 이야기』와 파올로 발렌티노의 『고양이처럼 행-복』이 있다.

나쁜 사랑 3부작 제1권

성가신 사랑

지은이 엘레나 페란테
옮긴이 김지우
펴낸이 김언호

펴낸곳 (주)도서출판 한길사
등록 1976년 12월 24일 제74호
주소 10881 경기도 파주시 광인사길 37
홈페이지 www.hangilsa.co.kr
전자우편 hangilsa@hangilsa.co.kr
전화 031-955-2000~3 **팩스** 031-955-2005

부사장 박관순 **총괄이사** 김서영 **관리이사** 곽명호
영업이사 이경호 **경영이사** 김관영 **편집주간** 백은숙
편집 박희진 노유연 이한민 박홍민 배소현 임진영
관리 이주환 문주상 이희문 원선아 이진아 **마케팅** 정아린
디자인 창포 031-955-2097
인쇄 예림 **제본** 예림바인딩

제1판 제1쇄 2019년 6월 24일
제1판 제3쇄 2023년 11월 20일

값 14,500원
ISBN 978-89-356-6795-6 04880
ISBN 978-89-356-6798-7 (세트)

• 잘못 만들어진 책은 구입하신 서점에서 바꿔드립니다.
• 이 도서의 국립중앙도서관 출판시도서목록(CIP)은
서지정보유통지원시스템 홈페이지(seoji.nl.go.kr)와
국가자료공동목록시스템(www.nl.go.kr/kolisnet)에서 이용하실 수 있습니다.
(CIP제어번호: CIP2019018510)

세계의 독자들
엘레나 페란테에 빠지다

역작이다. 『성가신 사랑』은 위기에 빠진 여성의 참혹한
심리 상태를 묘사한다. 『잃어버린 사랑』과 더불어
이탈리아 최고의 작가라는 페란테의 명성을 다시 확인시켜준다.
미국_시애틀 타임스

바로 이 순간에도 작가는 우리에게 우리 자신이 버려진다는
고통을 안겨준다. 우리를 뒤처지게 하고, 바닥으로 넘어뜨리고,
괴물처럼 기어 다니며 주절거리게 한다.
미국_산디에고 유니온 트리뷴

페란테의 자기 이해는 대단하다. 그녀의 솔직함은 놀랍다.
미국_뉴욕타임스

남편에게 쉽게 잊힌 아내의 특별한 고독을 진지하게 그려낸 걸작.
미국_필라델피아 인콰이어러

엘레나 페란테로부터 버려진다는 것은 놀라운 경험이다. 『잃어버린
사랑』의 주인공은 그녀의 인생 중 가장 치열한 삶을 살게 한다.
영국_리터러리 리뷰

왜 베스트셀러인지 이해가 되는 찬란한 작품. 솔직한 감성,
거침없는 성욕. 강력하다! 오랜만에 나를 기분 좋게 만들어준 소설.
미국_뉴욕타임스

당신이 페란테에 관해 무엇을 읽었던 간에, 그녀의 소설이 주는
맹렬함에 대응하기는 어렵다.
미국_뉴욕타임스

페란테가 그려내는 여성의 경험은 너무나 현실적이어서,
독자들이 마치 작가를 개인적으로 알고 있다고 착각하게 만든다.
미국_뉴욕타임스 매거진

세상의 어머니들에게 선물할 만한 가장 완벽한 소설.
미국_허핑턴포스트

페란테는 이탈리아의 앨리스 먼로다.
모나 심슨_작가

엘레나 페란테, 그는 단연 우리 시대 최고의 작가다.
존 워터_감독

『잃어버린 사랑』은 굉장히 성공적인 작품이다.
섬세하면서 대담하고, 정교하면서 덧없다.
독자들을 상처처럼 아프게 하지만 연고처럼 치유해준다.
이탈리아_라 리퍼블리카

『잃어버린 사랑』은 여성의 삶에 대한 소설이다.
사랑과 열정과 소멸, 갈등을 체험하게 한다. 이 소설은 기이하게도
성숙한 인간으로의 성장에 걸림돌이지만 성장을 돕는 문학의 힘이다.
이탈리아_라 스탬파

페란테만큼 여성의 속마음을 잘 표현하는 작가는 없다.
그녀의 글은 놀랄 만큼 솔직하고 민망할 정도로 대담하다.
미국_북리스트

기억 속에서 결코 떠나보낼 수 없는 소설.
미국_보스턴 글로브

『잃어버린 사랑』에서 구현되는 페란테의 문장은 놀라울 정도로
솔직하고, 단도직입적이며, 잊히지 않는다.
미국_퍼블리셔스 위클리

『잃어버린 사랑』은 어머니라는 존재에 대한 많은 질문을 던지지만,
이해하기 쉬운 답변은 주지 않는다. 쉬운 답변이란 것은
확실히 없다는 것을 우리에게 알려준다.
미국_퍼스트 스트리딩

페란테는 모든 소설을 보잘것없게 만든다.
그녀는 놀랍도록 대단한 소설가다.
리처드 플래너건_작가

페란테의 소설은 여성과 어머니에 대한 강렬한 사색이다.
미국_월드 리터러처 투데이